ハヤカワepi文庫
〈epi 90〉

蠅の王
〔新訳版〕

ウィリアム・ゴールディング

黒原敏行訳

epi

早川書房

7969

LORD OF THE FLIES
by
William Golding

Translated by
Toshiyuki Kurohara
Published 2017 in Japan by
HAYAKAWA PUBLISHING, INC.
This book is published in Japan by
arrangement with
FABER AND FABER LIMITED
through TUTTLE-MORI AGENCY, INC., TOKYO.

母と父に

蠅の王

〔新訳版〕

第一章　ほら貝の音

金髪の少年は、登っていた大きな岩から地面におりると、通り道を選びながら礁湖《ラグーン》（環礁によって外海から切り離された浅い海）のほうへ歩きだした。学校の制服のセーターを脱ぎ、手からぶらさげていたが、灰色のシャツは肌にくっつき、前髪も額に張りついていた。いま少年がいるのは、森に残された長い傷跡のような場所で、湯のかわりに熱がたまった風呂といったふうだった。少年は重い足どりで、蔓草や折れた木の幹のあいだを進んだ。そのとき、赤と黄色の鳥が一羽、空想の世界の生き物のように、魔女めいた叫び声をはなって飛びたった。そしてその叫び声のこだまのように、べつの叫び声が響きわたった。

「ねえ、ちょっと待って！」

〈傷跡〉のわきの繁みが震えて、水滴がぱらぱら落ちた。

「ちょっと待って。ひっかかっちゃった」と声がいう。

金髪の少年は足をとめて、左右の長靴下をひきあげた。その仕草がごく自然だったので、一瞬、ここがロンドン周辺の森のように見えた。

声がまたいった。

「蔓草がからみついて、動けないんだ」

繁みのなかから、声の主がうしろ向きに出てきた。藪《やぶ》の小枝が、脂で汚れたウィンドブレーカーをひっかいた。むっちりしたむきだしの膝に棘が刺さった。少年は背をかがめて、棘をそっと抜きとってから、こちら向きになった。金髪の少年よりも背が低く、まるまると太っていた。安全な足の踏み場を探しながら、前に進んできた。それから顔をあげて、眼鏡の分厚いレンズごしに金髪の少年を見た。

「メガホンもった人はどこ?」

金髪の少年は首をふった。

「ここは島だ。ぼくは島だと思う。あれは環礁《かんしょう》だ。たぶん大人はひとりもいない」

太った少年はびっくりした顔をした。

「パイロットがいたよね。いた場所は客室じゃなくて、操縦席だったけど」

金髪の少年は目を細めて環礁を眺めやった。

「ほかの子たちのことだけど、外に出られた子はほかにもいるよね。きっといるよね」と太った少年がつづける。

金髪の少年はなるべくさりげない足どりで波打ちぎわのほうへ歩きだした。ぶっきらぼうな態度をとりながらも、そんな話には興味がないというそぶりが強く出すぎないようにした。太った少年は急いであとを追った。

「大人はひとりもいないのかな」

「いないと思う」

金髪の少年は重々しい調子でそういった。だが、以前からの夢が実現した喜びを抑えきれなくなった。〈傷跡〉のまんなかで逆立ちをし、逆さまになった太った少年ににこっと笑いかけた。

「大人はひとりもいない！」

太った少年はちょっと考えた。

「でも、パイロットがいたじゃない」

金髪の少年は両足をおろし、湯気を立てている地面にすわりこんだ。

「きっとぼくたちを落としたあと、飛んでいってしまったんだよ。ここには着陸できなかったんだ。滑走する場所がないから」

「ぼくたち攻撃されたんだよね！」

「パイロットはまた戻ってくるさ」

太った少年は首をふった。

「おりてくるとき、窓から外を見たんだ。そしたら飛行機の残りの部分が見えた。火が出てたよ」

太った少年は〈傷跡〉を眺めた。

「これは客室のせいでこうなったんだよね」

金髪の少年は、一本の折れた木の幹の、ぎざぎざの断面に触った。ふと好奇心を起こしたような顔になった。

「客室はどうなったんだろう。いまどこにあるのかな」

「嵐のせいで、海にひきずりこまれたんだ」と太った少年はいった。「両側から木が倒れてきて、ものすごく危なかったはずだよ。ずっとなかにいて、海に沈んだ子たちもいるだろうな」

「きみ、名前はなに？」

太った少年はちょっとためらってから訊いた。

「ラルフ」

太った少年は自分の名前を訊かれるのを待った。が、その質問はされなかった。ラルフという金髪の少年は、曖昧に微笑んだ。そして立ちあがり、また礁湖のほうへ歩きだした。

太った少年もすぐあとにつづいた。

「子供はほかにも大勢いると思うんだよね。きみ、見なかった？」

　ラルフは首をふり、足をはやめた。と、そのとき、木の枝につまずいて、ばったり倒れた。

　太った少年はそばで立ちどまり、荒い息をついた。

「叔母さんに走るなっていわれてるんだ」と太った少年はいった。「喘息《アスマ》だから」

「ケツの汚れ《アス・マー》？」

「そう。すぐ息が切れる。学校で喘息なのはぼくひとりだよ」太った少年はちょっと得意げにいった。「それに眼鏡は三歳のときからかけてるんだ」

　そういって眼鏡をはずし、ラルフのほうへ突きだして、瞬きしながら微笑んだ。汚れたウィンドブレーカーでレンズを拭いた。それから、青白い顔が、どこかが痛くてそのことを一心に考えるかのような表情になった。太った少年は頬の汗をぬぐいとり、すばやく眼鏡をかけた。

「あの果物」

　太った少年は〈傷跡〉を見ながらいった。

「あの果物のせいだ。やっぱりこんなことに――」

　眼鏡の位置を決めた少年は、ラルフから離れ、枝がもつれあった繁みのなかへ入っていき、しゃがんだ。

「すぐすむから――」

ラルフはその場を慎重に離れ、木の枝のあいだをそろそろと進んだ。何秒かして、うしろから太った少年のいきむ声が聞こえてきた。ラルフは自分と礁湖のあいだにもうひとつ横たわっている障害物にむかって足を急がせた。その障害物、すなわち一本の倒木を乗りこえて、森を出た。

海岸には椰子《やし》の木が立ち並んでいた。木は陽射しを背景にまっすぐ立ったり、傾いたり、ほかの木に寄りかかったりしていた。緑色の鳥の羽根をたばねたような葉は地上三十メートルほどのところにあった。椰子が生えている地面は砂浜より一段高く、雑草におおわれていて、あちこちに倒木が横たわり、腐った椰子の実や椰子の若木が点々としていた。そしてその背後にあるのが、暗い森と、ひらけた〈傷跡〉だった。ラルフは椰子の灰色の幹に片手をつき、目を細めて、光がきらめく海面を見た。一キロ半ほど先で、環礁が白い波を立てていた。そのむこうの外海は濃紺だ。いびつな弧を描く環礁に囲まれた礁湖は、山のなかの湖のように水面が静かで、さまざまな色合いの青と暗い緑と紫色をたたえていた。椰子の木が並ぶ土地と海のあいだには幅の狭い砂浜があった。砂浜は弓形にまがり、ラルフの左手のほうへ果てしなくのびていた。椰子の並木と砂浜と海岸線は、遠近法の構図をつくり、無限のかなたの一点に集まっていた。そしてあたりには、ほとんど目に見えそうなほどの熱い空気が満ちていた。

ラルフは土手から飛びおりた。黒い靴が砂にずぶりと埋まり、熱い空気が顔や体にあたった。なんとなく服が重く感じられた。靴を思いきり蹴とばし、長靴下をゴムの靴下留めもろともいっきに脱いだ。それから土手の上に戻り、シャツを脱いで、頭蓋骨のような椰子の実が転がっているあいだに立った。椰子の木と森の木々が投げかける緑の影が体に映った。ベルトの蛇の形をしたバックルをはずし、半ズボンとパンツを脱いで、素っ裸で立ち、目がくらむほどまぶしい砂浜と海を見やった。

年は十二歳と何カ月かで、幼児のようなおなかのふくらみはもうない。だが、思春期はまだ迎えておらず、裸になるのを恥ずかしがりはしなかった。肩幅が広く、骨ががっちりしているのを見れば、将来はボクサーになってもおかしくないが、口もとと目もとは優しそうで、腕白坊主の感じはなかった。ラルフは椰子の木を軽く叩いた。それから、本当にここは島だという現実にようやく納得して、また嬉しそうに笑い声をあげながら逆立ちをした。その状態から体をそらして前に回転し、きれいに着地すると、砂浜に飛びおりた。ひざまずき、両腕いっぱいに砂を抱えて胸に押しあてた。それから、砂の上にすわって、目を興奮で輝かせながら海を眺めた。

「ラルフ――」

太った少年が慎重に腰をおろし、土手の縁を椅子がわりにしてすわった。

「時間がかかってごめん。あの果物が――」

眼鏡のレンズを拭いて、また丸っこい鼻の上にかけた。鼻筋にはピンク色のV字形の筋がくっきりついていた。ラルフの黄金《こがね》色の体を批評するような目で見てから、自分の服を見おろした。胸あきの部分のファスナーのつまみに手を触れた。

「叔母さんがね——」

それから思いきったようにファスナーをひきおろし、ウィンドブレーカーを頭から脱いだ。

「よし脱いじまったぞ！」

ラルフは太った少年を横目で見たが、何もいわなかった。

「みんなの名前を訊かなくちゃいけないね」と太った少年はいった。「リストをつくるんだ。そして集会をひらかなくちゃいけない」

水を向けているのにラルフが気づかないので、太った少年はあとをつづけるしかなかった。

「ぼくはなんて呼ばれてもいいんだ」太った少年は秘密を打ち明けるようにいった。「学校で呼ばれてた名前でないかぎりね」

ラルフは軽く興味をそそられた。

「なんて呼ばれていたんだい」

太った少年はちらりとうしろを見返ってから、ラルフのほうへ体を傾けた。

そしてささやいた。

「〝子豚《ピギー》〟って呼ばれてた」

ラルフはかん高い声で笑いだした。飛びあがるように立った。

「ピギー！　ピギー！」

「ラルフ——ねえ！」

ピギーは不安げに両手を握りあわせた。

「だからそう呼ばれたくないって——」

「ピギー！　ピギー！」

ラルフは踊るように砂浜の熱い空気のなかに飛びだし、戦闘機となって引き返した。両手を斜めうしろへのばして、ピギーを機銃で攻撃する。

「ギュウウウウン！」

飛翔音を口で真似て、ピギーの足もとの砂の上に体を投げだし、笑った。

「ピギー！」

ピギーはしかたなく微笑んだ。こんなことでもラルフの関心を惹けたのが、不本意ながら嬉しかった。

「ほかの子たちにばらさないでくれるんなら——」

ラルフは砂にむかって含み笑いをした。ピギーの顔に、また痛みのことを一心に考えるような表情が戻ってきた。

「ちょっと待ってて」

ピギーは急ぎ足でまた森に入っていった。ラルフは立ちあがり、右手のほうへ小走りに歩きだす。

そこで砂浜は唐突に四角ばった地物《ちぶつ》でさえぎられていた。ピンク色の花崗岩《かこうがん》からなる大きな台地が、森と椰子の木立の土手と砂浜を容赦なくつらぬいて、礁湖に突堤のように突きだしている。砂浜との段差は一メートルちょっとあった。台地の表面は薄い土壌でおおわれ、硬い雑草が生え、椰子の若木が影を落としていた。土壌は厚みが足りないので、椰子はそれほど大きくは生長せず、六メートルほどになれば倒れて、枯れた幹が縦横斜めに交叉して模様をつくっていた。その倒木は腰掛けとしてうってつけだった。まだ立っている椰子は緑の屋根をなし、足もとには礁湖からの陽の照り返しが揺らめいていた。ラルフはその台地にあがり、日陰が涼しいのを知った。片目をつぶり、自分の体を見て、そこに落ちている影が本当に緑色であることを知った。足もとに気をつけながら突堤の部分へ行き、海を覗きこむ。水は底まで澄みわたり、熱帯の海草や珊瑚が明るい彩りを見せていた。小魚の群れがきらめきながら、あちら、こちらとすばやく水を切っていた。ラルフは低くうなるように喜びの声を漏らした。

「きれいだなあ！」

台地のむこうにはもっと素敵なものがあった。神のわざか自然現象のせいか——おそらくは台風か、ラルフたちが不時着したときに襲った嵐のせいだろう——礁湖の底に砂が堆積して、細長くて深い天然のプールが砂浜沿いにできていた。プールのむこう側はピンク色の花崗岩の高い岩の岸になっていた。ラルフは以前、砂浜にできている水溜まりを見て、これは深そうだと期待したら見かけに騙されていたという経験があるので、今度もがっかりするだろうと覚悟しながら近づいた。ところがこの島は期待を裏切らなかった。この満潮のときだけ海水に侵入されるらしいすばらしいプールは、片側がとても深く、深緑色をしていた。ラルフは長さが三十メートルほどあるプールの端から端までをじっくり観察してから、飛びこんだ。水は自分の血より温かく、巨大な風呂に入っているような気分になった。

ピギーがまたあらわれた。岩の縁に腰かけて、ラルフの緑がかった白い体を羨ましげに見た。

「きみ、泳ぎうまいね」

「きみも来いよ」

ピギーは靴と靴下を脱ぎ、それを岩の上に几帳面に並べてから、片足のつま先で海の水を調べた。

「熱いね！」

「冷たいと思っていたのかい」

「いや、どうとも思ってなかったけど。ぼくの叔母さんが――」

「叔母さんはもういいって！」

ラルフは浮いた状態から潜水をし、目をあけたまま水面下を泳いだ。砂が堆積しているほうの壁が丘の斜面のように見えてきた。浮かびあがってあおむけになり、鼻をつまんだ。顔のすぐ上で黄金色の光が踊って砕けた。ピギーは意を決したような顔をして、半ズボンを脱ぎはじめた。青白い太った体が裸になった。砂の斜面をつま先立ちでおりると、すわりこんで首まで水につかり、ラルフに得意げな笑みを向けた。

「泳がないのかい」

ピギーは首をふった。

「泳げないんだ。泳いじゃいけないんだよ。喘息《アスマ》が――」

「ケツの汚れ《アス・マー》はもういいよ！」

ピギーは控えめな忍耐力でこれを聞き流した。

「きみは泳ぎがすごくうまいね」

ラルフは背泳ぎで進み、口を水につけて、空中にぴゅっと水を噴いた。それから顎をもちあげて話した。

「五歳のときにはもう泳げたんだ。お父さんから教わった。お父さんは海軍中佐だ。いまに海軍から許可をもらって、助けに来てくれるよ。きみのお父さんはなに？」

ピギーは顔を赤らめた。

「ぼくの父さんは死んだ」早口でいった。「母さんは――」

眼鏡をはずして、拭くものはないかと探したが、何もなかった。

「ぼくは叔母さんといっしょに暮らしてたんだ。叔母さんはお菓子屋さんで、ぼくはお菓子をいっぱい食べた。好きなだけ食べてよかったんだ。きみの父さんはいつ助けに来てくれるの」

「なるたけ早く来てくれるさ」

ピギーは体から滴を垂らしながらプールからあがり、裸のまま立って、片方の靴下で眼鏡を拭いた。午前の熱い空気のなか、聞こえてくるのは、環礁で砕ける波の長いとどろきだけだった。

「ぼくたちがここにいるってどうしてわかる?」

ラルフは力を抜いて水に浮かんでいた。眠気が蜃気楼のように全身を包んできた。蜃気楼はいま礁湖のまぶしい海面と格闘していた。

「ここにいるってどうしてわかるの」

どうしてって、それは、とラルフは考えた。それは。それは。環礁の波の音がすうっと遠くなった。

「空港の人たちが教えてくれるよ」

ピギーは首をふった。レンズをきらめかせて眼鏡をかけ、ラルフを見おろした。

「空港の人たちにはむりだ。パイロットがいったこと聞かなかったのかい。原爆のこと。もうみんな死んでるよ」

ラルフは水から体をひきあげ、ピギーと向きあって立った。そしてこの異常な問題について考えた。

ピギーは意見を変えなかった。

「ここは島だよね？」

「岩に登ってみたんだ」ラルフはゆっくりといった。「ここは島だと思う」

「もうみんな死んでるよ」とピギーはいった。「そして、ここは島だ。ぼくたちがここにいることは、誰も知らないんだ。きみの父さんも知らない。知ってる人はひとりもいない――」

ピギーの唇が震え、眼鏡が曇った。

「ぼくたち死ぬまでここにいるのかもしれない」

その言葉とともに、暑熱はますます増して、脅威となる重みを備えるまでになった。礁湖は目をくらませる輝きで襲ってきた。

「さて服を着よう」ラルフはつぶやいた。「ええと、あそこか」

敵意ある陽射しに耐えながら、砂の上を小走りに歩いた。花崗岩の台地を横切り、服を脱ぎ散らかしたところへ来た。汚れたシャツをまた着るのは奇妙に気持ちのいいことだった。それからまた台地にあがり、緑の木陰の適当な丸太にすわった。ピギーも服のほとんどを抱えてあがってきた。それから礁湖に面した低い崖のそばの倒木に慎重に腰かけた。陽のまだらがピギーの体の上で揺れた。

やがてピギーがいった。

「ほかのみんなを捜さなくちゃ。何かしなくちゃいけない」

ラルフは何もいわなかった。せっかく珊瑚島にいるのにと思った。陽があたらない木陰で、ピギーの鬱陶《うっとう》しい言葉を無視して、愉しい夢想にふけった。

ピギーはなおもいった。

「全部で何人いるんだろう」

ラルフはピギーのそばへやってきた。

「さあね」

熱でかすんだ空気のもと、磨いたように平らな海面のところどころを、そよ風が吹きすぎた。その風が岸までたどり着くと、椰子の葉がささやき、ぼやけた光のまだらがふたりの体の上を滑り、日陰のなかで、羽の生えた明るい色の動物のように動いた。

ピギーはラルフを見た。ラルフの顔では光と影が逆転していた。顔の上のほうが緑色の影にそまり、下のほうが海面からの照り返しで明るんでいた。ぼやけた光のかけらがひとつ、髪の上を這っていた。

「何かしなくちゃいけないよ」とピギーはいった。

ラルフはピギーをじっと見つめた。空想したことはあっても完全な形で実現したことはなかった孤島での生活が、突然、現実のものとなったのだ。ラルフの唇が喜びの微笑みの形でひらいた。ピギーはこの微笑みを、自分への好意のしるしと受けとめて、嬉しそうな笑い声を漏らした。

「もしここが本当に島なら――」

「あれはなんだろう」

ラルフはそういって微笑むのをやめ、海のほうを指さした。羊歯《しだ》のような海草のあいだに、クリーム色のものがあった。

「石だろ」

「いや。貝だ」

ふいにピギーが品よく興奮した。

「ほんとだ。貝だ！　ああいうの、前にも見たことある。友だちの家の庭の塀にかけて飾ってあったよ。ほら貝っていうんだって。その子がほら貝を吹くと、お母さんが来るんだ。すっごい値打ちがあって――」

ラルフのすぐわきで、椰子の若木が一本傾いて礁湖の上にのびていた。重みで根がもちあがり、若木は倒れそうになっていた。ラルフはそれをひき抜き、先端で海のなかをつつきはじめた。魚たちが、光をはねながら右往左往した。ピギーが危なっかしく身を乗りだす。

「慎重に！　でないと壊れちゃう――」

「うるさいなあ」

ラルフはぼんやりといった。貝は珍しく、きれいで、愉しい玩具だった。けれども、自分とピギーとのあいだには、夢想がつくりだす幻影がいきいきと活動していて、その面白さにくらべれば、ピギーのことなどどうでもよかった。しなう椰子の若木で、貝を海草のなかから押しだした。ラルフは片手をてこ台にして、もう一方の手で若木を押しさげた。貝が海面の上にあがってきて水滴を垂らす。ピギーが両手で貝をとった。

いまや貝は、目には見えるが手で触れないものではなくなり、ラルフも興奮した。ピギーがまくしたてた。

「――これ、ほら貝だよ。すごく高いんだ。買おうと思ったら、何ポンドだか、何十ポンドだか、何百ポンドだか出さなくちゃいけないんだ――友だちは庭の塀に飾ってたんだよ。ぼくの叔母さんが――」

ラルフはピギーからほら貝をとった。水がひと筋、腕を流れた。色は濃いクリーム色で、ところどころがピンク色にそまっていた。すぼまった先に小さな穴があいていて、そこから反対側の、ピンク色の唇がひらいている部分まで、四十五センチほど。全体が螺旋状に巻いていて、繊細な浮き出し模様がある。ラルフはほら貝をふって、管の奥深くに入っている砂を出した。

「――吹くと牛の鳴き声みたいな音が出るんだ」ピギーはいった。「その友だちは白い石ももってたし、鳥かごで緑色の鸚鵡も飼ってた。もちろん白い石は吹かないけど、その子の話だと――」

ピギーは言葉を切り、ラルフが両手でもっている、濡れて光っているほら貝をなでた。

「ラルフ!」

ラルフは顔をあげた。

「これでほかの子たちを呼べるよ。集会をひらこう。音が聞こえたらみんな集まってくるから――」

ピギーはラルフに、にこっと笑いかけた。

「そのつもりだったんだろ?　そうするつもりで、水のなかからほら貝をひきあげたんだろ?」

ラルフは金髪をかきあげた。

「きみの友だちはどうやってほら貝を吹いたんだ」

「いっきに、ぷうっと息を吹きこむんだよ。ぼくはやっちゃいけないって、叔母さんにいわれた。喘息だから。ここに力を入れて吹くんだ」ピギーは自分の張りだしたおなかに手をあてた。「やってみてよ、ラルフ。みんなを呼べるよ」

ラルフは半信半疑で小さな穴に口にあて、吹いた。ぷしゅうっという音が出ただけだった。ラルフは口についた塩水をぬぐいとり、もう一度試した。が、ほら貝は黙ったままだ。

「友だちは、いっきに、ぷうっと吹いたよ」

ラルフは口を結び、空気を勢いよく穴に吹きこんだ。おならのような低い音が出た。ふたりはおかしくて大笑いした。何分間か、吹いては笑い、吹いては笑いをくりかえした。

「この辺から息を出すんだよ」

ラルフは意味を理解し、おなかの底から力を入れてほら貝を吹いた。そのとたん、音が出た。低い荒々しい音が、椰子の木立の下でとどろき、森のなかへひろがって、ピンク色の花崗岩の山からはね返ってきた。梢から鳥の群れが雲のように飛びたち、下生えのなかで何かがきいっと鳴いて走った。

ラルフはほら貝を口からはずした。

「すごい！」

ほら貝の大音声のあとでは、ラルフの声はささやきにしか聞こえなかった。ほら貝を口にあて、深く息を吸って、もう一度吹いた。音がふたたび響きわたった。今度は力がいっそう入ったおかげで、音は一オクターブあがり、最初のよりもずっとよく通った。ピギーが嬉しそうな顔で何か叫んだ。眼鏡がきらりと光る。鳥の群れが声をあげ、小動物が走って逃げた。ラルフの息が切れてきた。音程がさがり、低いうなりになり、それから音がかすれた。

ほら貝は沈黙した。それは光り輝く牙だった。ラルフは息切れして苦しげな顔だ。島の大気は鳥の鳴き騒ぐ声と、ほら貝の音のこだまに満ちた。

「音は何キロも先まで聞こえるね」とピギーがいった。

ラルフは息を整えると、今度は短い音をつづけて出した。

ピギーが叫んだ。「あ、あそこにひとり！」

椰子の木々のあいだに子供がひとりあらわれた。砂浜の百メートルほど離れたところにいた。年は六歳くらいだろう。体格がよくて、金髪。服は破れていて、顔には果物のかけらや汁がべっとりついていた。用をたすためだろうが、長ズボンをおろしていて、まだ半分しかひきあげていなかった。椰子の木立がある土手から砂浜に飛びおりると、ズボンが足もとまでずり落ちた。少年はズボンを脱ぎ捨て、花崗岩の低い台地まで小走りにやってきた。ピギーがひきあげてやった。ラルフがなおもほら貝を吹きつづけると、森のなかで何人もの少年の叫び声があがった。台地にあがってきた少年は、ラルフの前でしゃがみ、明るい表情でラルフを垂直に見あげた。これから何か大事なことが始まるらしいと悟ったのか、満足げな顔になった。ピンク色の片方の親指だけがきれいだったが、それを口に入れた。

ピギーが腰をかがめて少年に顔を近づけた。

「きみ、名前はなに？」

「ジョニー」

ピギーは、その名前をつぶやいてから、大声でラルフに伝えた。ラルフはまだほら貝を吹いているので、とりあわなかった。顔はすさまじい音を出す荒々しい喜びに赤黒くなり、心臓ははげしく打って胸の上で張りつめたシャツを振動させた。森のなかの叫び声が近づいてきた。

やがて砂浜に活気が満ちた。暑熱で陽炎《かげろう》が揺らめき、はっきりとは見えないが、大勢の少年たちが何キロにもわたって群れているように見えた。少年たちは音の立たない熱い砂の上を駆けてきた。ジョニーと同じような年恰好の小さな子が三人、森のびっくりするほどすぐ近くの林から出てきた。三人とも果物をむさぼり食っていたのだ。それからピギーより少しだけ年下の、小柄で色黒の少年が、下生えを割ってあらわれ、花崗岩の台地にむかって歩きながら、みんなに明るい笑顔を向けた。さらに何人もの少年たちがやってきた。みんな無邪気なジョニーにならって、椰子の倒木に腰かけ、つぎに起きることを待った。ラルフは短く、鋭く、ほら貝を吹きつづけた。ピギーが小さな子たちのあいだを歩いて名前を訊き、眉間にしわを寄せて覚えようとした。どの子もみな従順で、メガホンをもった大人たちに対するのと同じように、ピギーのいうことを聞いた。裸になって、服を手でもっている子もいた。服の一部だけを着ている子もいた。服は学校の制服で、灰色のものも、青いものも、薄茶色のものもある。ジャケットもあれば、ジャージもある。制服には校章やスローガンを刻んだバッジがついている。長靴下やセーターには学校ごとに決まっている色のストライプが入っていたりした。小さな子供たちは、緑がかった影のなかで倒木に腰かけて、顔を並べていた。髪は焦げ茶色、黄金色、黒、栗色、砂色、鼠色。私語をしながら、これから何が起きるのだろうと推測する目で、ラルフを見つめた。

ひとりずつ、あるいはふたり連れだって、子供たちが視界に飛びこんできた。砂浜の陽炎の立っているあたりと、こちらに近いところをへだてる線を越えてくると、姿が見えるようになるのだった。ピギーたちの目は、まず砂の上で踊る蝙蝠《こうもり》のような黒い生き物に惹きつけられ、そのあとでその上にある体を認めた。蝙蝠に見えるものは、真上から射す太陽の光のせいで、子供の両足のあいだに落ちている短く縮んだ影だった。ほら貝を吹きながら、ラルフは最後のふたりの体が、ひらひら動く黒い影とともに、花崗岩の台地へあがってくるのを見た。弾丸のような形の頭に、麻の屑糸のような髪をした少年がふたり、ラルフの前でぱっと体を横たえ、犬のように息をはずませながら、笑顔でラルフを見あげた。この子たちは双子で、びっくりするほどそっくりな顔と姿は、見ていると愉快な気分になるほどだった。ふたりは調子をそろえて息をし、微笑んだ。ずんぐりした体格で、元気だった。ふたりは濡れた唇をひらきぎみにしてラルフを見あげていた。皮膚がまだしっかりしていないので、顔の輪郭がひきしまらず、口も軽くひらいているのだった。ピギーは背をかがめ、眼鏡のレンズを光らせながら、ふたりに顔を近づけた。ほら貝の音のあいまに、ピギーがふたりの名前をくりかえす声が聞こえた。

「サム、エリック、サム、エリック」

それから確認しようとして指さしたら、間違えた。双子は首をふり、それはこっちだよ、と互いを指さした。みんなは笑った。

しばらくしてラルフがほら貝を吹くのをやめ、その場にすわった。片手でほら貝をつかんだまま、頭を両膝の上に垂れた。そのうちほら貝の音のこだまが消え、笑い声もやんだ。静寂が訪れた。

砂浜で輝くダイヤモンドの靄《もや》のなかで、何か黒いものが動いているように見えた。最初に見つけたラルフが、じっと目をこらすので、ほかの目も全部そちらを向いた。やがて黒いものが陽炎のなかからものがはっきり見える場所へ出てきた。黒いのは影だけではなく、服もそうだった。それは一団の少年で、二列縦隊になり、ほぼ完全に歩調をあわせていた。どの少年も奇妙な服装をしていた。半ズボンにシャツの姿で、上着はめいめいちがうものを手にもっていた。だが、どの少年も、銀色のバッジのついた四角い黒い式帽をかぶっている。体は喉もとから足首まで、黒いマントに包まれていた。マントの左胸には銀色の長い十字架の飾りがあり、首のまわりには骨つきハムの紙飾りのようなフリルがついていた。熱帯の熱い大気、下山、食料さがし、それから灼熱の砂浜での汗をかきながらの行進のおかげで、少年たちの顔は洗いたてのスモモの色になっていた。指揮をとる少年は、服装は同じだが、式帽のバッジが金色だった。花崗岩の台地から十メートルほどのところまで来たとき、少年はとまれ！　と号令をかけた。強烈な陽射しのもと、一行は息をあえがせ、汗を流し、体をゆらりゆらりさせた。少年が前に出てきた。マントをはためかせて台地に飛びあがる。そして彼には真っ暗闇としか見えない木陰に目を向けた。

「喇叭《らっぱ》を吹いた大人の人はどこにいる」

ラルフは、太陽の光で目がくらんでいるんだなと思いながら答えた。

「喇叭を吹いた大人なんていない。いまのはぼくなんだ」

マント姿の少年が近づいてきて、ラルフに目をすえ、顔をしかめた。膝にクリーム色のほら貝をのせた金髪の少年など見ても、満足できないようだった。黒いマントをひるがえして、すばやく体の向きを変えた。

「それじゃ船が来たんじゃないのか」

マントがもちあがったときに見えた少年の体はすらりと細く、骨ばっていた。黒い式帽の下の髪は赤みがかっていた。くしゃっとしかめた、そばかすのある顔は、愚鈍さはないが、醜かった。その顔が、青いよく光る目でこちらを見ていた。落胆が、いまにも怒りに変わりそうだった。

「大人はいないんだな」

ラルフが少年の背中に答えた。

「いない。いま集会をひらくところなんだ。きみたちも参加してくれ」

マント姿の集団は緊密な列を解きはじめる。が、背の高いリーダーの少年が叫んだ。

「聖歌隊！　動くな！」

聖歌隊は、くたびれ果てていても従順に整列し、陽射しのもとでゆらりゆらりした。とはいえ、何人かが小さな声で不平を唱えはじめた。

「でも、メリデュー。頼むよ、メリデュー……いいだろう？」

そのとき、少年のひとりが砂の上に顔からばたりと倒れ、隊列がほどけた。みんなで倒れた少年を花崗岩の台地へ運びあげて寝かせた。メリデューと呼ばれた少年は、みんなを睨みつけながらも、ことを収めようとはかった。

「よし、いいだろう。みんなすわれ。倒れたやつは放っておくんだ」

「でも、メリデュー」

「こいつはしょっちゅう気絶する」とメリデューはいった。「ジブラルタルでもやった。アディスアベバでもやった。朝の礼拝式で先唱する子に倒れかかった」

この内輪の暴露話に、聖歌隊員たちはくすくす笑った。聖歌隊員たちは、交叉して倒れている椰子の木に、黒い鳥がとまるように腰かけて、好奇の目で調べるようにラルフを見た。ピギーは聖歌隊員たちに名前を訊かなかった。この優越感にひたりきった黒い制服の一団と、メリデューの声がもつ傲慢な響きにおじけづいた。そしてラルフの体の陰で身を縮め、せっせと眼鏡を拭いた。

メリデューはラルフのほうへ向きなおった。

「大人はひとりもいないのか」

「いない」

メリデューは椰子の倒木に腰をおろして、集まっている少年たちを見まわした。

「じゃ、自分たちでなんとかしなくちゃいけないわけだ」

ラルフの陰にいれば安心と見たのか、ピギーはおそるおそる発言した。

「だからラルフが集会を招集したんだ。何したらいいか決めるために。それでいまみんなの名前を訊いてたんだ。あの子はジョニー。あのふたりは――双子だ。サムとエリック。どっちがエリックだっけ――？　きみ？　ちがうか――きみがサムで――」

「ぼくがサムで――」

「ぼくがエリック」

「みんな、お互いに名前を知っていたほうがいい。ぼくはラルフだ」

「さっきからここにいた子の名前はもうだいたい聞いたんだ」とピギーはいった。

「ぼくはジャック、なんて、子供みたいにファーストネームで自己紹介するのはごめんだな。名前はメリデューだ」

ラルフはジャック・メリデューをさっと見た。それは自分自身の心根を知っている人間の声だった。

「それから」とピギーがつづけた。「あの子は――ええと、忘れちゃった――」

「おまえはしゃべりすぎだ」とジャック・メリデューがいった。「黙ってろ、デブ」

笑いが起きた。

「この子はデブじゃない」とラルフは声をあげた。「ピギーっていうんだ」

「ピギー！」

「ピギー！」

「わーい、ピギーだって！」

笑いの嵐が起きた。いちばん小さい子までが加わった。このとき、少年たちはピギーだけを除け者にして、共感の閉回路をつくりあげていた。ピギーはピンク色にそまり、うなだれ、また眼鏡を拭いた。

しばらくして笑いがおさまり、自己紹介がつづいた。モーリスは、聖歌隊のなかでジャック・メリデューのつぎに背が高いが、ジャックとちがって横幅があり、いつもにやにや笑っていた。それから、やせていて、こそこそした感じの子がひとりいた。誰もこの子のことを知らないようだった。秘密を抱えて、人を避けて、内に閉じこもっているようなところがあった。この子は、ぼくはロジャー、といったあと、また黙りこんだ。ほかには、ビル、ロバート、ハロルド、ヘンリー。気絶した聖歌隊員は、すでに体を起こし、椰子の木にもたれてすわっていた。青白い顔でラルフに微笑みかけ、ぼくの名前はサイモン、といった。

ジャックが発言した。

「どうやったら救助されるか相談しないと」

場がざわついた。ヘンリーという小さな子が、ぼく、うちに帰りたい、といった。

「みんなちょっと黙ってくれ」ラルフが、いまひとつ気の入らない調子でいい、ほら貝をもちあげた。「ぼくはものごとを決めるのに隊長が必要じゃないかと思う」

「隊長だ！　隊長だ！」

「ぼくが隊長になるべきだな」ジャックが単純素朴な傲慢さでいった。「ぼくは聖歌隊の首席隊員で、学校の首席監督生（「監督生」はパブリック・スクールで生徒たちの風紀上の監督をする上級生）だ。それに高いドのシャープまで出るぞ」

またざわめきが起きた。

「よし。それじゃぼくが——」

ジャックはそこでいいさした。あの色黒の少年、ロジャーが、もぞもぞ身動きして、声をあげたからだ。

「選挙しようよ」

「そうだ！」

「隊長の選挙だ！」

「選挙をしよう――」

この選挙という玩具も、ほら貝に匹敵するほど愉しいものだった。ジャックは反対しようとした。けれども、みんなの熱狂は、選挙をしようということから、拍手喝采でラルフを選ぼうということのほうへ移っていた。ラルフがいい理由は、誰にもきちんと説明できなかっただろう。頭はピギーのほうがよさそうだし、リーダーらしい子というならジャックのほうだ。だが、すわっているラルフには落ちつきがあった。体が大きいし、外見が魅力的だということもあった。それから、意味合いはいちばん曖昧だが、何よりも強く効いているのが、ほら貝をもっているという点だった。ほら貝を吹き、すわってその優美なものを膝にのせ、みんなが花崗岩の台地に集まってくるのを待っていた子、ということで、ラルフは特別なのだった。

「貝をもってるあの人がいいよ」

「ラルフだ！　ラルフだ！」

「喇叭みたいなのをもってる人を隊長にしようよ」

ラルフは片手をあげて静粛を求めた。

「よし。それじゃ、ジャックがいいという人」

陰鬱な従順さで、聖歌隊が手をあげた。

「じゃ、ぼくがいいという人」

聖歌隊とピギー以外の全員が、すぐに手をあげた。それからピギーの手も、しぶしぶという感じで宙にもちあがった。

ラルフは数をかぞえた。

「じゃ、ぼくが隊長だ」

輪をつくっている少年たちの拍手がはじけた。聖歌隊までが手を叩いた。ジャックの顔が、屈辱で紅潮し、そばかすが消えた。ジャックは立ちあがりかけたが、気が変わり、まだ喝采が空中で響いているあいだに、ふたたび腰をおろした。ラルフがジャックを見た。何かを差しだしたい気持ちでいっぱいになっていた。

「もちろん、聖歌隊長はきみだ」

「聖歌隊は軍隊になれるぞ――」

「狩猟隊にもだ――」

「それから――」

ジャックの顔から紅潮がひいた。ラルフがまた片手をあげて、静粛を求めた。

「ジャックが聖歌隊の隊長だ。聖歌隊は――なんの役目を果たしたいんだい」

「狩猟隊だ」

ジャックとラルフは、好意のこもった照れ笑いをかわした。ほかの少年たちはうきうきと雑談を始めた。

ジャックが腰をあげた。

「よし、聖歌隊はマントを脱いでいいぞ」

授業が終わったときのように、聖歌隊員たちは立ちあがり、おしゃべりをしながら黒いマントを脱いで草の上に積み重ねた。ジャックは自分のマントを、ラルフのそばの倒木に置く。灰色の半ズボンは汗で体に張りついていた。ラルフは感心して聖歌隊を見た。その視線に気づいたジャックは説明した。

「まわりが海かどうか確かめようと思って、あの山に登りかけていたんだ。そしたら、きみのほら貝の音が聞こえたもんだから」

ラルフはにっこり笑い、静かに、という仕草でほら貝をもちあげた。

「みんな聞いてくれ。いろんなことを考えるのには時間がかかる。何をしたらいいか、すぐには決められない。ここが島でないのなら、じきに救助が来る可能性がある。だから、ここが島かどうか確かめなくちゃいけない。みんなここら辺で待っていて、どこにも行かないようにしてくれ。探検は三人で行く。それ以上だとややこしくて、誰かはぐれるかもしれない。行くのはぼくと、ジャック、それから、それから……」

ラルフは、行きたそうな顔の輪を見まわした。候補者は多すぎるほどいた。

「サイモンだ」

サイモンのまわりにいる少年たちがくすくす笑った。サイモンも小さく笑いながら、立ちあがった。もう気絶したときのように青い顔はしていなかった。やせた、いきいきとした少年だった。額にたらした硬いまっすぐな黒髪の庇《ひさし》の下から、まなざしを向けてきた。

サイモンはラルフにむかってうなずいた。

「ぼく、行くよ」

「じゃ、ぼくも――」

ジャックが鞘からかなり大きなナイフを抜き、木の幹に突きたてた。少年たちはざわつき、すぐに静まった。

ピギーが体をもぞもぞさせた。

「ぼくも行く」

ラルフがピギーに顔を向けた。

「きみはこういう仕事に向いていないよ」

「それでも――」

「おまえは来なくていい」とジャックがにべもなくいった。「三人で充分だ」

ピギーの眼鏡がきらりと光った。

「ラルフがほら貝を見つけたとき、ぼくはいっしょにいた。ほかの誰よりも先に、ラルフといっしょだった」

ジャックも、ほかの少年たちも、とりあわなかった。集会は解散した。ラルフとジャックとサイモンは、花崗岩の台地から飛びおり、プールのわきの砂浜を歩きだした。ピギーが少し遅れて、よたよたとついていく。

「サイモンをまんなかにしよう」とラルフがいった。「ぼくたちは頭ごしに話ができるから」

三人は歩調をあわせはじめた。サイモンはときどきすばやいすり足で追いつかなければならなかった。しばらくしてラルフが足をとめてふりかえり、ピギーに声をかけた。

「なあ」

ジャックとサイモンは気づかないふりをして歩きつづける。

「きみは来ちゃだめだ」

ピギーの眼鏡がまた曇った。今度は屈辱のせいだった。

「きみ、ばらしたよね。ばらさないでって頼んだのに」

顔が紅潮し、声が震えていた。

「ほかの子たちにばらさないでって――」

「いったいなんのことだい」

「ピギーって呼び名のことさ。それ以外の呼び方ならなんでもいいっていったのに。だからばらさないでって頼んだのに、きみはあっさりと——」

ふたりは黙りこみ、身じろぎもしなかった。ラルフはピギーが傷ついているのを見てとり、そういうことかと悟った目でピギーを見つめた。そして謝るか、さらにからかうか、ふたつの道のあいだで迷った。

「デブよりピギーのほうがいいだろ」ラルフはようやくいった。リーダーらしい、きっぱりした口調だった。「でも、きみがそんなふうに感じたのならごめん。さあもう戻って、みんなから名前を聞いてくれ。それがきみの仕事だ。またあとで」

ラルフは背中を向け、走ってふたりのあとを追った。ピギーはじっと立っていた。憤慨の紅潮は、両頰からゆっくりと消えていった。しばらくして花崗岩の台地へ戻った。

三人の少年は砂の上をきびきびと歩いた。いまは干潮で、海草が打ちあげられた砂浜は道路のように固くしっかりしていた。少年たちと風景の上には一種の輝きがひろがり、少年たちはその輝きを意識して、幸福な気分になった。三人はしきりに互いの顔を見あって、興奮して笑った。ほかの子の話は聞かず、自分がしゃべりたいことをしゃべった。大気は明るかった。ラルフはこのすばらしい気分を表現するために倒立前転をした。笑いやむと、サイモンがラルフの腕をおずおずとさすり、それでまた三人は笑った。

「よし、ぼくたちは探検隊だぞ」とジャックがいった。

「島の端まで行こう」とラルフはいった。「角のむこうを見てみよう」

「もしここが島ならだけど――」

夕方に近づいてくるにつれて、陽炎も少しおさまってきた。三人は島の端まで来た。はっきりと島の端だとわかった。魔法の世界のように曖昧模糊としているということはなかった。海岸にはお定まりの角ばった岩が積み重なっており、そのうちひとつの大きな岩が礁湖にむかって突きでている。海鳥がそこに巣をつくっていた。

「ピンク色のケーキに砂糖衣がかかっているみたいだ」とラルフがいった。

「角のむこうなんて見えやしない」ジャックがいった。「角なんてないものな。ゆるやかなカーブがあるだけだ。この先の岩は登りにくそうだな」

ラルフは目の上に手をかざして、岩がごろごろしている山裾を眺めやった。このあたりの砂浜は、いままで歩いてきたなかで山にいちばん近い場所だった。

「ここから山に登ってみよう」とラルフはいった。「それがいちばん簡単なはずだ。森の幅が狭くて、岩がたくさん見えている。さあ行こう」

三人の少年は登りはじめた。何か未知の力が立方体の岩をひねり、岩が裂けて、斜めの層が下から大きい順に重なった形になっていた。いちばん普通に見られるのは、ピンク色の崖の上に斜めにひしゃげた岩がのっている地形だった。その岩の上にはまた岩がのり、さらに岩がのりという恰好で、森の蔓草がつくる奇怪な輪模様のまんなかからバランスよく重なった岩が突きだしていた。ピンク色の崖が地面から突きでているところでは、しばしば狭い小道がまがりくねりながら上にむかってのびていた。三人は植物の世界に深くもぐりながら、岩に顔をくっつけるようにして、少しずつ小道を登っていった。

「この道はどうやってできたんだろう」ラルフがいった。

ジャックは足をとめて、顔の汗を拭いた。ラルフも息をはずませながら、そのそばで立ちどまった。

「人間がつけたのかな」

ジャックは首をふった。

「動物だよ」

ラルフは木々の下の闇を覗きこんだ。森はかすかに揺れていた。

「行こう」

難しいのは岩の肩を回りこみながら急斜面を登ることではなかった。ときどき下生えが小道をふさいでいて、それを通り抜けてつぎの小道まで行くのに骨が折れるのだった。蔓草の根と蔓はひどく密にからみあっているので、三人はしなやかな針のようにすきまを縫わなければならなかった。進むべき道の手がかりとなるのは小道の茶色い土と、ときどき草のあいだから漏れてくる光のほかには、斜面の傾き具合だけだった。蔓草のレース編みにあいているこの穴は、あの穴より高いところにあるだろうか、といったことを判断する必要があった。

三人はどうにか上にあがっていった。

からみあう蔓草に閉じこめられ、それまでで最高に困難な状況に陥ったとき、ラルフは輝く目をほかのふたりに向けた。

「すごいな」

「ものすごい」

「最高だ」

歓喜の理由ははっきりしなかった。三人とも体がほてり、汚れ、疲労していた。ラルフはひっかき傷だらけになった。蔓草は少年たちの腿と同じくらい太く、さらに先へ進む通り道として狭いトンネルのようなすきましか残してくれていなかった。ラルフは試しに大声を張りあげてみた。音はこもってしまい、こだましなかった。

「これは本物の冒険だな」ジャックがいった。「きっといままで誰もここへ来たことがないんだ」

「地図を描かなくちゃな」ラルフがいった。「紙はないけど」

「木の皮に傷をつけて、黒いものをすりこむといいんだよ」サイモンがいった。

またしても、薄闇のなかで、三人の光る目が厳粛なる共感を成立させた。

「すごいな」

「ものすごい」

逆立ちができる場所はなかった。このときのラルフは、感情の高まりを表現するため、サイモンを殴り倒す真似をした。まもなくふたりは薄暗がりのなか、もつれあって愉快に戯れていた。

それから体を離したあと、まずラルフが口をひらいた。

「先へ進まなくちゃ」

ピンク色の花崗岩でできたつぎの崖は、蔓草や樹木から離れていたので、小道を小走りに駆けあがることができた。それからまた木立に入ったが、今度のはいままでより木々の間隔が広いので、すきまから海が少し見えた。陽の光も入ってきた。おかげで薄闇の湿った熱気のなかで服にしみこんでいた汗が乾いた。ようやく、あとはピンク色の岩を登れば頂上に着くというところまで来た。もう暗闇のなかを進まなくてもいい。少年たちは角の鋭い石を踏みながら狭い道をたどった。

「おい！　あれ見ろ！」

ここまで高く登ってくると、割れた岩が乾し草の山や煙突のように積み重なっていた。ジャックが寄りかかった岩は、三人で押すと、ごりごり音を立てて動いた。

「行くぞ――」

これは先へ進むぞ、の〝行くぞ〟ではなかった。頂上をめざすのは後回しにして、三人の少年はこの挑戦を受けて立つことにした。岩は小型の自動車ほどある。

「そうれ！　そうれ！」

リズムをつけて揺らすんだ。

「そうれ！　そうれ！」

どんどん大きく揺らしていけ。振り子を大きく揺らすように。踏みとどまれる限界を越えるまで――どんどん――どんどん――

「そうれ！　そうれ！」

大きな岩はつま先で立ち、もうもとへは戻らないと覚悟を決め、宙を移動し、落下し、崖にぶつかり、ひっくり返り、空を切ってうなりをあげ、森の天蓋を打ち、深い穴をあけた。こだまと鳥の群れが飛びたった。白とピンク色の砂埃が噴きあがり、森の底が揺れた。まるで怒り狂う怪物が通ったかのようだった。それから、島は静かになった。

「すごい！」

「爆弾みたいだ！」

「うわあ！」

三人はこの勝利感からなかなか身をひきはがせなかったが、五分後にはようやくそうした。

そこから頂上までの登攀《とうはん》は簡単だった。あとひと息のところで、ラルフは足をとめた。

「おお！」

三人はいま、頂上に近い山腹にできた半円形の窪地の縁にいた。そこでは何かの岩生植物が青い花をいちめんに咲かせていた。花は窪地からあふれ出し、森の樹冠にたっぷりと垂れかかっていた。空中には蝶がうんといて、舞いあがったり、ひらひら漂ったり、花にとまったりしていた。

半円形の窪地のむこうに四角い山頂がある。まもなく三人はそこに立った。

ここが島であることは前から推測できていた。ピンク色の岩場を登ってくるあいだ、左右どちらにも海が見えたことや、空気が澄みきっていることから、周囲に海があるのは直感的にわかった。とはいえ最終的な判断の言葉は、山頂に立ち、ぐるりと円を描く水平線を見るまでとっておくほうがいいような気がしたのだ。

ラルフはほかのふたりのほうを向いた。

「ここはぼくたちのものだね」

島はだいたい船のような形をしていた。島のこちら側は山が盛りあがっていて、背後は岩が重なりあった地形が海岸までおりていた。左右には岩場があり、崖があり、崖の下は急斜面をなす森だ。前方には船体が長くのびている。左右の方向よりも傾斜はゆるやかで、木々におおわれ、ところどころにピンク色の岩が覗いている。その先は平坦な森で、緑が濃いが、先のほうにはピンク色の岩がある。島はこうして先細りになっていくが、そのすぐ先にはもうひとつ島がある。いや島というより、本体の島と細い部分でつながったひとつの岩で、まるで砦のようだ。島の緑の部分のむこうに、ひとつだけ、ピンク色の禿げた岩が城砦のように控えている。

少年たちは陸地を検分したあと、外海を眺めた。三人は高いところにいるし、午後の時間はもうだいぶ進んでいるので、眺望が陽炎に鮮明度を奪われることはなかった。

「あれが環礁だ。環になった珊瑚礁だ。ああいうのを写真で見たことがある」

環礁は、島の片方の岸の両端からさらに前後に大きく張りだして広く海を囲いこんでいた。礁湖の反対側の珊瑚礁は一キロ半ほど沖を、島の岸と平行に走っていた。それはあたかも巨人が島の輪郭と同じ形をチョークの優雅な線で海上に描こうとしたが、疲れて途中でやめてしまい、切れ目が残ってしまったといったふうだった。礁湖の水は孔雀の羽のような青みがかった緑色で、水族館の水槽のように岩や海草が透けて見えた。外側は濃紺の大海原だった。潮の流れが環礁から長く尾をひく泡の筋をつくっているので、少年たちは島が船尾の方向へたえず進んでいるかのような感覚をもった。

ジャックが下界を指さした。

「あれがぼくたちの不時着した場所だな」

崖と山腹の下に、森が傷ついている場所が見えた。木の幹が折れ、さらに客室がひきずられた跡がついていて、〈傷跡〉と海とのあいだには椰子の木立の残骸があるだけだった。海に突きでている花崗岩の低い台地も見え、その近くで虫のように小さな少年たちが動いているのが見えた。

ラルフは、自分たちが立っている草木のない山頂から斜面をおり、雨裂をくだり、花畑を横切って、くねくねまがりながら〈傷跡〉の手前の低い台地にいたる道筋を、口に出して確認した。

「それがいちばん早い帰り道だ」

三人は目を輝かせ、口をひらき、勝利感をおぼえながら、自分たちが握っている支配権を味わった。気分が高揚し、仲間意識で結ばれていた。

「村の煙は見えないし、船も見えない」ラルフは利発そうにいった。「あとで確かめなくちゃいけないけど、どうやら無人島だね」

「食料を手に入れないと」ジャックが声をあげた。「狩りをしよう。獲物をつかまえるんだ……救助が来るまで」

サイモンはふたりを見た。何もいわず、黒い髪が前後に揺れるくらい大きくうなずいた。顔が紅潮していた。

ラルフは環礁のない側の山肌を見おろした。

「あっちのほうが険しいな」ジャックがいった。

ラルフは両手で何かをすくいあげるような仕草をした。

「あの辺の森……山が抱きかかえているみたいだ」

斜面の途中のやや平らになった場所ではつねに、山は森を抱きかかえていて――木々が繁り、花が咲いていた。森が身じろぎし、うなり、揺れはじめた。三十秒ほど、近い岩場で咲いている花がひらひら動き、涼しい風が少年たちの顔を冷やした。

ラルフは両腕をひろげた。

「全部、ぼくらのものだね」

三人は山の上で笑ったり、はねたり、叫んだりした。

「おなかすいちゃった」

サイモンがそういうと、ほかのふたりも自分の空腹に気づいた。

「じゃ帰ろう。知りたいことはわかったから」ラルフはいった。

三人は岩の斜面をくだり、花畑におり、森のなかを進んだ。やがて足をとめ、周囲の藪を好奇の目で見た。

まずサイモンがいった。

「蠟燭《ろうそく》みたいだ。蠟燭の木。蠟燭の蕾《つぼみ》」

それは色の濃い常緑樹で、香りが高かった。おびただしい蕾は、蠟を塗ったように光沢のある緑色で、固く閉じて陽射しを遮断していた。ジャックがナイフで蕾をひとつ切りとると、芳香が三人にこぼれかかった。

「蠟燭の蕾だ」

「でも、火はともせない」とラルフがいった。「見た目が蠟燭に似ているだけだ」

「緑の蠟燭か」ジャックが馬鹿にしたようにいった。「食べられないしな。さあ行こう」

鬱蒼とした森の入り口に来て、疲れた足を運んでいるとき、突然、きいきいという声と——蹄《ひづめ》が小道をはげしく打つ音が聞こえた。三人が前に押し進むと、かん高い声は大きくなり、逆上した悲鳴になった。子豚が一匹、蔓草の幕にとらわれ、恐怖のあまり狂乱して、弾力のあるその幕を突き破ろうと突進をくりかえしているのだった。声は細いが、針のように鋭く、執拗だった。三人の少年は勢いよく前進した。ジャックがまた派手な身ぶりでナイフを抜いた。ジャックは片腕を宙にあげた。そこで休止があった。子豚は悲鳴をあげながら蔓草の幕をぐいぐい動かす。ジャックの骨ばった腕の先で刃がひらめきつづける。その休止のあいだに、少年たちはナイフをふりおろすことがどれほど極悪なことかを悟る暇があった。そのうち子豚は蔓草から身をもぎ離し、下生えのなかに駆けこんだ。少年たちは互いの顔と、子豚がいた怖ろしい場所を見た。ジャックのそばかすのある顔は真っ青だった。まだナイフを高くふりかざしていることに気づき、腕をおろし、ナイフを鞘におさめた。それから三人は恥ずかしそうに笑い、斜面を登ってもとの小道に戻った。

「場所を選んでいたんだ」とジャックはいう。「どこを刺したらいいか、考えていた」

「がっと突くんだよ」とラルフは口荒くいった。「豚はがっと突くんだって、大人はいってたよ」

「それから喉を切って血を出すんだよな」とジャック。「そうしないと肉は食べられないんだ」

「きみ、どうして――？」

どうしてジャックがやらなかったのかは、三人ともわかっていた。大きなナイフを生き物の体に突きたてることのおぞましさ、血を見ることの耐えがたさが、理由だった。

「やろうとしたんだ」とジャックはいった。先頭を歩いているので、あとのふたりには顔が見えなかった。「場所を選んでたんだ。つぎはきっと――！」

ジャックは鞘からナイフをさっと抜き、木の幹に叩きつけるように突きたてた。次回は情け容赦なくやる。すさまじい勢いでふりむき、やれないと思うならそういってみろと挑む目で、ふたりを見た。やがて三人は陽射しのもとに出た。しばらくは食べ物を探してむさぼり食い、それから〈傷跡〉を横切って、集会をひらいた低い台地のほうへ歩いていった。

第二章　山の上の火

　ラルフがほら貝を吹き終えるころ、低い台地は少年たちでいっぱいだった。今回の集会と今朝の集会とでは、ちがいがあった。午後の陽射しは台地の反対側から斜めにさし、ほとんどの少年は陽灼《ひや》けの痛みを遅ればせに思い知って、服を着ていた。聖歌隊は集団性が薄れてきたのが顕著で、マントを脱いだままだった。

　ラルフは倒木に腰かけて、体の左側に陽の光を浴びていた。右側には聖歌隊員のほとんどがいた。左側には年長の少年たちがいた。彼らは疎開前には互いを知ってはいなかった。ラルフの前の草地には小さい子供たちがすわっていた。

　沈黙がおりた。ラルフがクリーム色とピンク色の貝を膝にのせたとき、ふいに風が吹き、低い台地の上に光のまだらが散った。立つほうがいいか、すわったままがいいかで迷った。左手のプールのほうを横目で見た。ピギーは近くにすわっていたが、補佐しようとはしなかった。

ラルフは咳払いをした。

「さてと」

ふいにラルフは、自分が流暢にしゃべれ、説明すべきことを説明できることに気づいた。金髪を手ですいてから、こういった。

「ここは島だ。山の上にあがったら、まわりが海なのがわかった。家も、煙も、足跡も、船も、人間も、見えなかった。ぼくたちは、ほかに誰もいない無人島にいる」

ジャックが口をはさんだ。

「それでも軍隊は必要だ。狩りをするためだ。豚を狩って――」

「そう。島には豚がいるんだ」

ラルフとジャックとサイモンは、蔓草のなかでもがいていたピンク色の生き物がどんな感じのものだったかを伝えようとした。

「ぼくたちは見たんだ――」

「きいきい鳴いて――」

「ぱっと逃げて――」

「殺しそこなった――でも――次回は！」

ジャックはナイフを木の幹に突きたて、挑む目でみんなを見まわした。

集会はまた落ちついた。

「ということで、肉を手に入れるためには狩猟隊が必要だ」とラルフ。「それともうひとつ」

ラルフはほら貝を膝にのせ、陽に照りつけられている顔の群れを見まわした。

「大人はひとりもいない。だからなんでも自分たちでやらなくちゃいけないんだ」

ざわつきが起きたが、すぐに静まった。

「それともうひとつ。みんなが一ぺんにしゃべったんじゃ訳がわからない。学校みたいに、いいたいことがあるときは手をあげるんだ」

ラルフはほら貝を顔の前にかかげ、横へ顔を出していった。

「そしたらこのほら貝を渡すから」

「ほら貝？」

「この貝はほら貝っていうんだ。ぼくはつぎに話す人にほら貝を渡す。渡された人は、話すあいだこれをもっているんだ」

「でも――」

「あのさあ――」

「誰かがほら貝をもって話しているときは邪魔しちゃいけない。何かいっていいのはぼくだけだ」

ジャックが立ちあがった。

「ルールが必要なんだ！」興奮して叫んだ。「たくさんのルールが必要だ！　それを破った者は――」

「うひゃー！」

「ぎゃあーっ！」

「うええ！」

「ああーっ！」

ラルフは膝にのせたほら貝がもちあがるのを感じた。ピギーがほら貝を抱えると、みんなは叫ぶのをやめた。ピギーの左側に立っているジャックが迷うような顔でラルフを見る。ラルフは微笑んで、自分のすわっている木を手で叩いた。ジャックはそこに腰をおろした。ピギーは眼鏡をはずし、瞬きしながらみんなを見た。シャツの裾で眼鏡を拭きながら、こういった。

「みんなラルフの邪魔をしてるよ。おかげでラルフはいちばん大事な話ができないでいるんだ」

ピギーは間をあけて効果を高めてからつづけた。

「ぼくたちがここにいることを誰が知ってる？　え？」

「空港の人が知ってるんじゃない」

「喇叭みたいなのをもった人が――」

「ぼくのお父さんが知ってる」

　ピギーは眼鏡をかけた。

「いや、誰も知らないんだよ」とピギーはいった。だんだん顔が青くなり、息が切れてきた。「ぼくたちの目的地は知ってたかもしれない。それもわからないけどね。とにかくここにいることは知らないんだ。ぼくたちは目的地にたどり着かなかったから」ピギーはしばらくみんなを見ていたが、やがてゆらりと体を揺らして、腰をおろした。ラルフがその手からほら貝をとった。

「そのことをぼくはいおうとしていたんだ」とラルフは話をひき継いだ。「それなのにきみたちは……」ラルフは、自分を注視している少年たちを見た。「飛行機は攻撃されて、燃えながら落ちていった。ぼくたちがどこにいるかは誰も知らない。ぼくたちは長いあいだここにいることになるかもしれないんだ」

　しんと完全に静まりかえったので、ピギーの不規則な息づかいが耳に立って聞こえるほどだった。低く傾いた陽の光が台地の半分を黄金色にそめていた。環礁で自分のしっぽを追いかける子猫のように戯れていた風が台地を横切ってきて、森のなかへ入っていった。

　ラルフは額に落ちてきた金色の前髪をかきあげた。

「ぼくたちはここに長いあいだいることになるかもしれない」

誰も何もいわなかった。ラルフはふいににやりと笑った。

「でも、ここはいい島だよ。ぼくたちは――ジャックとサイモンとぼくは――山に登ってみた。最高だった。食べ物や水はあるし――」

「岩場が――」

「青い花が――」

呼吸がかなり落ちついたピギーが、ラルフの手にしているほら貝を指さすと、ジャックもサイモンも口を閉じた。ラルフはつづけた。

「救助を待つあいだ、この島で愉しくやれるよ」

ラルフは大きな身ぶりをしながらいった。

「まるで本に書いてあるようなことができるんだ」

集会はわっとわきたった。

「『宝島』――」

「『ツバメ号とアマゾン号』――」

「『珊瑚島』――」

ラルフはほら貝をふった。

「ここはぼくらの島だ。すごくいい島だ。大人たちが助けに来るまで、愉しくやろうじゃないか」

ジャックが手をのばしてほら貝をとった。

「豚がいるんだ」とジャックはいった。「この島には食べ物がある。川のそばには水浴びできるところもある。なんでもあるんだ。誰かほかに何か見つけたやつはいないか」

ジャックはほら貝をラルフに返して、腰をおろした。何かを見つけた者は誰もいないようだった。

年上の少年たちがその子に気づいたのは、その子が抵抗していたからだった。小さな子たちのグループが前に出るよう促していたが、その子は嫌がった。六歳くらいの小柄な少年だった。顔の片側には桑の実色の痣《あざ》がひろがっていた。立ちあがりはしたが、みんなの注目を一身に集めたせいで、いたたまれずに身をよじり、硬い草の生えた地面に片足のつま先でぐりぐり穴をあけた。何かつぶやきながら、いまにも泣きだしそうだ。

ほかの小さな子たちが、まじめな顔でひそひそ話しながら、その子をラルフのほうへ押しやった。

「よし、じゃあおいで」とラルフがいう。

小さな子はパニックになって周囲を見た。

「話してごらん！」

小さな子が両手をほら貝のほうへのばすと、みんなは大声で笑った。小さな子はぱっと手をひっこめて泣きだした。

「ほら貝をもたせるんだ！」とピギーがいった。「その子にもたせるんだ！」

ようやくラルフが小さな子にほら貝をもたせたが、その子は大声で笑われて萎縮してしまい、口もきけない状態だった。ピギーがそばにしゃがんだ。片手をほら貝にかけて、小さな子のつぶやきを聞きとり、それをみんなに伝えた。

「この子は蛇みたいなものをみんなでどうしたらいいか知りたがってるんだ」

ラルフは笑った。ほかの少年たちもいっしょに笑った。小さな子はますます身を縮めた。

「その蛇みたいなもののことを話してくれ」とラルフはいった。

「今度は、それは〈獣《ビースト》〉だったといってる」とピギー。

「〈獣〉？」

「蛇みたいなもののことだよ。ものすごく大きいらしい。それを見たってんだ」

「どこで」

「森のなかで」

吹きまよう風のせいか、陽が衰えたせいか、木陰が少し涼しくなった。少年たちはそれを感じて、落ちつきなく体をもぞもぞさせはじめた。

「これくらいの大きさの島に、そんなに大きな〈獣〉や蛇みたいなものがいるわけないんだよ」ラルフは優しい口調でいってきかせた。「アフリカやインドみたいな広いところにしかいないんだ」

あちこちでささやき声が起きた。みんなは重々しくうなずく。

「この子は、〈獣〉は暗闇のなかをやってきたといってる」

「それじゃ見えないよ!」

笑いが起こり、野次が飛んだ。

「いまの聞いたか。暗闇のなかのものが見えたってさ——」

「この子はそれでも〈獣〉を見たといってる」とピギー。「いったん姿を消して、また戻ってきて、この子を食べようとしたって——」

「そりゃ夢で見たんだよ」

ラルフは笑いながら、顔の輪を見まわして、ここは笑っていいのだという確証を得ようとした。年長の少年たちはラルフと同じ反応だったが、小さな子たちの何人かはまだ半信半疑らしいので、もっと何かいってやる必要がありそうだった。

「きっと悪い夢を見たんだ。蔓草にからまりながら歩いたせいで」

少年たちはまた重々しくうなずいた。悪い夢ならみんな見たことがあった。

「この子は〈獣〉を見た、蛇みたいなものを見たといってる。それが今夜襲ってこないだろうかと訊いてる」

「だから〈獣〉なんていないんだ!」

「朝になったら、それはロープみたいになって、木の枝からぶらさがってたって。そいつが今夜襲ってこないかどうか知りたがってる」

「〈獣〉なんていないんだよ！」

もう笑う者はいなかった。みんなは前よりも深刻な顔つきでラルフを見つめた。ラルフは両手を髪のなかに突っこみ、面白がるような、腹を立てたような顔になった。

ジャックがほら貝を手にとった。

「もちろんラルフのいうとおりだ。蛇みたいなものなんていない。でも、もし蛇がいるんなら殺せばいいんだ。ぼくたちは狩りをして豚をとるつもりだ。みんなで肉を食べるんだ。そのときに蛇も探して――」

「蛇なんていないよ！」

「狩りをするついでにそれを確かめればいい」

ラルフは厄介だなと思い、打ちのめされた気分になった。何かとらえどころのないものに直面してしまったように感じた。ラルフを凝視する目はどれも面白がる色を含んでいなかった。

「〈獣〉なんていない！」

ラルフのなかで未知の何かが起きあがってきて、またしても大声で叫ばずにはいられない気分に追いつめた。

「〈獣〉なんていないといっているだろう！」

みんなは黙っていた。

ラルフはまたほら貝をもちあげた。つぎに自分がする発言のことを考えると、明るい気分が盛りかえしてきた。

「それじゃあ、いちばん大事なことを話すぞ。ぼくはずっと考えていたんだ。山を登っているときも考えていた」ジャックとサイモンに内輪の合図めいた笑みを向けた。「さっき砂浜を歩いているときも考えていた。それはこういうことだ。ぼくたちは愉しくやりたい。それと、救助されたい」

同意の熱い歓声が波のようにぶちあたってきて、ラルフは話の糸目を見失った。そこでもう一度考えた。

「ぼくたちは救助されたい。もちろん救助されるに決まっているけど」

みんなは口々にしゃべった。いまのラルフの単純な言葉は、ラルフが新しく身につけた権威の重みに裏づけられているにすぎなかったが、みんなに明るい幸福感をもたらしたのだ。ラルフはみんなに話を聞かせるため、ほら貝をふらなければならなかった。

「ぼくのお父さんは海軍にいる。お父さんの話だと、いまの世界に誰にも知られていない島なんてないそうだ。女王陛下は地図がいっぱいある大きな部屋をもっていて、そこの地図には世界の全部の島がのっている。この島があることは、女王陛下にはわかっているんだ」

　またしても明るい歓声がわき起こった。

「だから遅かれ早かれ船がやってくる。それはぼくのお父さんが乗っている船かもしれない。だから遅かれ早かれぼくたちは救助されるんだ」

　結論をいいきったところで、ラルフは間を置いた。少年たちはラルフの言葉に元気づけられ、かなり安心したようだった。みんなはもともとラルフのことが好きだったが、いまは尊敬もしていた。自発的に手を叩きはじめ、いまや低い台地は大きな拍手喝采に包まれた。ラルフは顔を紅潮させ、横にいるピギーを見た。ピギーは手ばなしの賞賛を顔にあらわしていた。反対側にいるジャックを見ると、こちらは薄ら笑いを浮かべながら、ぼくだって拍手のしかたくらい知っているからやっているよ、といった顔をしていた。

　ラルフはほら貝をふった。

「静かに！　ちょっと聞いてくれ！」

　聴衆が静まると、ラルフは勝利感にあと押しされて話をつづけた。

「それともうひとつ。救助の手助けをしよう。船が島の近くに来ても、ぼくたちに気づかないかもしれない。だから山の上で煙をあげる。焚《た》き火をするんだ」

「焚き火！　焚き火！」

　半分ほどの少年がぱっと立ちあがった。ジャックがほら貝のルールを忘れて叫んだ。

「よし行くぞ！　ぼくについてこい！」

椰子の木陰は声と動きに満ちた。ラルフも腰をあげ、みんな静かに、と叫んだが、誰も耳をかさない。あっというまに少年たちはジャックのあとを追って、内陸のほうへ駆けていった。小さな子たちまでが葉や折れた枝を一生けんめい集めようとした。ラルフはほら貝を手に取り残された。そばにいるのはピギーだけになった。

ピギーの呼吸はかなり正常に戻っていた。

「まるで子供だ！」ピギーは馬鹿にした口調でいった。「子供の集団だ！」

ラルフは疑わしげな顔でピギーを見てから、ほら貝を木の幹に置いた。

「もうお茶の時間は過ぎてんだろな」とピギーはいった。「みんな、山の上で何する気だと思う？」

ピギーは敬意をこめてほら貝をなでた。それから手をとめ、目をあげた。

「ラルフ！　ねえ！　どこ行くの」

ラルフはもう〈傷跡〉の最初の切り株を乗りこえていた。ラルフのずっと前方では、ばさばさという音と笑い声が聞こえていた。

ピギーはいまいましげな顔でラルフを見た。

「まったく子供の集団だよ――」

ため息をつき、背をかがめて、靴紐を結んだ。大騒ぎをする一団は声を張りあげながら山のほうへ消えていった。ピギーは野放図にはしゃぎまわる子供たちに手を焼く親のように、やれやれという顔をして、ほら貝をとりあげ、森のほうを向いた。そして荒れた〈傷跡〉へ行き、慎重に通り道を選びながら歩きだした。

山頂から反対側を見おろすと、森におおわれた台地がひろがっていた。ラルフはまた手で何かをすくうような仕草をした。

「あそこだと欲しいだけ薪がとれそうだね」

ジャックはうなずき、下唇を軽く噛んだ。山の急なほうの斜面を三十メートルほどくだったあたりが、薪の宝庫のように見えた。木々は大気が熱く湿潤なのと、土壌が少ないのとで充分に生長できず、まだ若いうちに倒れて腐っていた。蔓草におおわれた倒木からは、新しい若木が上にのびようとしていた。

ジャックは聖歌隊のほうを向いた。聖歌隊はすでに整列していた。式帽はベレー帽のように斜めにかぶっている。

「じゃ薪の山をつくるぞ。始め」

聖歌隊の少年たちはいちばんよさそうな通り道を探しながら斜面をおり、枯れ木を集めはじめた。山頂にたどりついた小さい子たちもみな下に滑りおりて、ピギー以外は全員忙しく立ち働いた。ほとんどの木は腐りきっているので、もちあげようとすると崩れて、シロアリといっしょにぼろぼろ落ちた。だが、崩さずに運べる幹もあった。双子のサムとエリックが最初にいい薪を見つけたが、ふたりだけではどうにもできず、ラルフ、ジャック、サイモン、ロジャー、モーリスがやってきてもちあげた。それから奇怪な姿をした枯れ木の幹を運んで斜面を登り、頂上でどさりと放りだした。それぞれのグループが、運んだ木の大きい小さいはあるが、貢献した。薪の山はだんだん大きくなってきた。ラルフはこれからまた山頂に戻ろうというとき、ジャックとふたりでひとつの木に手をかけたことに気づいた。ふたりは共同作業をすることを思って、にやりと笑いあった。傾いた陽の光がさし、よそ風が吹き、少年たちの叫び声が響いている山の上には、あの輝きが、友情と冒険の愉しさと仕事をした満足感の目に見えない光が、満ちていた。

「重すぎるかもね」とラルフがいった。

ジャックが笑みを向けた。

「ぼくたちふたりなら大丈夫さ」

力をあわせて重荷をもちあげ、よろめきながら斜面を登った。声をあわせて、いち！に！　さん！　と数え、木を薪の大きな山の上に放りだした。ふたりはうしろにさがり、勝利の喜びに笑い声をあげた。ラルフはすぐさま逆立ちをした。下のほうでは、ほかの少年たちがまだ作業をしていたが、小さい子のなかには飽きてしまって、この新しい森のなかで果物を探している子もいた。いまでは頭がいいとみんなが知っている双子は、乾いた枯れ葉を両腕に抱えて運びあげてきて、薪の山のそばに置いた。ひとり、またひとりと、充分な山ができたことに気づいて、もう下へおりるのはやめ、亀裂だらけのピンク色の岩が露出した山頂で、薪の山のまわりに立った。やがてみんなの息は静まり、汗は乾いた。

みんながじっと立っているなか、ラルフとジャックは互いの顔を見た。あることに気づいて恥ずかしさがこみあげてきたが、ふたりともどう告白したらいいかわからなかった。

ラルフが口を切った。顔が真っ赤だった。

「きみ、やってくれる？」

咳払いをして、いい直した。

「火をつけてくれる？」

状況の滑稽さが明らかになると、ジャックも顔を赤らめた。口ごもりながらいった。

「木の棒を二本こすりあわせて。それで――」

ラルフを見た。ラルフはついに、自分が無力なことを白状する言葉を発した。

「誰かマッチをもっていないか」

「弓をつくって、それで矢を回すんだ」ロジャーが手ぶりでその動作をした。「しゅっ、しゅっと」

山の上で空気が小さく動いた。空気の動きといっしょにピギーがやってきた。半ズボンとシャツの姿で、森のなかから慎重な足どりで、大儀そうに出てきた。眼鏡が夕陽にきらりと光った。ほら貝をわきに抱えていた。

ラルフがピギーに大声で訊いた。

「ピギー！　マッチをもっていないか」

ほかの少年たちもその言葉を叫び、山がさざめいた。ピギーは首をふりながら薪の山へ近づいてきた。

「なんだ！　ずいぶん大きな山をつくったんだな」

ジャックがふいに指さした。

「眼鏡――レンズで光を集めるんだ！」

あっというまに囲まれて、ピギーは逃げられなくなった。

「ねえ――どいてよ！」それからジャックに眼鏡をとられると、ピギーは恐怖の悲鳴をあげた。「何するんだ！　返してよ！　目が見えないんだから！　ほら貝を壊しちまうじゃないか！」

ラルフが肘でピギーをわきへ押しのけ、薪のそばで膝をついた。

「光をさえぎらないでくれ」

少年たちは押し合いへし合いをしながら、ああしろ、こうしろと勝手な指図をした。ラルフがレンズを前後左右いろいろに動かすうち、衰えゆく太陽が朽ち木の上で、白い光の像を結んだ。ほとんどすぐに、薄い煙が立ちのぼり、ラルフは咳をした。ジャックもひざまずき、そっと息を吹きかける。煙が流れ、濃くなり、やがて小さな炎があらわれた。炎は最初、陽の光に負けてほとんど見えなかったが、徐々に小枝を包み、成長し、色が濃くなり、大きめの枝をなめ、その枝をぱちっとはじけさせた。炎が高さを増して揺れはじめると、少年たちは歓声をあげた。

「ぼくの眼鏡！」ピギーは叫んだ。「眼鏡返してよ！」

ラルフは薪の山から少し離れて、ピギーの宙を探る手に眼鏡をもたせてやった。ピギーはわめくのをやめ、ぶつぶつつぶやいた。

「ぼんやりとしか見えないんだ。自分の手もほとんど見えないんだ——」

少年たちは踊っていた。腐った木が、いまは乾いてきて、ひどく情熱的に燃えあがった。黄色い炎は噴きあがり、五、六メートル上で大きなひげのような炎を震わせた。焚き火の周囲何メートルか以内に立っていると、熱が殴りかかってきた。風は火の粉の川となり、薪は崩れて白い粉になった。

ラルフは叫んだ。

「薪だ！　もっと薪を集めるんだ！」

そこからは火との競争となった。少年たちは上のほうの森に散った。山の上で炎のきれいな旗をひるがえすことだけが当面の目標となり、それより先のことは見なかった。ごく小さな子供たちですら、ときに果物に誘惑されながらも、小さな木切れを運んできては焚き火に投げこんだ。空気が前より少し早く動き、そよ風になったので、風下と風上にはっきりしたちがいが出てきた。風上は空気が冷たいが、風下では火が乱暴に手をのばしてきて、髪の毛がすぐにちりちり焦げた。湿った顔に夕方の風を感じとると、少年たちはそれを愉しむために立ちどまった。そして自分がひどく疲れていることに気づくのだった。砕けた岩のあいだにできている影のなかにばったり倒れた。炎のひげはたちまち低くなり、薪の山は灰が崩れるやわらかな音を立て、火の粉の大きな木を一本さしあげたが、それはすぐに傾いて風下に流れ去った。地面に寝た少年たちは犬のようにあえいだ。

うつぶせに寝て両腕に額をつけていたラルフが、顔をあげた。

「これじゃだめだ」

ロジャーが熱い灰のなかへ、鮮やかに唾を吐いた。

「どういう意味だい」

「煙が立たなかった。炎だけで」

ピギーはふたつの岩のあいだに入り、ほら貝を置いてすわっていた。

「役に立つ火を焚けなかったね」とピギーはいった。「あれじゃずっと火を焚きつづけるのはむりだ。どんなにがんばっても」

「おまえは全然がんばってないじゃないか」とジャックが侮蔑の口調でいった。「ただすわってただけだ」

「でも眼鏡が役に立った」サイモンは煤で黒く汚れた頰を腕でぬぐいながらいった。「そういう形で手伝ってくれたんだよ」

「ほら貝はぼくがもってるんだ！」ピギーは憤慨していった。「発言させてくれ！」

「山の上じゃほら貝なんてなんの意味もない」とジャック。「だから黙ってろ」

「ほら貝はぼくがもってるんだ」

「緑色の木を燃やすんだ」とモーリスがいった。「そうすれば煙が出る」

「ほら貝はぼくが――」

ジャックがすさまじい剣幕でピギーを睨んだ。

「黙ってろって！」

ピギーはしおれてしまった。ラルフがその手からほら貝をとり、みんなを見まわした。

「火の見張りをする当番を決めよう。船はいつ近くに来るかわからない」――ラルフは腕をひとふりして、ぴんと張った針金のような水平線を示した――「でも、ぼくたちが煙をずっとあげていれば、助けに来てくれる。それともうひとつ。もっとたくさんルールを決めたほうがいい。たとえば、ほら貝のある場所が集会の場所ということにする。ここだろうと、下だろうと、同じことにするんだ」

みんなは賛成した。ピギーは発言しようと口をひらいたが、ジャックの視線に気づき、口をつぐんだ。ジャックがほら貝をとって立ちあがった。煤で汚れた両手で繊細な貝を注意深くもっていた。

「ぼくもラルフに賛成だ。ルールを決めてそれを守らないといけない。ぼくたちは野蛮人《サヴェッジ》じゃないんだから。イギリス人なんだから。イギリス人は何をやってもいちばんだ。だからぼくたちはちゃんとやらないといけないんだ」

ジャックはラルフのほうを向いた。

「ラルフ――ぼくは聖歌隊を――ということはつまり狩猟隊をだけど――何班かに分けようと思う。火の番はぼくたちが責任をもってやるよ――」

この自発的な奉仕の申し出に、拍手が起こった。ジャックは少年たちににやりと笑いかけてから、静かにという合図にほら貝をふった。

「この焚き火はもう消えるけど、そのままにしとこう。どうせ夜は煙が見えないだろう？火はまた熾《おこ》せばいい。アルト組――きみたちが今週の火の当番だ。そのつぎはソプラノ組――」

みんなは厳粛な面持ちで同意した。

「それから海の見張りもぼくたちが引き受ける。そして船が見えたら」――みんなはジャックが骨ばった腕をのばして指さす先に目をやった――「緑の枝をくべる。煙がたくさん出るように」

みんなは濃紺の水平線に目をこらした。まるでいまにも小さな船影があらわれそうだとでもいうように。

西空の太陽は燃える黄金のひとしずくとなり、世界の敷居にむかってじりじり滑りおりていく。ふいにみんなは、陽が暮れれば光と暖かさが消えることに気づいた。

ロジャーがほら貝を手にとり、憂鬱な目でみんなを見まわした。

「ぼくはずっと海を見ていた。だけど船なんか来そうになかった。救助なんかされないんじゃないの」

ささやきが起こり、消えた。ラルフがほら貝を取り戻した。

「前にもいったけど、いつか救助されるよ。それを待たなくちゃいけない。それだけだ」

腹が立ってしかたがないといった様子で、ピギーがほら貝をとった。

「だからぼくがそういったじゃないか！　この集会のことや、いろんなことについて、ぼくはいった。なのに黙れっていわれて――」

ピギーはうわずった声で泣きそうになりながら非難した。みんなは苛立って、野次を飛ばしはじめた。

「きみは焚き火をしようといった。でも、焚き火どころじゃない、乾し草の山みたいなものをつくって火をつけた。それでぼくが意見をいおうとすると」ピギーは嘆かわしい現実を苦々しげに指摘した。「黙れといわれる。ジャックやモーリスやサイモンが発言するときは――」

みんなが騒ぎだすなか、ピギーは言葉を切り、立ちあがって、少年たちの頭ごしに、山の険しいほうの斜面の、みんなが枯れ木を集めた場所を見やった。それから、ピギーはひどく奇妙なふうに笑いはじめた。みんなは驚いて、ピギーの光をはねている眼鏡のレンズを見た。それからピギーの視線の先を見て、なぜそんな悪ふざけのような笑い方をしているのかを確かめようとした。

「きみたちはたいした焚き火をやったもんだよ」

朽ち木や朽ちかけた木に飾りのようにまつわる蔓草のあちこちから、煙が立ちのぼっていた。見ていると、蔓草のかたまりの根もとで炎がひらめき、それから煙が濃くなった。小さな炎たちがひとつの木の幹をちろちろなめ、その枝葉や低木の繁みのあいだを這い、分かれ、それぞれが大きくなった。ひとつの炎が木の幹に触れ、光り輝く栗鼠《りす》といった態で駆けあがる。煙が増し、すきまを漂い、外に巻きでた。火の栗鼠は風の翼に乗って飛び、隣の木にとりつき、幹を食べながら下におりていく。葉群れと煙がつくる暗い天蓋の下で、火は森をわがものとし、むさぼりはじめる。大きくひろがった黒と黄色の煙が、巻きかえりながら着実に海に向かっていく。炎を見、その有無をいわせない進撃を見て、少年たちはかん高い興奮の叫びをあげた。炎は野獣のようだった。ジャガーが腹ばう姿勢で忍び寄るように、ピンク色の岩の羽飾りとも見える樺の若木の列のほうへ近づいていった。炎が最初の若木を手ではたいたかと思うと、枝に火の葉をぱっと繁らせた。炎は木々のあいまを敏捷に飛び越え、木立全体を揺るがし、燃えあがらせていく。はしゃぎまわる少年たちが見おろす森の、四百メートル四方ほどで、煙と炎が荒れ狂っていた。それぞれの木が燃える音があわさり、ひとつの太鼓の連打となり、山を震わせるかのように思えた。

「ほんとにたいした焚き火をやったもんだよ」

ラルフは、はっとした。少年たちがじっとして黙りこみ、眼下で解放された力に畏怖を感じはじめていることに気づいた。それがわかったこと、そして自分も畏怖の念を抱きはじめたことから、ラルフは粗暴《サヴエッジ》な気分にかられた。

「もう黙ってろよ！」

「ぼくはほら貝をもってる」とピギーは傷ついた声でいった。「発言する権利があるんだ」

みんなはピギーを見たが、目にはピギーへの関心が浮かんでいなかった。みんなは火がとどろかせる太鼓の連打音に耳を傾けた。ピギーは不安げに地獄の猛火を見つめながら、ほら貝を抱えこんだ。

「あれはもう燃えつきるまでほっとくしかない。薪がとれる場所だったけどね」

ピギーはそういって唇をなめた。

「もう手の打ちようがないよ。ぼくたちはもっと気をつけなくちゃいけない。ぼくは怖くなるんだ――」

ジャックが火事から目をひきはがした。

「ああ、おまえはいつも怖がっているよな、デブ！」

「ぼくはほら貝をもってるんだ」ピギーは暗い声でいった。そしてラルフを見た。「もってるだろ、ラルフ？」

ラルフはしかたなしに華麗で怖ろしい火事から目を離した。

「なんだって？」

「ほら貝だよ。ぼくには話す権利がある」

双子がいっしょにくすくす笑った。

「ぼくたちは煙をあげたかった――」

「煙が見たきゃあれ見ろよ――！」

灰色の幕が島から何キロも先までのびていた。ピギー以外の少年たちはみんなくすくす笑いだした。それから、かん高い声を張りあげて笑った。

ピギーはかっとなった。

「ぼくはほら貝をもってんだってば！　みんな聞けよ！　ぼくたちはまず砂浜の近くに小屋をつくるべきだったんだ。夜はものすごく寒くなるんだから。なのにラルフが『焚き火だ』といった瞬間、わーわーきゃーきゃーわめきながら山を登りだした。まるで子供の集団みたいに！」

みんなはピギーの演説を聞きはじめた。

「やるべきことをやんないで、どうして救助されるってんだ」

ピギーは眼鏡をはずして、ほら貝を下に置こうとした。が、大きな少年たちが何人も、それをとろうとするそぶりを示したので、気が変わった。ほら貝をわきに抱えこみ、また岩の上でしゃがんだ。

「それからきみたちはここへ来て、役にも立たない焚き火をした。そして島を火事にした。島全体が焼けてしまったらどうするんだ。こんがり焼けた果物やローストポークを食べるのか。笑ってる場合じゃないぞ！　きみたちはラルフを隊長にしたのに、彼に考える時間を与えない。彼が何かいうと、すぐにわーっとやりはじめる。それじゃまるで、まるで——」

ピギーは息継ぎのために間を置いた。燃えさかる火がうなりをあげた。

「それだけじゃない。小さい子たち、おチビたちのことがある。みんなあの子たちのことを考えてるか。全部で何人いるかわかってんのか」

ラルフがふいに一歩前に出た。

「きみに頼んだじゃないか。名前のリストをつくってくれって！」

「ぼくひとりでどうやれってんだ」ピギーは憤慨して叫んだ。「みんな二分くらいしかじっとしてないだろ。海に飛びこむ、森に駆けこむ、あちこち散らばる。誰が誰だか、どうしてわかるってんだ」

ラルフは血の気を失った唇をなめた。

「じゃ、みんなで何人いるかわかっていないってことかい」

「虫みたいに走りまわるおチビたちをどうしろってんだ。それからきみたち三人が帰ってきて、きみが『焚き火だ！』といった途端、みんな走っていっちまった。いったいぼくにどうしろと――」

「もういいよ！」ラルフは鋭くいって、ほら貝をひったくった。「要するに数はわかっていないんだろ」

「――それからきみたちはぼくの眼鏡をとって――」

ジャックがピギーのほうを向いた。

「もう黙れよ！」

「――おチビたちは、あの火事になってるあたりをウロチョロしてただろう。もうそこにいないって誰にわかるんだ」

ピギーは立ちあがって煙と炎を指さした。少年たちのあいだでつぶやきが起こり、静まった。何か奇妙なことがピギーに起きていた。必死に息をしようとしていた。

「あのおチビ――」ピギーはあえいだ――「顔に痣があるおチビの姿が見えない。あの子はいまどこにいるんだ」

みんなは死んだように静かになった。

「蛇のことをいってたあの子。あの子は、あの下のほうに――」

火に包まれた一本の木が、爆弾のように爆発した。蔓草のかたまりが高々とはねあげられ、苦悶するようにねじくれ、また落ちた。小さい子たちがそれを見て叫んだ。

「蛇！　蛇！　見て、蛇！」

西のほうでは、誰にも顧みられない太陽が海の一、二センチ上に来ていた。みんなの顔が下から赤く照らされていた。ピギーは岩にもたれ、両手でその岩をつかんだ。

「あの――顔に痣がある子は――いまどこにいるんだ。姿が見えないじゃないか」

少年たちは怯え、信じられないという顔で互いを見た。

「――あの子はどこにいるんだ」

ラルフは恥じているかのように、ぼそぼそといった。

「たぶん、戻ったんだ、あの――」

眼下の険しいほうの山腹では、太鼓の連打がつづいていた。

第三章　海辺の小屋

　ジャックは体をふたつに折っていた。短距離走者のように前かがみになり、鼻を湿った地面から数センチのところに近づけていた。木の幹とそれに飾りのようにまつわる蔓草は、十メートルほど頭上の緑の薄闇に消えていた。周囲にあるのは下生えだけだ。そこに動物が通った跡がかろうじて見えた。小枝が折れ、蹄の片側の跡かもしれないものが残っているので、ようやくわかった。ジャックは顎を低くおろして、動物の通った痕跡を見つめた。その痕跡にむりやり語らせようとするかのようだった。犬のように四つん這いになった姿勢のつらさを無視して、五メートルほどそっと前に進み、そこでとまった。蔓草が輪になっていて、節から巻きひげが一本垂れていた。巻きひげの下のほうがすり切れていた。豚が輪をくぐり抜けるとき、剛毛でこすっていったのだ。

　ジャックは四つん這いのまま、この手がかりから数センチのところに顔をもってきて、下生えのなかの薄暗がりを覗きこんだ。赤みがかった砂色の髪は島に落ちてきた当初よりかなりのび、色が薄くなっていた。むきだしの背中には陽灼けで焦げ茶色のそばかすがたくさんでき、皮がむけていた。一メートル半ほどの先をとがらせた棒を右手にもち、ひきずっている。身につけているのはナイフベルトを通した半ズボンだけだった。ジャックは目を閉じ、頭をあげた。大きくひらいた鼻の穴からそっと息を吸いこみ、温かい空気の流れに情報を読みとろうとした。森も、ジャックも、静かに動かなかった。

しばらくしてようやくジャックは長々と息を吐き、目をあけた。瞳は青く、よく光った。この苛立ちをかきたてる状況のもと、その目はほとんど狂気に近いものを浮かべて、周囲を鋭く吟味した。乾いた唇に舌を滑らせ、意思疎通をこばむ森に精査の視線を走らせる。それからまたそっと前に進み、地面のあちこちを調べた。

暑さよりも、森の沈黙のほうが耐えがたかった。真昼間であるにもかかわらず、虫の声ひとつ聞こえない。沈黙が破られたのは、ジャックが近づいたのに驚いて、はでな色の鳥が一羽、木の枝を雑に編んだ巣から飛びだしたときだけだった。その鳥の、古い時の深淵から出てきたような荒い鳴き声がこだまを響かせた。ジャックはその声に身を縮め、鋭く息をのんだ。ほんのしばらくのあいだ、狩人というよりも、密林のなかをこそこそ逃げまわる猿のような動物になった。それから、ふたたび苛立ちの種である痕跡に関心を戻し、目を地面を貪欲に探しはじめた。灰色の幹に白っぽい色の花を咲かせた大きな木を見た。目を閉じて、また温かい空気を吸いこむ。今回は、息が速くなった。顔がすっと青ざめ、またすぐに血の色が戻ってきた。木の下の闇のなかを、影のように進んだ。それからしゃがみ、足もとの踏み荒らされた地面を見おろした。

糞はまだ温かかった。ほじくりかえされた土の上で小山をつくっていた。オリーブ色の、表面のなめらかな糞だった。湯気が少し出ていた。ジャックは頭をあげ、動物が通った痕跡を横切っている見通しがたい蔓草のかたまりに目をこらした。槍《やり》をもちあげて、そっと前に進んだ。蔓草のかたまりのむこうで、痕跡が、豚の通り道に合流した。豚の通り道は広く、小道と呼べるほどに踏み均されていた。くりかえし踏まれて地面が固くなっていた。ジャックは立ちあがって体をまっすぐにした。と、そのとき、豚の通り道で何かが動いている音が聞こえた。ジャックは右腕をうしろにひき、力いっぱい槍を投げた。豚の通り道から、蹄が地面を打つ、すばやい、固い音が、カスタネットを叩くような音が、聞こえてきた。その音が誘惑する。気が変になりそうだ。肉が食えるという思いがつきあげる。ジャックは下生えから飛びだして槍を拾いあげた。地を打つ豚の足音が遠くに消えた。

ジャックは湯気が出るほど汗だくになり、茶色い土にまみれて立っていた。この一日の狩猟の過程でさまざまな汚れが体についていた。罵りの言葉を吐きながら、動物の通った痕跡を離れ、下生えのなかを押し進むと、やがて森のなかの少しひらけた場所に出た。そこでは暗い屋根のような樹冠を支える禿げた木の幹のかわりに、明るい灰色の幹と鳥の羽根をたばねたような葉をもつ椰子の木が生えていた。そのむこうはぎらぎら光る海で、少年たちの声が聞こえてきた。ラルフが椰子の幹と葉でつくった何かのそばに立っていた。それは海辺に建てた小屋だったが、粗雑なもので、いまにも崩れ落ちそうだった。近づいてもラルフが気づかないので、ジャックは声をかけた。

「水、ないかい」

ラルフはごちゃごちゃ組まれた椰子の葉から顔をあげて、眉をひそめた。ジャックを見ても、ジャックだとわからないのだ。

「水はないかって訊いているんだ。もう喉が渇いて」

ラルフは小屋から注意をひき離して相手を見た。ジャックであることに気づくとはっとした。

「やあ。水かい？　水はあそこの木のそばだ。まだ少し残っているはずだよ」

ジャックは木陰に並べられた椰子の実の殻をひとつとりあげ、それを満たしている真水を飲んだ。水は顎と首と胸に流れ落ちた。飲み終えると、声を出して息をついた。

「ありがたい」

小屋のなかからサイモンがいった。

「ちょっともちあげて」

ラルフは小屋に向きなおり、葉の束をのせた枝をひとつもちあげた。

葉が枝を離れて、ばさばさ滑り落ちた。枝のすきまから、サイモンのすまなそうな顔が覗いた。

「ごめん」

ラルフは苦い顔で崩れた小屋を見た。

「どうもうまくいかないや」

ラルフはジャックの足もとでごろりと横になった。サイモンは動かず、小屋の破れ目からこちらを見ていた。ラルフは寝そべったまま説明した。

「もう何日もやっているのに、このざまだよ！」

ふたつの小屋が建っていたが、いまにも倒れそうに見えた。いまつくっていた小屋は小屋の残骸だった。

「みんなすぐ逃げてしまうんだ。集会で決めたことを覚えているだろう？　小屋ができるまでみんなで一生けんめい働くって約束したじゃないか」

「ぼくたち狩猟隊はべつだけどな――」

「ああ、きみたち狩猟隊はべつだ。だけど、あのおチビたちときたら――」

ラルフはさかんに手ぶりをして言葉を探した。

「おチビたちはどうしようもない。上のほうの子たちだって似たようなものだけどね。見てごらんよ。一日じゅう、サイモンとふたりでやっているんだ。ほかの子は手伝わない。

泳いだり、食べたり、遊んだり」

サイモンがそろそろと頭を突きだした。

「きみは隊長だ。命令すればいいじゃない」

ラルフはあおむけに寝たまま、椰子の木立と空を見あげていた。

「集会か。ぼくたちは集会が好きだよね。毎日やっている。一日に二回やっている。しゃべってばかりいる」片肘をついて横向きになった。「ぼくがいまほら貝を吹いたら、みんなは走って集まってくる。そしてまじめくさった顔で討論をする。ジェット機をつくろうとか、潜水艦をつくろうとか、テレビをつくろうとか。だけど集会が終わったら、五分ほど作業をするだけで、あとは遊んだり、狩りをしにいったりだ」

ジャックの顔に赤みがさした。

「肉が要《い》るんだ」

「でも、まだ手に入っていないよね。小屋も必要なんだよ。きみ以外の狩猟隊は何時間か前に帰ってきたけど、ずっと海で泳いでいる」

「ぼくは狩りをつづけた」とジャックはいった。「ほかの隊員は帰した。ぼくはつづけなくちゃいけなかった。だって――」

ジャックは獲物を探しだして殺さずにはいられない強迫観念にのみこまれている。そのことを、ラルフに伝えようとした。

「ぼくは狩りをつづけた。ぼくひとりで——」

また目に狂気がきざした。

「殺せるかもしれないと思ったんだ」

「でも殺さなかった」

「殺せるかもしれないと思ったんだ」

ラルフの声に、何か隠された感情が震えた。

「でもまだ殺していない」

気持ちにわだかまりがなかったら、ラルフはいっしょに小屋をつくろうと普通に誘っていたかもしれなかった。

「小屋づくりを手伝う気はなさそうだね」

「だから肉を——」

「肉は手に入っていないじゃないか」

ラルフの言葉にはいまやはっきりと敵意が聞きとれた。

「とってくるさ！　今度は！　槍の先に逆刺《かえし》をつければいいんだ！　一匹刺したけど、抜けてしまったんだ。先に逆刺をつければ——」

「小屋も必要なんだよ」

突然、ジャックは逆上して叫んだ。

「きみはぼくを責めているのか――」

「ぼくとサイモンはものすごく働いた。そのことをいいたいだけだ」

ラルフもジャックも顔が真っ赤で、互いを見ることができなかった。ラルフはうつぶせになり、草をもてあそびはじめた。

「ぼくたちが落ちてきたときみたいな雨が降ったら、小屋が必要になる。それともうひとつ、なぜ小屋が必要かというと――」

ラルフは言葉を切った。そのあいだにふたりとも怒りを押しこめた。それからラルフは安全な、べつの話題をもちだした。

「きみも気づいているだろう」

ジャックは槍を置いてしゃがんだ。

「なんだい」

「みんなが怖がっているってこと」

ラルフは寝返りを打ってあおむけになり、ジャックの精悍な、汚れた顔を覗きこんだ。

「どうもそんな感じなんだ。みんな夢を見る。そして寝言をいう。きみは夜中に目を覚ましたことがあるかい」

ジャックは首をふった。

「寝言をいったり、悲鳴をあげたりするんだ。おチビたちがそうだ。年長の連中のなかにもいる。まるで――」

「まるでここがいい島じゃないみたいにね」

ふたりはふいに割りこんできた声に驚いた。見るとサイモンのまじめな顔がそこにあった。

「まるで」とサイモンはつづけた。「〈獣〉がほんとにいるみたいに思っているんだ。〈獣〉とか蛇みたいなものとかのこと、覚えているでしょ？」

ふたりの年上の少年は、蛇みたいなものという恥ずべき言葉にびくりとした。ふたりともそんな言葉は口に出さなかった。口にできない言葉だと思っていた。

「まるでここがいい島じゃないみたいに思っている」ラルフはゆっくりといった。「ほんとにそうだな」

ジャックは地面に尻をつけてすわり、両脚をのばした。

「あいつら頭がおかしいんだ」

「いかれてるよな。だって、探検に行ったときのこと、覚えているだろう？」

ふたりは顔を見あわせて微笑んだ。最初の日のあのすばらしい気分を思いだした。ラルフがあとをつづけた。

「だから小屋が必要なんだよ。小屋というのは、要するに――」

「家《うち》だからな」

「そういうこと」

ジャックは両膝を胸にひきつけ、両腕でしっかり抱えて、考えをはっきりさせるために眉根を寄せた。

「それでも――森のなかにいて、狩りをしていると――果物をとるんじゃなくて、自分ひとりで狩りをしていると――」

ジャックは少し間を置いた。ラルフがまじめに聞いているかどうか不安だったからだ。

「つづけてくれ」

「狩りをしていると、ときどき感じるんだ、まるで――」ふいに顔を赤らめた。「いや、もちろん、なんでもないんだ。ただそんな気がするだけなんだ。でも、なんだか自分が狩りをするんじゃなく――獲物として狙われているような気がするんだ。森のなかで、いつもうしろに何かいるような感じがするんだよ」

三人はまた沈黙に落ちた。サイモンは一心に何か考えているかのようだ。ラルフは信じられないというような、少し憤慨しているような顔つきだった。半身を起こして、汚れた手で片方の肩をこすった。

「よくわからないな」

ジャックはぱっと立ちあがって早口にいった。

「森のなかだとそんな感じがすることもあるんだよ。もちろん、なんにもありゃしない。

ただ――ただ――」

早足に水ぎわのほうへ何歩か歩き、また戻ってきた。

「ただ、ぼくにはみんなの気持ちがわかるんだ。それだけだ」

「とにかくいちばんいいのは救助されることだ」

ジャックはちょっと考えたあと、救助とはなんのことか思いだした。

「救助？　ああ、それはそうだ！　そうなんだけど、ぼくはまず豚をつかまえたいんだ――」ジャックは槍をとりあげ、地面に思いきり突きたてた。またしてもその目に不透明な、狂気の色がさした。ラルフはもつれた金色の前髪ごしに、疑わしげな視線をジャックに向けた。

「きみの狩猟隊が火の番をちゃんとやってくれれば――」

「また火の話か！」

ふたりの少年は砂浜を海のほうへ歩き、波打ちぎわでふりかえって、ピンク色の山を見やった。真っ青な空にチョークで線をひいたような細い煙が立ちのぼり、上空で揺らいで消え入っていた。ラルフは顔をしかめた。

「あれでどれくらい遠くまで見えるだろう」

「何キロかだな」

「煙が足りないね」

ふたりに見られているのを意識したかのように、細い煙のいちばん下の部分がふわりとしたクリームのようにふくらみ、そのふくらみが煙の弱々しい柱をゆっくりとつたいのぼった。

「緑の枝をくべたんだな。どうしてだろう」ラルフはつぶやいた。目を細めて、水平線を視線でたどった。

「あ、あそこに！」

ジャックが思いきり叫んだので、ラルフは飛びあがった。

「なんだ？　どこだ？　船か？」

だが、ジャックは平地へおりていく山の斜面の高いところを指さしていた。

「そうか！　あそこで寝ているんだな――きっとそうだ、陽が照って暑いうちは――」

ラルフはジャックの恍惚《こうこつ》とした顔を、当惑して眺めた。

「――高いところへ登るんだ。暑い日中は、高いところの日陰で休むんだ。牛もそうだよな――」

「なんだ、船じゃないのか！」

「あそこへそうっと登っていけばいい――顔に戦化粧《いくさ》をすれば、やつらには見えないはずだ――みんなで包囲して――」

ラルフは怒りで自制心を失った。

「ぼくは煙の話をしていたんだ！　きみは救助されたくないのか。豚、豚、豚。豚のことばかり話して！」

「でも肉が要るだろう！」

「それでぼくはサイモンとふたりだけで一日じゅう働く。きみは帰ってきても小屋のことなんか気にもとめないってわけだな！」

「ぼくだって働いていたんだ――」

「それは愉しみでやっているんじゃないか！」ラルフは叫んだ。「きみは好きで狩りをやっている！　でもぼくは――」

陽射しのまぶしい砂浜で、睨みあった。感情の摩擦に、自分たちでも驚いていた。最初に、ラルフが目をそらした。砂浜にいるおチビたちの一団に注意を惹かれたふりをした。低い台地のむこうのプールから、狩猟隊のはしゃぐ声が聞こえてきた。台地の突端では、ピギーがうつぶせに寝そべり、まぶしい海を眺めている。

「とにかくみんなあんまり役に立たない」

ラルフは少年たちがなかなか期待どおりに動いてくれないことを説明したかった。

「サイモンは手伝ってくれる」ラルフは小屋を指さした。

「ほかの連中はすぐどこかへ行ってしまうけどね。サイモンはぼくと同じように働いてくれるんだ。ただ――」

「サイモンはいつも何かやっているよ」

ラルフはジャックと並んで小屋のほうへひき返しはじめた。

「ちょっと手伝うよ」とジャックがぼそりといった。「泳ぎに行く前に」

「いや、いいよ」

小屋のところに来ると、サイモンの姿が見えなかった。ラルフは破れ目に首を突っこんだが、すぐにひきだした。ジャックのほうを向いていった。

「あいつも逃げちまった」

「飽きたんだろう」ジャックはいった。「泳ぎに行ったんだよ」

ラルフは眉をひそめた。

「あいつはおかしなやつだよ。だいぶ変わっている」

ジャックはうなずいた。なんでもいいから同意できることが欲しいといったふうだった。暗黙の合意によって、ふたりは小屋を離れ、プールのほうへ歩きだした。

「あのさ」とジャックはいった。「ひと泳ぎして、何か食べたら、山のむこう側へ行ってみようと思うんだ。獲物の痕跡が見つかるかもしれない。いっしょに来るかい」

「でも、もう陽が暮れるじゃないか！」

「まだ時間があるかもしれない――」

ふたりは並んで歩いていたが、ものの考え方も感情も、ふたつの大陸のように離れていて、意思の疎通ができなかった。

「とにかく豚を一匹つかまえられたら！」

「ぼくはまた戻って小屋をつくるよ」

ふたりは好意と憎しみを同時におぼえてとまどいながら、互いを見た。温かい塩水をたたえたプールから聞こえてくる叫び声や、水をはねちらす音や、笑い声のおかげで、かろうじてふたりは連帯感を取り戻せた。


サイモンはプールにいる、とふたりは思っていたが、いなかった。

さっきラルフとジャックが波打ちぎわへ寄って、山をふりかえったとき、サイモンも何メートルかついていったが、途中で立ちどまってしまったのだった。サイモンは、誰かが小さな家だか小屋だかをつくろうとしたあとの砂の山に目をやった。それから砂の山に背を向け、目的がありげな足どりで森に入っていった。サイモンは小柄な、やせた少年で、顎がとがっていた。目に明るい光があるので、初めラルフは陽気でいたずら好きな子だろうと誤解したほどだった。硬い黒髪はぼさぼさにのび、広い、低い額をほとんど隠していた。半ズボンはもうぼろぼろで、ジャックと同じく裸足だ。肌はもともと浅黒かったが、いまは陽灼けでかなり濃い茶色になり、それが汗で光った。

サイモンは足の踏み場を選びながら〈傷跡〉を歩き、ラルフが最初の朝によじのぼった大きな岩のそばを通りすぎて、右手の森のなかに入った。果物の木が生えている場所を慣れた足どりで進む。果物は腹にたまる食事にはならないが、どんなに元気をなくしている者でも簡単にもぐことができた。果物がなっている木には花も咲いていて、あたりに熟れた果肉の匂いが漂い、おびただしい蜂がぶんぶんうなりながら花を訪れていた。あとから走ってきたおチビたちが、ここで追いついた。いっせいにしゃべり、意味のわからないことをわめきたてて、サイモンを果樹のほうへひっぱっていく。午後の陽射しと蜂のすさまじい羽音のなか、サイモンはおチビたちの手が届かない果物を見つけてやり、美味そうなやつを葉むらのなかからもぎとって、何本ものばされた手に渡した。おチビたちが満足すると、サイモンは手をとめて、まわりを見た。両手に熟れた果物をもったおチビたちは、不思議なものを見る目でサイモンを見つめた。

サイモンはおチビたちから離れて、かろうじてそれとわかる小道をたどった。まもなく高地の密林に包みこまれた。高い木は暗い天蓋のほうまでずっと色の淡い花を咲かせていて目を驚かし、その天蓋のあたりでは生命が騒々しく営みをつづけていた。このあたりももう暗く、蔓草は沈没船のロープのように垂れさがっている。サイモンの足はやわらかい土に足跡を残した。蔓草は体があたると下から上までの全体が揺れた。

やがてもう少し陽がさしこんでいる場所に来た。遠くまで光を求めていく必要がないせいか、蔓草は大きな筵《むしろ》のようになり、森の入り口に垂れさがっていた。このあたりは岩の層が地表近くまで来ているので、小ぶりな草木や羊歯しか生えない。この空間全体が香りのいい暗い藪の壁に囲まれて、熱と光のたまった器になっていた。大きな木が一本倒れて、まだ立っている木々にもたれかかっている。一羽の啄木鳥が、赤と黄の色をひらめかせて木の幹を駆けあがった。

サイモンは立ちどまった。ジャックがしたように、すぐうしろに何かいるのではないかとふりかえり、すばやく周囲を見まわして、何もいないことを確かめた。一瞬、こそこそと何か後ろ暗いことをしているような動きになった。それから背をかがめ、蔓草の筵のまんなかへ分け入った。蔓草と藪が体をみっちり押し包んでくるので、汗がそこにつき、進んでいくすぐうしろで蔓草と藪が閉じていく。繁みのまんなかに来ると、ひらけた場所から木の葉で遮断された小さな小屋のなかにいるような感じになった。サイモンはしゃがみ、葉を手でかきわけて、森のなかの空き地を覗いた。動くものは、熱い大気のなかで戯れあって踊る、はでな色の二匹の蝶だけだった。息をとめ、片耳に手をあてて、島の物音を聞きすました。夕闇が島に迫りつつあった。極彩色の風変わりな鳥の声も、蜂の羽音も、角ばった岩のあいだのねぐらに帰る鷗の群れの声すらも、前より小さくなった。何キロも離れた深い海の暗礁の上で砕ける波の音も、サイモンの体をさらさら流れる血のささやきより聞こえにくくなった。

サイモンはかきわけた葉をもとに戻した。蜂蜜色の陽の光の角度が小さくなってきた。

光は下生えから滑りあがり、緑色の蠟燭のような蕾の上を通りすぎ、梢の天蓋のほうへ登っていって、それより下は闇が濃くなった。陽の光が薄れるにつれて、狂乱した色彩が消え、暑熱と切迫感が冷めた。蠟燭のような蕾の群れが揺れた。緑色の萼が少しめくれ、白い花びらの先がかすかに覗いて外気と触れた。

いまや陽の光は森のなかのひらけた場所からなくなり、空からも撤退した。闇があふれ出し、木々のあいだを浸して、あたりは海の底のように薄暗い奇怪な場所となった。蠟燭のような蕾はひらき、幅の広い白い花びらはさしはじめた星明りのもとで微光をはなった。香りが空中にこぼれでて、島をわがものにした。

第四章　塗られた顔と長い髪

少年たちが最初に慣れたリズムは、ゆっくりと夜が明けて、みるみる陽が暮れるというものだった。みんなは朝の喜び、明るい陽射し、圧倒的な迫力のある海、甘い空気などを受けいれた。それは遊ぶのが愉しく、生気に満ち満ちていて、希望は必要なく、必要がないから忘れられる、そんな時間だった。正午前、陽の光の降りそそぐ角度が垂直に近づいてくると、朝の鮮烈な色彩はやわらぎ、真珠とオパールの色を帯びてきた。そして暑さは――高みにのぼった太陽から落ちてくるために勢いがついたとでもいうように――叩きつけるような強さになるので、少年たちは身をすくめ、木陰に駆けこみ、そこで寝そべって、ときには眠ったりもした。

正午ごろになると不思議なことが起きた。光り輝く海面がもちあがり、いくつもの水平面に分かれるという、およそありえないような光景が展開した。いちばん高いところに発育の悪い椰子の木が何本かしがみついている珊瑚礁が、空中に浮きあがり、震え、ひき裂かれ、電線をつたう雨粒のようになり、並んだふぞろいな鏡の破片に映った像のようになった。ときには陸地などないところに陸地があらわれ、少年たちが見ているうちに泡のようにはじけて消えた。ピギーは物知りの少年らしく、それらをただの〝蜃気楼〟で片づけた。鮫が食いつこうと待ち受けている海を泳いで珊瑚礁まで行ける少年はいなかったから、誰も不思議を解明しようとはせず、みんなそれに慣れてしまい、無視するようになった。夜空で息づく星々の奇跡のような眺めも、じきになんとも思わなくなったのと同じことだった。正午を過ぎると、幻影は空に溶けこみ、空からは太陽が怒れる目のように睨みおろしてきた。昼間の時間の終わりごろには蜃気楼は消えていき、太陽が傾くにつれて水平線は起伏を失い、青くなり、すっきりした線になった。この時間は比較的涼しくて過ごしやすいが、闇の訪れに脅かされるときでもあった。太陽が沈むと、闇は蠟燭の火消し蓋のように島の上に落ちた。遠くのよそよそしい星々のもと、小屋のなかは不安に満ちるのだった。

とはいえ、勉強や遊びや食事の時間をきちんと決める北ヨーロッパの伝統が身にしみこんでいるので、この新しいリズムに完全に慣れてしまうのはむりだった。パーシヴァルというおチビなどは、とっとと小屋に這いこみ、二日間そこにいて、しゃべったり、歌ったり、泣いたりした。しまいにはみんな、こいつは頭が変になったのかなと、ちょっと面白がった。それ以来、パーシヴァルはやせこけ、目が赤く腫れて、情けないありさまになった。ほとんど遊ばなくなり、しょっちゅう泣いた。

小さな少年たちはひとくくりで〝おチビたち〟と呼ばれるようになった。背の高さは、ラルフを筆頭に、少しずつ低くなった。サイモンとロバートとモーリスはやや曖昧な中間のあたりにいたが、ある少年が〝おチビたち〟と〝大きい子たち〟のどちらなのかを判別するのは難しくなかった。間違いなく〝おチビたち〟の部類に入る六歳くらいの子たちは、かなりはっきりとした特徴のある自分たちだけの生活を、熱心に送っていた。一日のほとんどの時間は、自分たちに手の届く果物をとって食べていた。熟れかげんや質はとくに気にしなかった。そのせいでよく腹痛《はらいた》を起こし、一種の慢性的な下痢をわずらっていた。暗闇のなかでは言葉にできない恐怖をおぼえ安心を求めてかたまっていた。食べたり眠ったりするときのほかは、渚がまぶしい陽を照り返す白い砂浜で、漫然と、どうでもいいような遊びをしていた。お母さんを恋しがってしょっちゅう泣きそうなものだが、それほどでもなかった。よく陽灼けをし、汚れて不潔だった。ほら貝が吹き鳴らされると素直に集まった。ひとつには吹くのがラルフだからだった。ラルフは大人の世界と自分たち小さな子供の世界をつないでくれる頼もしいお兄さんだった。それから集会が愉しいということもあった。だが、それ以外のときはめったに〝大きい子たち〟と関わりをもたず、感情の起伏がはげしい集団的な生活は自分たちだけで送っていた。

小さな川の河口の砂州では砂の城をつくった。高さは三十センチほどで、貝殻やしおれた花や面白い形の石で飾られていた。城のまわりにはいろいろな標識、道、塀、線路などがつくられていたが、それらは砂州の地面すれすれの高さから見て初めてなんであるかがわかった。おチビたちはここで遊んだ。幸福そうではないにしても、熱心にやっていた。三人がかりで城をつくる場合もあった。

いまも三人でお城遊びをしている子たちがいた。いちばん年上なのはヘンリーだった。あの顔に桑の実色の痣がある子の遠い親類だった。あの子は大火事のあとで姿が見えなくなったが、ヘンリーはまだ小さいのでその意味がよくわかっていなかった。飛行機で家に帰ったのだといわれたら、素直に信じてしまいそうだった。

今日の午後、ヘンリーはちょっとしたお兄さん役をつとめていた。あとのふたり、パーシヴァルとジョニーは島でいちばん年少だったからだ。パーシヴァルは顔色が鼠色で、母親にもあまり可愛いと思われていなかった。ジョニーは体格がよく、金髪で、喧嘩っ早い性格だった。いまは遊びが面白いので、ヘンリーのいうことをよく聞いていた。砂の上で膝立ちになった三人は、仲良くやっていた。

ロジャーとモーリスが森から出てきた。火の当番が終わったので、ひと泳ぎしにきたのだった。前を行くロジャーがまっすぐ歩いて、途中の城を蹴りつぶし、花を砂に埋め、えりすぐりの石をはねちらした。あとにつづくモーリスも笑いながら、さらに破壊を加える。

三人のおチビたちは遊びを中断し、顔をあげた。たまたま三人がとくに気を入れてこしらえていた標識は無傷だったので、抗議はしなかった。ただ、目に砂が入ったパーシヴァルがすすり泣きをしはじめたので、モーリスは急いで行ってしまった。疎開する前、年下の子供の目に砂を入れてしまったので罰を受けたことがあったのだ。親がいないから叱られることはないが、それでもモーリスは罪悪感で居心地悪くなった。頭のなかで、言い訳のあらましがおぼろげに形をなしてきた。それから、よし泳ぐか、とかなんとかつぶやいて、ぱっと駆けだした。

ロジャーはその場に残っておチビたちを見ていた。島に来たときには、ほかの少年よりさほど色黒だとは見えなかったが、もじゃもじゃの黒い髪が首筋をおおい、額に低く垂れているのが、暗い顔つきに似つかわしく、最初はなんとなくとっつきにくい感じがするだけだったのが、いまでは近づくのが憚られるような雰囲気をかもしだしていた。パーシヴァルはすすり泣きをやめて、また遊びだした。涙で砂が洗い流されたからだ。ジョニーは青緑色の目でパーシヴァルを見ていた。そして突然、砂をパーシヴァルにざっとかけた。パーシヴァルはまた泣きだした。

ヘンリーが遊びに飽きて、砂浜を歩きだすと、ロジャーはあとを追った。椰子の木立の下から出ず、さりげなく同じ方向へ歩いた。ヘンリーは椰子の木陰から少し距離をとって歩いていた。まだ小さいのでなるべく日向にいたいのだった。砂浜を歩き、波打ちぎわで遊びだした。太平洋の潮がさしてきて、礁湖のわりと静かな海面が数秒ごとに二センチくらいずつもちあがった。砂浜に寄せてくる波には生き物がいた。それは小さい透明な生き物で、海水とともに旅をしてきて、乾いた熱い砂の上に打ち寄せられた。その生き物は微妙な感覚器官で新しい活動領域を調べた。この前に来たときにはなかった食べ物がこのときは見つかったのかもしれなかった。それは鳥の糞や昆虫の死骸といった陸上生物の残骸だった。のこぎりの小さな無数の歯のように、この透明な生き物は砂浜でごみ漁りをするのだった。

ヘンリーにはそれが面白くてしかたがなかった。木切れを拾ってこの生き物たちをつついた。この木切れ自体が、波に洗われてすり減り、漂白されたものだった。ヘンリーは木切れで透明な生き物たちの動きを統制しようとした。水に浸かっている砂地に細い溝をつくってそこを生き物たちでいっぱいにしようとした。ヘンリーは生き物を統制することにただ愉しいからというだけでは説明できない熱中ぶりを示した。その生き物たちに話しかけ、動きを促し、命令をした。波がひくと、砂の上の自分の足跡が家畜を飼う仕切りとなり、そこに生き物たちを閉じこめることで自分が支配力をもっているような幻想を抱くことができるのだった。ヘンリーは波打ちぎわでしゃがみ、うつむいていた。もじゃもじゃの髪が額から目の下まで垂れていた。午後の太陽が目に見えない矢をびゅんびゅん射おろしてきた。

ロジャーも待っていた。最初は椰子の太い幹のうしろに隠れていた。だが、ヘンリーは透明な生き物に気を奪われているのが明らかなので、木の陰から出てきた。砂浜を目でたどった。パーシヴァルは泣きながらどこかへ行ってしまい、ジョニーは城を独り占めにして得意げだった。ジョニーは城のそばにすわり、鼻歌を歌いながら、そこにいない空想上のパーシヴァルに砂を投げていた。むこうのほうに低い台地があり、ラルフやサイモンやピギーやモーリスがプールに飛びこんであげる水しぶきが見えた。耳をすましたが、声は聞こえるものの、言葉は聞きとれなかった。

ふいに風が椰子の木立をゆすぶり、葉をわさわさ揺らした。ロジャーの頭上二十メートルほどのところで、ラグビーのボールほどある椰子の実のつらなりが茎から離れた。椰子の実はどさどさ落ちてきたが、ロジャーにはあたらなかった。ロジャーは逃げようとも思わなかったが、椰子の実からヘンリーに視線を移し、また椰子の実に戻した。

椰子の木立が生えているところはかつての砂浜が隆起した土地で、古い砂浜の上に堆積した小石が何世代もの椰子の木のおかげで流されることなく残っていた。ロジャーは背をかがめて石をひとつ拾い、狙いをつけ、ヘンリーにむかって投げた――わざとはずして投げた。とてつもなく長い時間の象徴であるその石は、ヘンリーの右側五メートルほどのところではねて、海に飛びこんだ。ロジャーは片手いっぱいに石をつかみ、投げはじめた。もっともヘンリーの周囲、半径六メートルほどの内側には、どうしても投げこめなかった。

そこには島以前の生活にあったタブーが、目には見えないけれども強固に存在していた。しゃがみこんだヘンリーのまわりには、親や学校や警察官や法の保護があったのだ。ロジャーの腕は文明によって条件づけがなされていた。その文明はロジャーがいまどうなっているか何も知らないし、すでに崩壊していたのだが。

ヘンリーは、とぷん、とぷんという水の音に驚いた。声も音も立てない透明な生き物から目をあげて、広がる波紋の中心を、獲物の臭いを嗅いだ猟犬のセッターのように見た。また、そこ、ここ、と石が落ち、そのたびにヘンリーは律儀にそちらを向くが、そのときにはもう遅すぎて、宙を飛ぶ石は見えない。だが、ついにひとつを目にして、笑った。誰が悪ふざけしているのかと目で探した。ロジャーはすばやく木の陰にひっこみ、幹にもたれて息をはずませ、瞬きをした。ヘンリーは石に興味を失い、歩きだした。

「ロジャー」

ジャックが十メートルほど離れた木の下に立っていた。ロジャーが目を見開いてジャックを見た。そのとき、ロジャーの顔に陽灼けの色よりさらに黒い影がさしたが、ジャックは気づかなかった。ジャックがしきりに、じれったそうに手招きをするので、ロジャーはそちらへ行った。

川が海に注ぐところにもひとつプールができていた。それは砂で堰きとめられてできた小さなダムで、白い睡蓮と針のように細い葦が生い繁っていた。そこにサムとエリック、それにビルがいた。ジャックは太陽から隠れてプールの岸にしゃがみ、手にした大きな木の葉を二枚ひらいた。ひとつには白土《しらつち》、もうひとつには赤土が包んであった。そばには焚き火からもってきた木炭がひとかけら置いてある。

ジャックは作業をしながら説明した。

「豚にはぼくの臭いはわからない。だけど姿は見えると思う。木の下にピンク色のものがあるぞって」

ジャックは白土を顔に塗る。

「緑もあるといいんだけどな！」

姿を隠すための化粧を半分だけした顔を、怪訝《けげん》そうに見ているロジャーに向けた。

「狩りのためだよ。戦争でやるやつ。ほら――迷彩《めいさい》さ。ほかのものに見えるようにするんだ――」ジャックは一生けんめい説明しようと、もどかしげに身をよじった。「――木にとまった蛾みたいなものだよ」

ロジャーは合点して、厳粛にうなずいた。双子がジャックのほうへ来て、おずおずと何かを訴えはじめた。ジャックは追い払おうと手をふった。

「うるさい」

ジャックは顔の赤い部分と白い部分のあいだに木炭をこすりつけた。

「いや。ふたりともついてこい」

水に映した自分の顔を見たが、気に入らなかった。背をかがめ、ぬるい水を両手ですくい、まずい化粧を洗い落とした。そばかすと砂色の眉があらわれた。

ロジャーが思わず頰をゆるめた。

「顔、ぐちゃぐちゃだぞ」

ジャックは新しい顔を考えた。片方の頰と目のまわりを白くし、顔の反対側の半分に赤土をすりこみ、右耳から顎の左側へ、木炭で斜めに黒い線をひいた。それから顔を映そうとしたが、息で水の鏡が乱れた。

「サムネリック（Samneric。Sam and Eric［サムとエリック］をつづけて発音した呼び名）。椰子の実をよこせ。空のやつを」

ジャックは水の入った殻を両手でもち、ひざまずいた。日光の丸いかけらが顔にあたり、水の底に明るみができた。覗きこんだジャックは愕然とした。そこに映ったのは自分ではなく、怖ろしい見知らぬ人間だった。ジャックは水がこぼれるのもかまわずぱっと立ちあがり、興奮して笑い声をあげた。プールのわきで、ジャックの筋ばった体が仮面を差しあげた。それがみんなの目を惹き、みんなをぞっとさせた。ジャックは踊りだした。笑い声は血に飢えた動物のうなりになった。飛びはねながら、ビルに近づいた。仮面はそれ自身で存在するものとなった。ジャックはそのうしろに隠れることで、羞恥心と自意識から解放された。赤と白と黒の顔が、宙で揺れ動き、踊りながらビルに寄っていく。ビルは笑いだした。それからふいに黙りこみ、まごついた様子で藪のなかへ入っていった。

ジャックは双子めがけて突進した。

「みんな隊列を組むんだ。さあ早く！」

「でも――」

「――ぼくたち――」

「早くしろ！　ぼくが忍び寄って、ぐさっと――」

仮面は有無をいわせなかった。

ラルフはプールからあがり、砂浜を歩いて、椰子の木陰にすわった。額に張りついた金髪をかきあげた。サイモンは水に浮かんでばた足をし、モーリスは飛びこみの練習をする。ピギーは目的もなくぶらぶら歩きながら、何かを拾いあげては捨てていた。潮溜まりが大好きだが、いまは満潮なので、潮がひくまでは愉しみはおあずけだった。椰子の木陰にラルフを見つけると、そばへ行って腰をおろした。

ピギーは半ズボンがもうぼろぼろで、太った体は黄金色がかった茶色になっていたが、何かを見るたびに眼鏡がきらりと光るのはあいかわらずだった。島にいる少年のなかで、ピギーだけは髪がまったくのびないように見えた。ほかの少年の髪はぼうぼうだったが、ピギーの髪は短いままで、まるでそれが普通の状態といったふうだ。この不完全に頭をおっている髪は、若い雄鹿の袋角に生えた毛のように、まもなくなくなってしまうのだろう。

「さっきから時計のことを考えてるんだけどさ」とピギーはいった。「日時計をつくるってのどうかな。砂に木の棒をぶっ刺して――」

理屈でしくみを説明するのはひどく面倒なので、かわりに手ぶりで示した。

「飛行機やテレビもつくるといいよな」とラルフは苦々しい口調でいった。「蒸気機関もね」

ピギーは首をふった。

「それには金属がうんといる。金属なんてここにはない。でも木の棒ならあるからね」

ラルフはピギーに顔を向けて、思わず苦笑した。ピギーは冗談のわからない退屈なやつだ。太った体に、ケツの汚れ《アス・マー》。考えるのはくそまじめなことばかりで、面白くない。けれどもピギーをからかうのは、偶然そうなったときも含めて、ちょっと愉しかった。

ピギーはラルフの微笑んだ顔を見て、親愛の情だと誤解した。大きい少年たちのあいだでは、ピギーは自分たちとはちがうやつ《アウトサイダー》だという暗黙の了解がすでにできていた。庶民階級の話し方をする点はどうでもいいとしても、太った体やケツの汚れ《アス・マー》や眼鏡、そして体を動かして働くのを避けるところが異質だった。ラルフを微笑ませたことに気をよくして、ピギーはさらに言葉をついだ。

「棒はうんとあるからさ。みんなひとつずつ日時計をもつといいよね。そしたら時刻がわかるから」

「そいつはめっちゃくちゃ役に立つだろうな」

「きみはいろんなことをしなくちゃいけないといったじゃないか。救助されるために」

「ああ、もううるさい」

ラルフはぱっと立ちあがり、プールのほうへ駆け戻った。ちょうどそのとき、モーリスがかなり下手な飛びこみをした。ラルフは話題を変えられて嬉しかった。水面に浮いてきたモーリスにむかって叫んだ。

「やあい、腹を打った！　腹を打った！」

モーリスはラルフに照れ笑いを向ける。ラルフはするりと水に飛びこんだ。ラルフはほかのどの少年よりも、プールで泳ぐのが好きだった。だが今日は、救助のことでくだらない、役にも立たない話をもちだされて、澄んだ緑色の水も、水面で砕ける黄金色の太陽も、心地よくない。だからプールにとどまって水遊びをするかわりに、着実に水をかいてサイモンの体の下をくぐり、反対側の縁から這いあがって、アシカのようになめらかな肌から水を垂らして寝そべった。いつも気のきかないピギーが立ちあがり、そばへ来たので、ラルフはうつぶせになり、気づかないふりをした。蜃気楼はもう消えていた。ラルフはぴんと張った青い水平線を憂鬱な目でたどった。

が、ふいにラルフはぱっと立って叫んだ。

「煙だ！ 煙！」

サイモンは水のなかで体を起こそうとして、がぶりと水を飲んだ。飛びこもうと構えていたモーリスは、ふらつきながら身をひるがえし、低い台地にむかって駆けだしたが、ふいに方向を変えて椰子の木陰の草地へ走った。そして何があってもいいようにと、ぼろぼろの半ズボンをはきはじめた。

ラルフは片手で前髪をかきあげて押さえ、もう片方の手を握りしめた。サイモンが水からあがろうとした。ピギーは半ズボンで眼鏡を拭きながら、目をくしゃっとさせて海を見つめた。モーリスは半ズボンの片方の穴に両足を入れてしまった。ラルフだけがじっと立っていた。

「煙なんて見えない」ピギーが疑う口調でいった。「煙なんて見えないよ、ラルフ――どこなの」

ラルフは何もいわなかった。いまは両手を拳にして額にあて、金色の髪が目にかぶさらないようにしていた。前かがみの体は、すでに白く塩を吹きはじめている。

「ラルフ――船はどこ？」

サイモンがわきに来て、ラルフと水平線を交互に見た。モーリスは半ズボンがため息のような音をさせて裂けたので、もうぼろ布だと諦めて捨てた。そして森のほうへ駆けだしたが、またすぐ戻ってきた。

煙は水平線上のきつい小さな結び目で、それがゆっくりと解けかけていた。煙の下にある点は煙突だろう。ラルフは血の気のひいた顔でつぶやいた。

「こっちの煙も見えるはずだ」

いまはピギーも正しい方向を見ていた。

「たいした煙じゃないね」

ピギーはふりかえって山を見あげた。ラルフは船に貪欲な視線を注ぎつづけた。顔に血の気が戻ってきた。サイモンはわきで黙って立っている。

「ぼくはもともとよく見えないんだけど」とピギーがいった。「煙、出てる?」

ラルフはなおも船を見つめながら、もどかしげに体を動かす。

「山の上の煙のことだよ」とピギー。

モーリスが走ってきて、海を見やった。ピギーとサイモンが山を見あげていた。ピギーは顔をしかめているだけだが、サイモンはどこかが痛いというように叫んだ。

「ラルフ! ラルフ!」

ただならぬその声に、ラルフはぎくりとしてふりかえった。

「ね、どうなの」とピギーが不安げに訊く。「煙はあがってる?」

ラルフは水平線上でひろがり薄れていく煙をふりかえり、それからまた山を見あげた。

「ラルフ――教えてよ! 煙、あがってんの?」

サイモンがおずおずと手をのばしてラルフに触れようとした。だが、ラルフは走りだした。水をはねちらしながらプールの浅いところを横切り、熱い白砂の上を駆けて、椰子の木立の下に入り、まもなくもつれあった下生えと格闘しはじめた。下生えはすでに〈傷跡〉をのみこみつつあった。サイモンもあとを追って走り、モーリスもそれにならった。ピギーが叫んだ。

「ラルフ！　ねえ――ラルフ！」

それからピギーも駆けだした。低い台地を横切る前に、モーリスが脱ぎ捨てた半ズボンに足をとられた。四人の少年の背後で、煙は水平線沿いにゆっくりと動いていた。砂浜ではヘンリーとジョニーがパーシヴァルに砂を投げ、パーシヴァルがまた小さな声で泣いている。この三人は大きい少年たちの大騒ぎのことなどまるで知らなかった。

〈傷跡〉の奥の端まで来たとき、ラルフは貴重な息を使って毒づいた。ざらつく蔓草のあいだをがむしゃらに走ってきたので、体じゅうに血が流れていた。山の急傾斜が始まるあたりで、ラルフは足をとめた。モーリスはほんの数メートルうしろに来ていた。

「ピギーの眼鏡！」ラルフは叫ぶ。「火が消えていたら、眼鏡がいる――」

ラルフは叫ぶのをやめ、回れ右をした。ピギーが砂浜からよたよたやってくる姿が、かろうじて見えた。ラルフは水平線を見た。それから山を見あげた。ピギーの眼鏡をとりにいくべきだろうか？　そんなことをしている暇に船は見えなくなってしまうだろうか？

このまま山に登ったとして、火が消えていたら、ピギーがのろのろ登ってくるのと、船が水平線の下へ沈んでいくのを眺めるだけになるのではないか？　進むか、戻るか、迷いに迷いながら、ラルフは叫んだ。

「えいくそ、えいくそ！」

サイモンが藪をかきわけてきて、ひと息ついた。顔がゆがんでいた。ラルフはわが身に鞭打つようにして、先へ進んだ。

火は消えていた。それはすぐに見てとれた。砂浜で故郷からの招きの煙を見たときに直感的に悟ったことを、目でじかに確かめることができた。火は完全に消え、煙のまったく出ない、焚き火の死んだ跡になっていた。まだ燃やされていない薪の山がひとつあった。

ラルフは海のほうを見た。水平線はふたたび人間とは無縁なものになり、かすかな煙の痕跡以外には何もない不毛な線になっていた。ラルフは岩のあいだをつまずきそうになりながら走り、ピンク色の崖の縁でかろうじてとまると、船にむかって叫んだ。

「戻ってきてくれ！　戻ってきてくれ！」

ラルフは顔を海に向けたまま、崖の縁に沿って右に左に動きながら、狂ったように声を張りあげた。

「戻ってきてくれ！　戻ってきてくれ！」

サイモンとモーリスもやってきた。ラルフは瞬かない目でふたりを見た。サイモンは目をそらし、濡れた頬をぬぐった。ラルフは自分の内面から、知っているいちばん悪い言葉を出してきた。

「あん畜生ども、火を消しやがった」

ラルフは山の険しい側の斜面を見おろした。ピギーがやってきた。息を切らし、おチビのようにすすり泣いていた。ラルフは片手を拳に握りしめ、顔を真っ赤にした。そのきびしい目つきと、とがった声が、指のかわりに指し示した。

「あいつらあそこだ」

海岸に転がっているピンク色の岩のあいだに、隊列がすでに見えていた。黒い式帽をかぶっている少年もいるが、それを除けば、みんな裸に近かった。歩きやすい場所に来るたびに、いっせいに木の棒をふりあげた。みんなで歌を歌っていたが、それは双子がふらつきながら慎重に運んでいるものと関係があった。かなり距離があるが、ラルフにはどれがジャックかすぐにわかった。背が高く、赤みがかった髪をしていて、当然のことながら隊列の先頭を歩いている。

サイモンは、さっきまでラルフと水平線を交互に見ていたが、今度はラルフとジャックのあいだで視線を往復させた。そして怖くなったようだった。ラルフはもう何もいわず、隊列が近づいてくるのを待った。歌は聞こえたが、その距離だと言葉は聞きとれない。ジャックのうしろには双子がいて、ふたりで太くて長い木の棒をかついでいた。木の棒には内臓を抜かれた豚がつりさげられ、双子が足もとの悪い地面を苦労しながら歩くにつれてゆさゆさ揺れた。喉を裂かれた豚は、頭をだらりと垂れ、地面に何かを探しているように見える。ようやく歌の言葉が、炭と灰だけになった焚き火の跡までのぼってきた。

「**豚殺せ。喉を切れ。血を流せ**」

だが、言葉が聞きとれるようになるころ、隊列は山のいちばん険しい部分にさしかかったので、一、二分、歌がやんだ。ピギーはすすり泣いている。サイモンはピギーが教会で大きな声で私語したのをいさめるかのように、急いでしいっといった。

顔に土の塗料を塗りたくったジャックが、まず山頂にたどり着き、槍を高くかかげて、高ぶった声で挨拶をラルフに送ってきた。

「見ろよ！　豚を殺したぞ！——そっと近づいて——包囲して——」

狩猟隊が口々に叫ぶ。

「包囲して——」

「そっと近づいて——」

「豚はきいっと鳴いて——」

双子は豚をかついで立っていた。豚は揺れながら、岩の上にねっとりした黒い血をしたたらせる。ふたりは大きな恍惚の微笑みを分かちもっているように見えた。ジャックはラルフにいいたいことがありすぎて困っている様子だった。そこで踊りのステップを何度か踏んだが、すぐに威厳を保たなければと思いだし、じっと立って笑みを浮かべた。両手が血まみれなのに気づくと、嫌悪に顔をしかめた。何かなすりつけるものはないかと探したあと、半ズボンで拭いて、笑い声をあげた。

ラルフが口をひらいた。

「きみたち火を消しただろう」

ジャックは、何をつまらないことをいってるんだと軽く苛ついたが、すぐに幸福感で不快感を吹き飛ばしてしまった。

「火ならまた熾せばいい。きみもいっしょに来ればよかったよ、ラルフ。愉しかったぞ。双子なんかはね飛ばされて――」

「豚にあたってさ――」

「――ひっくり返っちゃった――」

「ぼくは豚の喉を切ったんだぞ」ジャックは誇らしげにいったが、いいながら顔をひくつかせた。「きみのナイフをかしてくれないか、ラルフ。柄に刻み目をつけたいんだ」

少年たちはしゃべりながら踊った。双子はまだ微笑みつづけている。

「血がびゅうっと出たよ」ジャックは身震いをしながら笑った。「きみにも見せたかったな！」

「これから毎日狩りにいくぞ――」

ラルフはまたざらつく声でいった。体はぴくりとも動かさなかった。

「きみたち火を消しただろう」

このくりかえしに、ジャックは動揺した。双子を見てから、ラルフに目を戻した。

「このふたりの手も借りなきゃいけなかったんだ」とジャックはいった。「でないと包囲する人数が足りなかった」

自分の落ち度に気づいて、ジャックは顔を赤らめた。

「火が消えたといっても、一時間か二時間だろう。また燃やせばいいんだ――」

ジャックはラルフの血だらけの体と、ラルフ、サイモン、ピギー、モーリスの陰鬱な沈黙に気づいた。だが、幸福感に酔っているジャックは、寛大な気持ちになり、この四人も幸福の仲間に加えてやりたいと思った。必死に逃げようとする豚を追いつめたとき、狩猟隊のみんなはあることを知った。生き物の裏をかき、そいつに自分たちの意志を押しつけ、その命を奪うとき、美味い飲み物をぐいぐい飲むような満足が味わえることを知った。そのことの記憶で、ジャックの頭のなかはいっぱいだ。

ジャックは両腕を大きくひろげた。

「あの血をきみたちにも見せたかったよ！」

狩猟隊はさっきより静かになっていたが、このジャックの言葉でふたたび沸いた。ラルフは髪をうしろへふりはらった。腕をのばして、何もない水平線を指さした。その大きな、荒い声に、狩猟隊はしんとなった。

「船が見えたんだ」

多くの怖ろしい意味を含む言葉をつきつけられ、ジャックはラルフに背を向けてしゃがんだ。豚に片手をかけ、ナイフを抜く。ラルフは腕をおろした。手を拳に握り、声を震わせた。

「船が見えたんだ。沖合いに。きみは火を絶やさないといったくせに、消してしまった！」ラルフは一歩、ジャックのほうへ踏みだした。ジャックはそちらを向いた。

「船から煙が見えたかもしれないんだ。家に帰れたかもしれないんだ――」

ピギーはたまらなくなり、あまりの悔しさに日ごろの臆病さを忘れて、かん高い声で叫びだした。

「血がどうしたってんだ、ジャック・メリデュー！　狩りがなんだってんだ！　ぼくたちは家に帰れたかも――」

ラルフはピギーをわきへ押しのけた。

「隊長はぼくだ。きみはぼくのいうことを聞かなくちゃいけないんだ。きみは威勢のいいことばかりいう。でも、小屋ひとつ建てられない――しかも狩りに夢中になって、火を消してしまった――」

ラルフはそっぽを向き、しばらく黙っていた。それからまた感情を高ぶらせ、口をひらいた。

「船が見えたんだ――」

狩猟隊の小さいほうの少年たちが泣きだした。情けない真実がみんなの心にしみ通ってきた。ジャックは真っ赤になり、豚を叩いたり、ひっぱったりした。

「狩りは大変なんだ。人手がいるんだ」

ラルフはジャックに向きなおった。

「小屋が全部できあがったら人手は回せる。なのにきみは狩りのことばかり――」

「肉がいるんだ」

ジャックはそういって立ちあがった。手には血のついたナイフをもっていた。ジャックとラルフは向きあった。一方には狩猟と、戦術と、強烈な刺激と、技術の世界があった。もう一方には望郷の思いと、途方に暮れている常識の世界があった。ジャックはナイフを左手にもちかえた。血で固まった前髪を押さえつけようとして、額を血で汚した。

ピギーがまた口をひらいた。

「あの火を消しちゃいけなかったんだ。きみは煙を絶やさないって――」

ピギーの非難と、それに同意するかのように何人かの狩猟隊員が高めた泣き声が、ジャックを暴力に駆りたてた。青い瞳に稲妻を飛ばしそうな表情があらわれた。ジャックは一歩前に出て、やっと人を殴れるとばかり、ピギーの腹に拳を叩きつけた。ピギーはうめいてへたりこむ。ジャックはピギーを見おろした。そして屈辱に声を荒らげた。

「ああ、そうかい、そうかい、このデブ！」

ラルフが一歩詰め寄ると、ジャックはピギーの頭を思いきりはたいた。ピギーの眼鏡が飛んで、岩にがちゃりとあたる。ピギーは恐怖に悲鳴をあげた。

「ぼくの眼鏡！」

ピギーはしゃがんだ姿勢で岩を手でさぐった。が、サイモンが先に眼鏡を手にとり、ピギーに渡した。山頂に立つサイモンのまわりで、はげしい感情の群れが、すさまじい勢いで翼を羽ばたかせていた。

「片っぽのレンズが割れてる」

ピギーはサイモンの手から眼鏡をとり、かけた。敵意に満ちた目でジャックを見た。

「ぼくには眼鏡がいるんだ。これでもう片目しか見えなくなったよ。いまに見てろ――」

ジャックが詰め寄ろうとすると、ピギーはうしろにさがり、あたふたと大きな岩のむこうに回った。ピギーは岩の上から頭を突きだし、片方のレンズを光らせながらジャックを睨む。

「片目しか見えないんだ。いまに見てろ――」

ジャックはピギーの半泣きの声とあたふたした動作を真似た。

「いまに見てろ――ああ、見ていてやるよ！」

その物真似がひどくおかしかったので、狩猟隊は笑いだした。ジャックは気を強くした。あわてた動作をつづけると、狩猟隊の笑いはヒステリックな爆笑になった。ラルフも思わず口もとをひくつかせた。ジャックに譲歩しかけている自分に腹が立った。

ラルフは低くいった。

「そんなごまかしは汚いぞ」

ジャックは滑稽な身ぶりをぴたりとやめ、ラルフと向きあった。そしてどなりつけるようにいった。

「わかった、わかった！」

ピギーを見て、狩猟隊を見て、ラルフを見た。

「悪かったよ。火のことは。そのことは――」

ジャックは背筋をのばした。

「――あやまる」

狩猟隊から起きたざわめきは、この潔いふるまいへの賞賛だった。明らかに彼らは、ジャックがきちんと謝るという正しい行動をとったのに対して、ラルフはなんとなくよくない態度をとっているという意見だった。彼らはラルフからの寛大な返事を待った。

だが、ラルフの喉は寛大な返事が通るのをこばんだ。ラルフはジャックの間違った行動に加えて、いまの言葉巧みにみんなの支持を勝ちとるやり口にも憤慨していた。火が消えていたせいで、船は行ってしまったのに。みんなそのことがわかっていないのか？　ラルフの喉は、寛大な返事ではなく、怒りの言葉を通した。

「そんなやり方は汚いよ」

山頂で、みんなはしんと黙りこんだ。ジャックの目つきに不穏な曇りがあらわれ、消えた。

ラルフはようやく嫌な口調でつぶやいた。

「もういい。火を燃やしてくれ」

さてひと汗かくぞという空気で、みんなの緊張が少しほぐれた。ラルフはもう何もいわず、何もせず、足のまわりの灰を見おろしていた。ジャックは大きな声を出して活発に働いた。命令し、歌い、口笛を吹き、黙っているラルフに何かいった。返事の必要がない言葉なので、ラルフから反発が来ることはない。ラルフは沈黙を守った。誰も――ジャックですら――ラルフにそこをどいてくれといえず、しかたなくみんなはもとの焚き火から三メートルほど離れたところで火を熾しなおした。そこはあまり焚き火に適した場所ではなかった。

こうしてラルフは隊長の権威を取り戻すことができたわけだが、頭でいくら考えてもこんな方法があるとは思いつかなかっただろう。ラルフの武器は、どんなものなのか説明できないけれども強力な武器で、その前にはジャックは無力だった。ジャックは理由がわからないまま憤懣をつのらせた。薪の山ができるころには、ふたりは高い壁のあちらとこちらに別れていた。

　薪の山ができたところで、べつの危機が発生した。ジャックには火をつける手段がないのだ。するとラルフがピギーのところへ行き、眼鏡をはずしたので、ジャックは驚いた。ラルフ自身にも、自分とジャックとの関係はどこで壊れ、どこでまだつながっているのか、わからなかった。

「すぐ返しにくるから」

「ぼくも行く」

　ラルフの背後に立ったピギーは、無意味な色の海に浮かぶ孤島となっていた。ラルフはひざまずき、光の焦点をあわせた。火がつくとすぐ、ピギーは両手を出して眼鏡を取り戻した。

　燃えはじめたこの紫、赤、黄色の夢のように美しい花々の前に、険悪な雰囲気は溶けていった。みんなはまるでキャンプファイアを囲む少年たちのようになり、ラルフとピギーもその輪になかばひきこまれる恰好になった。何人かの少年は追加の薪をとりにいくために急いで山の斜面をおりていく。ジャックは豚の肉をぶつ切りにした。最初は豚の体全体を木の棒にのせて火にかけようとしたが、豚肉が焼ける前に木の棒が燃えてしまう。そこで切り分けた肉に木の枝を刺し、炎にかざして炙ることにした。ところがこの場合も、へたをすると豚の焼肉と同時に少年の焼肉もできそうだった。

ラルフは口に唾がわくのをおぼえた。初め、肉は断わるつもりだったが、ずっと果物や木の実ばかり食べ、たまに蟹や魚を口にするだけだったので、抵抗しきれなかった。生焼けの肉片をひとつ受けとり、狼のようにかぶりついた。

同じく口のなかが唾でいっぱいのピギーがいった。

「ぼくにはくれないの」

ジャックは権力を見せつけるため、ピギーを曖昧な立場にとどめておくつもりだったが、除け者にされたとあからさまにいいだされたとなると、もっとはっきり残酷に扱う必要があった。

「おまえは狩りをしなかっただろう」

「ラルフもしてないだろ」ピギーは泣きを含んだ声でいう。「サイモンだってしてないし」とさらに論をひろげる。「蟹なんて肉がちょびっとしかないからなあ」

ラルフは気まずげにもぞもぞした。双子とピギーのあいだにすわったサイモンが、口を手でぬぐい、肉片を岩ごしにピギーのほうへ突きだした。ピギーはそれをひっつかむ。双子はくすくす笑い、サイモンは恥ずかしそうにうつむいた。

ジャックがぱっと立ちあがり、大きな肉片を手荒く切りとって、サイモンの足もとに投げつけた。

「食えよ！　くそったれ！」

ジャックはサイモンを睨みつけた。

「拾え！」

ジャックはその場でぐるりと回り、少年たちの輪を見まわした。

「ぼくはきみたちに肉を食わせてやった！」

数多くの表現できない欲求不満が組みあわさって、ジャックの怒りはすさまじい、畏怖の念を起こさせるものになった。

「ぼくは顔に色を塗った――そっと近づいた。そうしてきみたちはいま食べている――きみたちみんなが食べている――ぼくは――」

山頂の静寂はゆっくりと深まり、やがて火が小さくはぜる音と、肉が焼けるやわらかな音がはっきりと聞こえるだけになった。ジャックは理解を求めて少年たちを見まわしたが、得られたのは敬意だけだった。ラルフは煙が消えたあとの灰のなかに立ち、両手に肉をもって、無言のままでいた。

それからようやくモーリスが沈黙を破った。モーリスは話題を変えて、大多数の少年の気持ちをひとつにできる問題をもちだした。

「あの豚はどこで見つけたの」

ロジャーが山の険しい側の斜面の下方を指さした。

「あの辺だ――海のそば」

ジャックは気をとりなおした。自分が主役の話をほかの少年にとられたくない。すばやく話に割りこんだ。

「みんなで周囲を囲んだんだ。ぼくがそっと近づいた。四つん這いで。槍を突き刺したけど、抜けてしまった。逆刺《かえし》をつけていなかったからな。豚はものすごい声で鳴きながら走りだした――」

「でも、ひき返して、また包囲網のなかに戻ってきたんだ、血を流しながら――」

みんながいっせいに話しだした。さっきの緊張から解放され、興奮していた。

「みんなで輪をせばめたんだ――」

最初のひと殴りで、豚は下半身が麻痺した。みんなが周囲から襲いかかり、殴り、殴り

「ぼくが豚の喉を切った――」

なおも同じ笑みを浮かべている双子が、飛びあがり、互いのまわりをぐるぐる回りだした。ほかの者もそれに加わり、豚の断末魔の悲鳴を真似たり、叫び声をあげたりした。

「頭をがつん！」

「顎をがつん！」

モーリスが豚になり、きいきい鳴きながら輪の中央に飛びこむ。狩猟隊はなおも回りな

がら、モーリスを殴る真似をした。みんなは踊りながら歌った。

「豚殺せ。喉を切れ。ぶちのめせ」

ラルフは羨み、かつ腹を立てながら、それを見ていた。踊りの勢いが衰え、歌がやんだあとで、ようやく発言した。

「ぼくは集会を召集する」

ひとり、またひとりと動きをとめ、じっと立ってラルフを見た。

「ほら貝を吹いて集会を召集する。だんだん暗くなってくるけど、かまわない。場所は海辺の台地だ。ほら貝を吹いたら集まってくれ」

ラルフはみんなに背を向けて歩きだし、山をおりはじめた。

第五章　海からきた〈獣〉

潮が満ちてきて、波打ちぎわと椰子の木立がある土手とのあいだで人が歩けるしっかりした砂浜は、細い通り道のような場所だけになった。ラルフがその細い砂浜を通り道に選んだのは、考えごとをするためだ。足もとを見ないで歩いても大丈夫なのはここだけだった。波打ちぎわのそばを行きつ戻りつするうち、ふいにラルフは愕然とした。この島での生活がひどく疲れることに気づいたのだ。どこを歩くにもそのつど足の踏み場を考えなければならず、起きている時間の大半は足もとを見ることに費やされる。ラルフは砂浜の通り道に立って足をとめた。そしてあの愉しかった最初の探検を思いだした。それが幸福だった子供時代の思い出のように思えて、皮肉な笑みを漏らした。体の向きを変えて、顔に陽射しを受けながら、低い台地にむかって歩いた。集会をひらくときが来たのだ。輝きが消えていく陽の光のほうへ進みながら、ラルフは集会で話すことを頭のなかで周到に準備した。この集会でやるべきことを間違えてはいけない。ありもしないものを追いかけるなどとんでもないことだ……

ラルフはいろいろな考えの迷路のなかをさまよった。それらの考えは、うまく表現できる言葉がないために、曖昧になった。ラルフは顔をしかめて、もう一度やり直した。

この集会は愉しさを捨てて、実のあるものにしなければならない。

そう考えたところで、ラルフは足をはやめた。事態が切迫していること、陽がどんどん傾いていくこと、そして速く歩きだしたことで顔に軽く風があたりはじめたことを、同時に意識した。この風が灰色のシャツを胸に押しつけたので——いろいろなことが理解できるようになってきたいまの気分のなか——シャツの襞がボール紙のように硬くなっていて不快なことに気づいた。それから半ズボンのすり切れた裾がこすれて太ももの前の部分が赤くなり気持ち悪いことも。ラルフの意識は、発作でも起こしたように、自分の体が汚れ、服がぼろぼろになっていることに思いいたった。目にかぶさるぼさぼさの髪をしょっちゅうかきあげなければならないのがどんなに嫌なことか、陽が暮れたあと、がさがさうるさい枯れ葉の寝床に寝なければならないことがどんなに不愉快なことかを悟った。それを悟ると同時に、小走りに急ぎだした。

プールに近い砂浜では少年たちが、何人かずつかたまって集会を待っていた。ラルフの不機嫌と、火を消してしまうという自分たちの不始末のことを意識して、みんなは無言のままラルフに道をあけた。

ラルフはいつも集会がひらかれる場所に立った。そこは、おおまかにいえば三角形だが、少年たちがつくるほかのすべてのものと同様、中途半端で粗雑だった。まずはラルフが腰をおろす丸太がある。この枯れた木は、低い台地に生えていたにしては、ずいぶん不釣合いに大きな木だった。おそらくは太平洋に発生する暴風雨がここへ運んできたものだろう。この椰子の木は砂浜と平行に横たわっていた。そこに島の内陸にむかってすわるラルフは、少年たちにはきらきら光る海を背にした黒い人影に見えるのだった。その木を底辺とする三角形のあとの二辺は、もっと粗雑な感じを与えた。右側にあるのは一本の丸太で、何度も腰をおろすので上の部分がつるつるになっているが、隊長のすわる丸太ほど大きくなく、すわり心地もよくない。左辺は四つの小さな丸太からなっているが、そのうち底辺からいちばん遠いものは、情けないほど不安定だった。誰かがうしろに体重をかけすぎて、丸太がごろりと転がり、五、六人がうしろの草地にひっくり返って、爆笑が起きるということが何度もあった。いまから思えば、石をはさんで転がらないようにすればいいのだが、そんな知恵はラルフからもジャックからもピギーからも出なかった。こうして、丸太がぐらつくのをいまだに我慢しつづけているわけだが、その理由は、その理由は……またしても、ラルフは深い海のような思考の迷路に入りこんでしまった。

草はどの丸太の前でもすり切れていたが、三角形のまんなかあたりは人が踏まないので、高くのびていた。三角形の頂点のあたりも、誰もすわらないので草ぼうぼうだ。集会場のまわりには灰色の幹の木がまっすぐに、あるいは傾いて生えていて、低い葉の屋根を支えていた。ラルフの左右は砂浜、背後は海、正面はすでに暗くなった島の内陸だった。

ラルフは隊長の席に向かった。こんな遅い時間に集会をひらいたことは一度もなかった。だからこの場所はいつもとひどくちがって見えた。いつもなら、緑の屋根の下では、みんな顔を黄金色の光に下から照らされた。まるでめいめい懐中電灯を手にしているようだった、とラルフは思った。だが、いまは太陽は片側に低く傾き、影はしかるべき場所にできている。

ラルフはまたおかしな思索的な気分に落ちこんでいた。それはラルフらしくないことだった。光に上から照らされるのと下から照らされるのでは顔がちがうものになるとしたら――顔ってなんなのか。いや、どんなものであれ、それって結局なんなのだろう。

ラルフは落ちつきなく歩いた。困ったことに、隊長というのは自分の頭で考えなければならない。賢い人間でなければならない。必要なときにさっと決断しなければ、チャンスを逃してしまう。そうなるとよく考えるしかない。考えるというのは大事なことだ。考えることで結果がちがってくる……

だけど、とラルフは隊長の席を真正面に見ながら思う。ぼくには考えられない。ピギーみたいに考える能力がないんだ。

この日の夕暮れどき、ラルフはまたしても自分の価値観を修正しなければならなかった。ピギーは考えることができる。あの太った顔の上にある頭のなかで、一歩ずつ思考を進めることができる。ピギーは隊長ではないが、あんな不恰好な体をしながらも、冴えた脳をもっているのだ。ラルフはいまや、ものの考え方について意識するようになっていた。ほかの人間のものの考え方はこんなふうだと、推測できるようになっていた。

目に映る陽射しの具合から、もうだいぶ時間が遅いのを意識した。そこで木にかけたほら貝をとって、その表面をあらためた。外気にさらされ、黄色やピンクの色合いが薄れて白に近くなり、透きとおる感じになっていた。自分が海から拾いあげたものではあるが、ラルフはこのほら貝に一種の愛おしさと敬意を抱くようになっていた。ラルフは集会の場所と向きあうと、ほら貝を口にあてた。

合図を待っていた少年たちが、すぐに集まってきた。火が消えているあいだに船が島のそばを通ったことを意識している少年たちは、ラルフが怒っていることを思って、しょげていた。何も知らないおチビたちを含めたそれ以外の少年たちは、重苦しい雰囲気に驚いた。集会場の席はみるみる埋まった。ジャック、サイモン、モーリス、それから狩猟隊のほとんどはラルフの右側、そのほかの者は陽のあたる左側にすわった。ピギーがやってきて三角形の外で立ちどまった。討論は聞くけれども発言はしないという意思表示だった。ピギーはみんなに対する不満をあらわすためにこの態度に出ていた。

「ぼくは集会をひらく必要があると思ったんだ」

みんなは何もいわなかったが、口を切ったラルフの顔をじっと見ていた。ラルフはほら貝をひとふりした。いままでの経験から、こういう大事なことは最低二度くりかえさなければみんなに理解されないことを学んでいた。ほら貝にみんなの目を惹きつけながら腰をおろし、重い丸石をどさり、どさりと落とすようにして、すわっている少年たちのあいだに言葉を落としていかなければならない。ラルフは、おチビたちにも今回の集会の目的がわかるよう、簡単な言葉を頭のなかで探した。あとでジャックやモーリスやピギーといった議論の得意な子たちが、それぞれの力を駆使して討論してくれるだろうが、まずは討論の議題をはっきりと説明する必要がある。

「ぼくは集会をひらく必要があると思った。それは愉しむためじゃない。丸太から転げ落ちる子を見て笑うためじゃない」――転がりやすい丸太に腰かけたおチビたちがくすくす笑いながら顔を見あわせた――「冗談をいうためでもなければ」――ほら貝をもちあげて、強い印象を与える言葉を探した――「頭がいいところを見せるためでもない。そういうことじゃなくて、いろんなことをまともにするためだ」

ラルフは間を置いた。

「ぼくは考えた。ひとりでいろいろ考えた。それでぼくたちに何が必要なのかがわかったんだ。それはいろんなことをまともにするための集会だ。まずぼくから話をしよう」

ラルフは言葉を切り、癖になった仕草で髪をかきあげた。ピギーが忍び足で三角形に近づいた。不充分ながら抗議の意思は示したので、集会に加わることにしたのだ。

　ラルフは話をつづけた。

「ぼくたちはもう何度も集会をひらいた。みんな、発言することも、みんなでいっしょにいることも、愉しんでいる。集会ではいろんなことを決める。でも、決めたことは守られないんだ。飲み水は川から椰子の実の殻でくんできて、木の下に置いておくと決めた。最初の何日かはそのとおりにやった。でも、いまは木の下に水はない。椰子の実は空っぽだ。みんな川でじかに水を飲んでいる」

　そうだよな、というささやきが起きた。

「川で飲むのが悪いわけじゃない。というか、椰子の実の古くなったやつで飲むより――あの――滝が落ちているところで飲むほうがいいだろうと思う。だけど、ぼくたちは水を運んでくると決めたんだ。なのにそうしていない。今日の昼過ぎには、水の入った殻はふたつしかなかった」

　ラルフは唇をなめた。

「それから小屋のことがある。小屋というほど立派なものじゃないけど」

　またひそひそ話が起こり、静まった。

「みんな、夜は小屋で眠るだろう。今夜も、火の当番のサムネリック以外は全員そうするはずだ。ところで、小屋を建てたのは誰なんだ」

たちまち騒ぎが起きた。みんな口々に、ぼくはやったよと叫んだ。ラルフはまたほら貝をふらなければならなかった。

「ちょっと待て！　ぼくがいっているのは、三つとも建てたのは誰かってことだ。ひとつめはみんなで建てた。ふたつめは四人で建てた。三つめを建てたのはぼくとサイモンだけだ。ぐらぐらしているのはそのせいだ。いや。笑いごとじゃない。あの三つめの小屋は、今度雨が降ったら倒れるかもしれない。でも小屋は三つ必要なんだ」

ラルフは間を置いて、咳払いをした。

「もうひとつ。便所はプールのむこうの岩場と決めた。あそこはちょうどいい場所だ。潮が満ちたらきれいになる。おチビたちもそれは知っているだろう」

あちこちでくすくす笑いが起き、目が見かわされた。

「なのにみんな、もうその決まりを守らない。小屋やこの台地の近くでするやつもいる。いいか、おチビたち。果物をとっているとき、急にしたくなったら――」

みんなはどっと笑った。

「急にしたくなったら、果物の木がある場所から早く離れるんだ。でないと汚くてしょうがない！」

また笑いが起きる。

「わかるだろう。汚いんだよ！」

ラルフはごわごわした灰色のシャツの生地をつまんだ。

「ほんとに汚いから。したくなったらすぐ岩場へ行く。いいね？」

ピギーが両手を出してほら貝を求めたが、ラルフは首をふった。この演説はしゃべる項目がきちんと決まっている。

「みんな、またあの岩場を使うようにするんだ。この辺全部が汚くなってきたから」そこで間を置く。みんなは、いよいよあの話だぞと緊張した。「それから、煙のことだ」

ラルフがふっと息を吐くと、みんなも同じようにした。ジャックはナイフで木切れを削りだす。そしてロバートに何かささやいたが、ロバートはわきを向いた。

「火はこの島でいちばん大事なものだ。火を燃やしつづけなかったら、よほどの偶然がないかぎり、救助される見込みはないからだ。火を燃やしつづけることが、そんなに大変なことだろうか」

ラルフは腕を大きくひとふりした。

「よく見てみろ！　ぼくたちは何人いる？　こんなに大勢いて、焚き火ひとつ守れないのか。煙を出しておかなきゃいけないというのに。みんなわからないのか。火を絶やしてしまったら——ぼくたちは死ぬしかないんだぞ」

狩猟隊のあいだで、思わず漏れたのではない含み笑いが起きた。ラルフはきっとなってそちらを見た。

「狩猟隊のみんな！　笑いたければ笑うといい！　でも、いっておくけど、煙のほうが豚より大事なんだぞ。きみたちが何頭殺そうとだ。みんなわかるか」両腕をひろげて、三角形の全体を指し示した。

「煙をあげつづけなきゃだめだ――でないと死ぬんだ」

ラルフは沈黙し、つぎの話題に移るタイミングを探った。

「それともうひとつ」

誰かが声をあげた。

「もうひとつが多いなあ」

賛成のつぶやきが聞こえたが、ラルフは無視した。

「もうひとつ。ぼくたちはもう少しで島全体を火事にするところだった。石を組んで炉をつくって、料理をする小さな火を熾すのは時間のむだだと思う。だから、いまから隊長としてルールをいう。火を熾すのは山の上だけにする。絶対にだ」

たちまち怒号が飛んだ。少年たちは立ちあがってどなり、ラルフもどなり返した。

「蟹や魚を料理したいときは、山の上にあがるんだ。そうすれば間違いがない」

日没の光のなか、ほら貝を求める手がいくつものびた。ラルフはほら貝をもったまま、丸太に飛び乗った。

「いまのは本気だ。ちゃんといったぞ。みんなはぼくを隊長に選んだ。だからぼくのいうとおりにするんだ」

みんなは徐々に静かになり、また腰をおろした。ラルフも丸太からおりて、普通の声でいった。

「じゃあ忘れないように。岩場を便所にすること。火を消さないで煙をあげつづけること。火を山からおろさないこと。食べ物を上へもっていくんだ」

ジャックが立ちあがり、両手を差しだした。薄闇のなかでも顔をしかめているのがわかった。

「まだ話は終わっていない」

「でも延々話しているじゃないか！」

「ぼくはほら貝をもっている」

ジャックはぶつくさいいながらすわった。

「つぎが最後だ。この問題については、みんな意見をいってくれていい」

ラルフは全員が静かになるのを待った。

「いろんなことがおかしくなってきている。ぼくには理由がわからない。最初はよかったんだ。みんなで愉しくやっていた。でも、そのうち――」

ラルフはほら貝をゆっくり動かし、そのむこうの何もない宙に目をやりながら、〈獣〉

のこと、蛇のこと、火事のこと、恐怖のことを思いだした。

「そのうち、みんな怖がりだした」

うめきに近いささやきが起こり、消えた。ジャックは木の棒を削るのをやめていた。ラルフは唐突に、また話しだす。

「でも、それはおチビたちの噂話だ。そこをはっきりさせよう。ということで、最後にみんなで話しあってほしいのは、何が怖いのかということだ」

髪がラルフの目にまたかぶさった。

「この怖いと思う気持ちのことを話しあって、なんでもないってことをはっきりさせなくちゃいけない。それはぼくだってときどき怖くなるよ。でも、そんなの馬鹿げたことだ！お化けを怖がるのと同じなんだ。だから、なんでもないってことをはっきりさせたら、またもとに戻って、火事に気をつけたりできるようになる」明るい砂浜を歩く三人の少年の姿が、ラルフの頭のなかをよぎった。「また愉しくやれるんだ」

儀式を行なうように、ラルフはほら貝を丸太の上に置いた。自分の話は終わったというしるしだ。弱くなった陽の光が水平にさしていた。

ジャックが立ちあがってほら貝をとった。

「怖いものってなんなのか。ぼくがそれをいってやろう。この怖いとかいう話をしだしたのはおチビたちだ。〈獣〉だって？　そんなものどこから来るんだ。もちろん、年が上のぼくたちだってときどき怖くなる。でも、我慢しなくちゃだめなんだ。ラルフがいっていたけど、夜中に悲鳴をあげたりするんだってな。それなら悪い夢を見たに決まっているじゃないか！　とにかくおチビたちは狩りもしない、小屋も建てない、なんの手伝いもしない――女の子みたいにめそめそしてばかりだ。そうだろう。とにかく怖いと思っても――我慢しなくちゃいけないんだ。大きい子たちと同じように」

ラルフは何かいいたそうに口をあけてジャックを見たが、ジャックは無視した。

「大事なのは――怖くたって、べつに痛くも痒くもないってことだ。悪い夢と同じなんだ。この島に怖い〈獣〉なんていない」ひそひそ話しているおチビたちを見た。「何かがいて、きみたち役立たずの泣き虫どもに嚙みついたとしても、いい気味ってものだ！　でも、大きな動物はいないんだよ――」

ラルフは苛立たしげに口をはさんだ。

「それはなんの話だ？　誰が動物のことをいった？」

「このあいだきみがいっただろう。おチビたちが夢を見て悲鳴をあげるって。いまじゃおチビたちだけでなく、狩猟隊のなかにも――何かいる、〈獣〉だか動物だか、何かよくわからないものがいるなんて話すやつがいるんだ。ぼくはそういうのを聞いた。きみは聞いていないんだろう。さあいいか。小さな島に大きな動物はいないんだ。いるのは豚だけだ。ライオンや虎は、アフリカやインドみたいな広いところにしかいない――」

「ロンドン動物園にもいるよ——」

「ほら貝はぼくがもっている。ぼくが話しているのは怖い気持ちのことじゃない。〈獣〉のことだ。怖がりたいやつは怖がればいい。でも、その〈獣〉というのは——」

ジャックは言葉をとぎれさせ、ほら貝を両手で揺らしながら、汚れた黒い式帽をかぶった狩猟隊に顔を向けた。

「ぼくは狩人だ。そうだな」

狩猟隊は黙ってうなずいた。たしかに狩人だ。それを疑う者はいない。

「さて——ぼくはこの島の隅々に行ってみた。ひとりでだ。〈獣〉がいるなら見ているはずだ。怖がるやつは臆病だから怖がる——だけど森に〈獣〉なんていないんだよ」

ジャックはほら貝を返してすわった。みんなはほっとした気分で拍手した。つぎにピギーが手をあげた。

「ぼくはジャックがいったことの全部じゃないけど、賛成なところもある。もちろん森に〈獣〉なんかいない。いるわけがない。いったい何を食ってるってんだ」

「豚だろ」

「豚を食べるのはぼくたちだ」

「子豚《ピギー》ちゃん!」

「ぼくはほら貝をもってんだ!」ピギーはむっとしていった。「ラルフ——みんな静かにしなきゃだめだよね。そうだよね？　黙って聞いてなきゃだめだぞ、おチビたち！　ぼくがいいたいのは、怖いって気持ちのことでは、ジャックと意見がちがうってことだ。もちろん森に怖いものなんてないよ。だって――ぼくも歩いてみたからね！　でも、みんなは〈獣〉のつぎには幽霊だのなんだのいいだすだろう。そういう気持ちになってる子たちがいるのはわかってる。そんなふうに間違ったことを考えてる子がいるなら、誰かがその考えを正さなくちゃいけない」

ピギーは眼鏡をはずして、瞬きをしながらみんなを見た。太陽はもう沈み、電灯が消されたようになっていた。

ピギーはさらに詳しく説明した。

「おなかが痛いときは、小さかろうと大きかろうと――」

「大きいおなかはきみのだな」

「そうやって笑うのをやめたら集会はもっとはかどるだろうね。それと、その転がる丸太にすわってるおチビたちは、どうせまたすぐひっくり返るだろうから、地面にすわって話を聞いたらいいんじゃないか。さあ、それでだ。具合が悪いときにはお医者にかからなくちゃいけない。頭のなかの具合が悪いときでも、診てくれるお医者がいるんだ。人間は理由なんかなくてもしょっちゅう怖がるもんだなんて、本気で考えてるやつはいないだろ。いまは科学の時代だ」ピギーは明るい口調でいった。「そうなんだ。あと一、二年して戦争が終わったら、人間は火星へ行って戻ってこれるかもしれない。〈獣〉なんていないことはぼくも知ってる——鋭い爪のある〈獣〉みたいなのがいないことは。でも、怖いものなんていないはずではあるけど——」

ピギーは間を置いてからつづけた。

「もしかしたら——」

ラルフは落ちつかなげに身じろぎした。

「もしかしたら？」

「ぼくたちは人間を怖がってるのかもしれない」

なかば嘲るような笑い声が、年長の少年たちから起こった。ピギーは首をすくめ、急いであとをつづけた。

「だから〈獣〉のことをいってたおチビから話を聞こうじゃないか。そしたら、それが馬鹿げたことだと説明してやれるかもしれないからさ」

おチビたちは互いにつつきあいを始めたが、まもなくひとりが立ちあがった。

「きみ、名前はなに？」

「フィル」

おチビにしては物怖じしない子で、両手を差しだしてほら貝を要求した。ラルフのようにほら貝を揺さぶりながら、注目を集めるためにみんなを見まわし、それから口をひらいた。

「ゆうべ、夢を見た。こわい夢だった。なんかと戦ってるんだ。ぼくは小屋の外にひとりでいた。そうして、森のなかにいるクネクネしたものと戦ってた」

そこでひと休みした。ほかのおチビたちは、怖さに共感して笑いを漏らした。

「それで、こわくて目がさめた。ぼくは真っ暗ななかで、小屋の外にひとりで立ってた。クネクネしたものはもういなかった」

このなまなましい、いかにもありそうな、あからさまに怖い話に、みんなは黙りこんだ。白いほら貝のうしろから、小さな少年の声がさらに聞こえてきた。

「ぼく、こわくなって、ラルフを呼ぼうとした。そしたら、木と木のあいだで、何かおっきい、こわいものが動いたんだ」

そこでいいさし、甦った記憶になかば怯えながら、みんなの注目を惹いていることで得意になっていた。

「悪い夢なんだ」とラルフはいった。「きみは眠りながら歩きまわっていたんだよ」

みんなは同意のささやきをかわした。

ほら貝をもったおチビは絶対にちがうと首をふった。

「クネクネしたものと戦ってるときは眠ってたけど、それが消えたとき、目がさめたんだ。そいで木と木のあいだに、おっきい、こわいものが動いてるのを見たんだ」

ラルフはほら貝を受けとり、小さい少年はすわった。

「きみは眠っていたんだよ。誰もいやしないもの。誰が夜中に森のなかをうろつくっていうんだ。うろついた子はいるかい？　誰か小屋を出たかい？」

沈黙が流れるあいだ、みんなは真っ暗な外に出ていく者のことを考えて、にやにや笑った。サイモンが立ちあがったので、ラルフは驚いてそちらを見た。

「きみか！　なんだって真っ暗な外をうろつくんだ」

サイモンはもどかしげにほら貝を手にとった。

「行こうと思ったんだ――ぼくの知っているところへ」

「それはどこ」

「知っているところ。森のなかのある場所」

サイモンはそこで口を閉ざす。

ジャックが馬鹿にしたような、おどけた口調で、すっぱりと解答を出した。

「用を足しにいったんだろ」

こんなからかわれ方をしたのではサイモンがかわいそうだと思い、ラルフはサイモンからほら貝を取り返し、サイモンを正面からきびしい目で見すえていった。

「もうしないようにしてくれ。いいね？　夜中はだめだ。それでなくても〈獣〉がどうのとか馬鹿げた噂が流れているのに、夜中に誰かが森のなかをふらついているところをおチビたちに見せるのはまずい――」

このときに起きた嘲笑には、怯えと非難が混じっていた。サイモンは何かいいたそうに口をひらいたが、ほら貝はラルフがもっているので、席に戻った。

みんなが静かになると、ラルフはピギーに顔を向けた。

「何かあるかい、ピギー」

「話を聞きたい子がもうひとりいる。あの子だ」

おチビたちがパーシヴァルを押しだし、ひとりだけで立たせて、自分たちはまたすわった。膝まで草が来ているパーシヴァルは、隠れた自分の足を見おろして、ぼくはいま自分の家にいるんだと思いこもうとしていた。ラルフは同じような姿勢で立っていたべつの小さな子供を思いだし、急いでその記憶をふりはらった。ラルフはあの子のことを考えまい、姿を思い浮かべまいとしてきたが、こんなにそっくりな子供の姿を見てしまうと、どうしても意識の表面に出てきてしまうのだった。あれ以来、おチビたちの数は数えていない。ひとつには本当に全員を数えたかどうか確かめる方法がないからだが、もうひとつ、山の上でピギーがした質問への答えがわかっているというのも理由だった。おチビたちは、金髪の子、黒っぽい髪の子、そばかすのある子といろいろで、みんな汚れているが、顔にあの特徴がある子はひとりもいない。桑の実色の痣がある子は、その後誰も見ていないのだ。ピギーが蛇や〈獣〉のことを問い詰めたあのおチビ。ラルフは、あの口に出していうのがつらすぎることはちゃんと覚えていることを暗黙のうちに認めながら、ピギーにうなずきかけた。

「さあ、その子に聞いてみてくれ」

いわれてピギーはほら貝を手にとり、ひざまずいた。

「さてと。きみ、名前はなに？」

小さな少年は自分のなかにひきこもった。ピギーは、だめだこれはという顔をラルフに向けた。ラルフが鋭い語気できいた。

「名前はなに？」

少年が答えずに黙っているのにじれて、みんなが声をそろえて囃《はや》しだした。

「名前はなに？　名前はなに？」

「静かに！」

ラルフは夕方の薄闇のなか、相手をじっと見た。

「さあ、いってごらん。名前はなんなの」

「パーシヴァル・ウィームズ・マディソン、ハンプシャー州ハーコート・セント・アンソニー、牧師館、電話番号、電話番号、電話――」

こうして名前と住所をいうことで、心の奥深くにある悲しみの泉に触れたのか、おチビは泣きだした。顔がくしゃくしゃになり、両目から涙がぴゅっぴゅっと飛びだした。口が大きくひらいて、奥の四角い黒い穴が見えた。最初は声も出ず、表情で悲しみをあらわすだけだったが、まもなく嘆きの声がほら貝のように大きく響きわたった。

「おいよせ、泣くなよ！」

パーシヴァル・ウィームズ・マディソンは泣きやまなかった。泉の水があふれ出し、叱っても、脅しても、とまりそうになかった。パーシヴァルは泣きつづけた。ひとつひとつ息をしながら泣いた。まるで泣くという動作に釘で打ちつけられているおかげで立っていられるといったふうだった。

「泣くな！　泣くな！」

だが、ほかのおチビたちももう黙っていなかった。めいめい自分の悲しみを思いだした。そしておそらく自分たちが全員に共通する悲しみを分かちもっていることを感じとってしまった。おチビたちはもらい泣きを始めた。そのうちふたりはパーシヴァルと同じくらい大きな声をあげた。

この場を救ったのはモーリスだった。モーリスは叫んだ。

「みんなぁ、こっち見ろぉ！」

モーリスはわざと尻もちをついた。そして尻をさすりながら立ちあがり、ぐらつく丸太に腰かけて、草の上に転げ落ちた。へたなピエロぶりだったが、パーシヴァルも、ほかのおチビたちも、それを見てくすくす笑いだした。やがておチビたち全員が大笑いをし、そこに年上の少年たちも加わった。

ジャックがまず笑いに負けない声を出した。ほら貝をもっていないのでルール違反だが、誰も気にしなかった。

「で、〈獣〉がどうしたって？」

パーシヴァルに奇妙なことが起きていた。あくびをし、ふらつきはじめているのだ。そこでジャックが両腕をつかみ、揺さぶった。

「〈獣〉はどこに棲んでいるんだ」

パーシヴァルはジャックに両腕をつかまれたまま、ぐったりした。

「この島で隠れてられるんなら、よっぽど頭のいい獣だね」ピギーが揶揄する口調でいった。

「ジャックは島を隅々まで歩いているんだ——」

「〈獣〉なんてどこにいられるっていうんだ」

「何が〈獣〉だよ！」

パーシヴァルが何かつぶやき、みんなはまた笑った。ラルフが前に身を傾けた。

「なんていったんだ」

ジャックが返事を聞いてから、パーシヴァルを離した。解放されたパーシヴァルは、人間たちの安心できる輪に囲まれて、高い草むらに倒れて眠りこんだ。

ジャックは咳払いをした。それから、さらりと報告した。

「〈獣〉は海から来るんだとさ」

最後の笑いもやんだ。ラルフは思わずふりかえった。その姿は背中をまるめた黒い影となって海を背景に浮かびあがった。みんなも同じ方向を見た。礁湖の水のひろがりのこと、そのむこうの外海のこと、無限の可能性を秘めている未知の藍色のことを考えた。環礁から届いてくるざあざあという波音に黙って耳を傾けた。

モーリスが発言した。その大きな声に、みんなびくりとした。

「お父さんがいっていたけど、海の動物ってまだすっかり発見されているわけじゃないんだってね」

また議論が始まった。ラルフがきらきら光るほら貝を差しだすと、モーリスは従順に受けとった。みんなは静かになった。

「ジャックは、怖がるやつは臆病だから怖がるといった。それはそうだと思う。だけど島には豚しかいないっていうのは、そうだったらいいとは思うけど、ジャックにだってはっきりしたことはわからないはずなんだ」――モーリスはひとつ大きく息を吸った――「お父さんの話では、海にはいろんなものがいる。なんだっけ、あの墨を吐くやつ――あ、烏賊か――烏賊のなかには何百メートルもあるやつがいて、鯨をまるごと食べてしまうそうだ」そこで言葉を切り、明るく笑った。「もちろんぼくは〈獣〉なんて信じちゃいない。

ピギーもいっていたけど、いまは科学の時代だ。でも、わからないじゃないか。つまり、確かなところは――」

誰かが叫んだ。

「烏賊は海からあがってこられないぞ!」

「いや、こられる!」

「こられないよ!」

たちまち低い台地の上は、議論でやかましく沸きかえり、身ぶり手ぶりをする影に満ちた。すわったままのラルフには狂気の沙汰だと思えた。恐怖心、〈獣〉、火がいちばん大事ということにすら意見が一致しないありさま。いろんなことをまともにしようとしても、議論は脇道にそれ、新しい不愉快なことがつぎつぎに出てくる。

すぐ近くに白いものが見えるので、それをモーリスの手からつかみとり、思いきり大きな音で吹き鳴らした。みんなはびっくりして静かになった。サイモンがすぐそばにいて、ほら貝に両手をかけていた。どうしても話したいことがあるのだが、集会で発言するのは、サイモンには苦痛なのだった。

「もしかしたら」とサイモンはおずおずといった。「〈獣〉っているかもしれない」

みんなはわあっと囃したてる。ラルフも驚いて立ちあがった。

「サイモン、きみは信じるっていうのか」

「わからない」とサイモンはいう。心臓が高鳴って息が苦しい。「でも……」

嵐が巻き起こった。

「すわれ！」

「黙れ！」

「しゃべるんならほら貝をもて！」

「うるさいな！」

「黙ってろ！」

ラルフはどなった。

「みんな話を聞け！　サイモンがほら貝をもっているんだ！」

「つまり、いいたいのは……〈獣〉ってぼくたちのことかもしれないってことなんだ」

「馬鹿か！」

そう叫んだのはピギーだった。衝撃のあまり、礼儀を忘れたのだ。サイモンはさらにつづけた。

「もしかしたらぼくたちは……」

サイモンは人類が本質的に抱えている病のことをいいあらわそうとして、言葉に詰まった。が、そのとき、ある考えがひらめいた。

「この世でいちばん汚いものってなんだかわかる？」

みんなが沈黙して考えこむなか、ジャックがそのものずばりの一語（「糞」という言葉）を返した。オーガズムのように緊張が解けた。ぐらつく丸太にすわり直していたおチビたちがまた転げ落ちたが、痛いともなんともいわなかった。狩猟隊は大喜びで叫び声をあげた。サイモンの弁論はむなしく崩れ去った。笑い声に容赦なく打ちすえられ、萎縮して、なすすべもなく席に戻った。

騒ぎはようやく沈静した。誰かがほら貝をもたずに発言した。

「いまの、〈獣〉って幽霊みたいなものだといおうとしたんじゃないかな」

ラルフはほら貝をもちあげて、闇を見通そうとした。いちばん明るいのはほの白い砂浜だ。おチビたちは近くにいるだろうか。ああ、いる――それは間違いない。おチビたちは草地のまんなかで、体を押しつけあうようにかたまっているはずだ。風が吹き、椰子の木が言葉をかわした。その声は闇と沈黙のせいでひどく大きく聞こえて耳につく。二本の灰色の幹がこすれあい、昼間には誰も気づかなかった不快な摩擦音を響かせる。

ピギーがラルフの手からほら貝をとった。そして憤慨した声でいった。

「ぼくは幽霊なんて信じない――絶対に！」

ジャックも立ちあがったが、なぜかひどく怒っていた。

「おまえが信じる信じないはどうでもいいんだ――このデブ！」

「ほら貝はぼくがもってるんだぞ！」

もみあいがあり、ほら貝があっちへ動き、こっちへ動きした。

「ほら貝を返せ！」

ラルフが割って入ったが、胸をどんと突かれた。誰かの手からほら貝をもぎとり、荒い息をつきながらまた席についた。

「幽霊の話ばかりじゃしょうがない。こういうのは昼間やるべきだ」

誰のかわからない、ひそめた声が割りこんだ。

「ほんとに幽霊かもしれないよな――〈獣〉って」

集会がまた風にあおられたように動揺した。

「みんな勝手にしゃべりすぎる」とラルフはいった。「ルールを守らないと、ちゃんとした集会にならないじゃないか」

そこでまた口をつぐんだ。この集会はちゃんとやろうと思っていたのに、またしても頓挫してしまった。

「もうどういったらいいんだ。遅い時間に集会をひらいたのが間違いだったよ。それじゃ、決をとろうか。幽霊のことで。そしたらもう小屋へ行こう。みんな疲れているんだから。ちょっと――ジャックか？――ちょっと待ってくれ。いまはっきりいうけど、ぼくは幽霊を信じない。信じているとは思わない。ほんというと幽霊のことは考えたくないんだ。つまり、こういう真っ暗なときには。でも一応、はっきりさせよう」

ラルフはほら貝をもちあげた。

「よし、いいか。はっきりさせたいのは、幽霊がいるのかどうかだ——」

言葉を切り、問いかけ方を考えた。

「幽霊がいるかもしれないと思うのは誰だ」

ひとしきり沈黙がつづいたが、誰も反応する様子はなかった。だが、ラルフが闇に目をこらすと、あがっている手が見えた。ラルフはひとこといった。

「わかった」

世界が、あのちゃんとした法則のある理解可能な世界が、逃れていきつつあった。前は、これはこうで、あれはこう、といえたのに、いまはもうわけがわからない——そして船は行ってしまった。

ほら貝が手からひったくられた。ピギーの声がかん高く響いた。

「ぼくは幽霊を信じるほうに投票しなかった!」

すばやく集会場を見まわした。

「みんなそのことを覚えておいてくれ!」

ピギーはどすんと地面を踏んだ。

「ぼくたちはなんなんだ。人間か。動物か。野蛮人か。大人が見たらなんと思う? ぎゃあぎゃあ騒ぐ——豚を狩る——火を消す——そして今度はこれだ!」

影がひとつ、猛然と前に立った。

「黙れ、このデブ！」

もみあいがあり、ちらちら光るほら貝が上下に揺さぶられた。ラルフはさっと立ちあがった。

「ジャック！　ジャック！　きみはほら貝をもっていないだろう！　ピギーにしゃべらせろ」

ジャックの顔がラルフの間近に来た。

「おまえも黙れ！　いったい何様のつもりだ。偉そうにすわって――人に命令ばかりして。狩りもできない、歌も歌えないくせに――」

「ぼくは隊長だ。選ばれたんだ」

「選ばれたからどうなんだ。役にも立たない命令ばかり出して――」

「ほら貝をもっているのはピギーだ」

「ああ、そうさ――おまえはピギーの味方ばかりする――」

「ジャック！」

ジャックは嘲る調子で真似をした。

「ジャック！　ジャック！」

「きみはルールを破っている！」ラルフはどなった。

「それがどうした」

ラルフはけんめいに頭を働かせた。

「ルールだけがぼくたちの頼みの綱なんだ！」

だが、ジャックはどなり返す。

「ルールなんか糞くらえだ！　ぼくたちは強い――狩りができる！〈獣〉がいるなら仕留めてやる！　追いつめて、殴って、殴って、殴って――」

ジャックは荒々しい雄叫びをあげて、ほの白い砂浜に飛びおりた。たちまち台地の上で喧騒と興奮が渦巻き、少年たちが走りまわり、絶叫し、笑った。集会はばらばらになり、みんなはでたらめに飛びまわり、椰子の木立から波打ちぎわへ行って、そこから砂浜を走り、夜の闇のなかに消えていった。ラルフはほら貝が頰に触れるのを感じて、それをピギーから受けとった。

「大人が見たらなんていうだろ」ピギーがまた声をあげた。「見ろよ、あいつら！」

狩猟の真似をする声や、ヒステリックな笑いが砂浜から聞こえてきた。まったく異常な狂乱ぶりだ。

「ほら貝を吹くんだ、ラルフ」

ピギーがすぐそばにいて、片方だけのレンズがきらりと光るのがラルフに見えた。

「火を燃やさなきゃだめなのに。あいつらにはそれがわからないのか」

「こうなったらきみは強く出ないと。みんなにいうことを聞かせるんだ」

ラルフは何かの定理を暗記しているような注意深い言い方でいった。

「ぼくがほら貝を吹いて、連中が戻ってこなかったら、もうおしまいだ。火を燃やしつづけることなんてできない。ぼくたちは動物みたいになる。救助されることは絶対にないだろう」

「きみがほら貝を吹かなかったら、どっちみち動物になる。あいつら何やってんだろな。声は聞こえるけど、なんにも見えないや」

いったん散り散りになった少年たちがまた砂浜に集まり、濃密な黒いかたまりとなって、ぐるぐる回っていた。みんなは何かを歌っていた。おチビたちはもうたくさんだとばかり、大声で叫びながらふらふらふら歩いていった。ラルフはほら貝をもちあげて口にあて、またおろした。

「でも、どうなんだろう。幽霊っているのかな、ピギー。〈獣〉はいるのかな」

「もちろんいやしない」

「なぜわかる」

「いろんなことが意味を失うからさ。家とか、街の通りとか——テレビなんかも——全部無意味になっちまう」

歌い踊っている少年たちは疲れてきたのか、やがて言葉なしで、リズムを口ずさむだけになってきた。

「かりに、ほんとにそんなものには意味がないとしたら？　この島では意味がなくなるとしたらどうなんだ。幽霊や〈獣〉がぼくたちをじっと見て、待っているんだとしたら」

ラルフははげしく身震いをし、ピギーのそばへ寄ったので、体がぶつかり、ふたりともぎょっとした。

「変なことといいださないでよ、ラルフ！　ただでさえろくでもないことばっかりで、もう我慢できないほどなんだ。これで幽霊がいたんじゃ――」

「ぼくは隊長をやめるべきかもしれない。聞いてごらんよ、あれを」

「だめだめ！　だめだよ！」

ピギーはラルフの腕をつかんだ。

「ジャックが隊長になったら、狩りばっかりやって、火はほったらかしになる。ぼくたちは死ぬまでここにいることになるんだ」

ピギーの声がかん高くうわずった。

「誰だ、そこにいるの」

「ぼくだよ。サイモンだ」

「なあんだ」ラルフはいった。「これで〝三匹の目の見えない鼠〟（伝承童謡のひとつ）だな。ぼくはもう諦めるよ」

「きみが諦めたらぼくはどうなる」ピギーはぞっとするという口調でささやいた。

「どうもならないだろ」

「あいつはぼくを嫌ってる。なぜだかわかんない。なんでもあいつの思いどおりになったら――きみはいいさ、あいつに一目置かれてるから。それに――きみならあいつをぶっ飛ばせる」

「きみもさっき、けっこういい勝負をしていたぞ」

「ぼくはほら貝をもってた」ピギーは単純にそういった。「発言する権利があったんだ」

サイモンが闇のなかでもぞもぞ動いた。

「いままでどおり隊長をやってよ」

「何をいっているんだ、サイモン！　きみはなぜさっき〈獣〉なんていないといえなかった？」

「ぼくはあいつが怖い」ピギーがいう。「だからあいつのことがよくわかる。ある人間が怖いと、その人間が憎くなるけど、その人間のことを考えるのをやめられなくなるんだ。それで、そいつも根はいいやつなんだと思いこもうとするけど、またそいつを見たら、喘息になったみたいに息が苦しくなってくる。いっとくけどさ。あいつはきみのことも憎んでるんだよ、ラルフ――」

「ぼくを？　なぜ」

「わかんないけど。きみは火のことであいつを責めたし、きみは隊長で、あいつはそうじゃないだろ」

「でもあいつは、自分はジャック・メリデューさまだと威張っているじゃないか！」

「ぼくは病気で寝てることが多くて、そういうときにいろんなことを考えたんだ。だから人間のこともよくわかってる。自分のことがわかるし、あいつのこともわかる。あいつはきみには手出しできない。だけどきみが邪魔者でなくなったら、きみのそばにいる人間に手を出すよ。つまりぼくにね」

「ピギーのいうとおりだよ、ラルフ。これはきみとジャックの戦いなんだ。だから隊長をつづけてよ」

「ぼくたちはみんな成り行きまかせで、何もかもでたらめになってきている。ここへ来る前は、大人たちがいた。先生、ぼくたちどうしたらいいんですか、と訊いたら、すぐ答えてくれた。あのときに戻りたいよ！」

「ぼくは叔母さんがいてくれたらなあと思う」

「ぼくはお父さんかな……こんなこといってもしょうがないけど」

「とにかく火を燃やしつづけないとな」

踊りが終わって狩猟隊は小屋に戻ろうとしていた。

「大人はなんでも知ってる」ピギーがいった。「暗がりを怖がらない。みんなで集まって、お茶を飲みながら相談する。そしたら何もかもうまくいくんだ――」

「大人は島を火事にしたりしない。それに――」

「大人なら船をつくるよね――」

三人の少年は闇のなかに立って、大人のすばらしさを一生けんめい言葉でいいあらわそうとしたが、うまくいかなかった。

「大人は喧嘩しないし――」

「ぼくの眼鏡を割ったりしないし――」

「〈獣〉がどうとかいったりしない――」

「大人の人たちが何か連絡をくれたらいいんだけどなあ」ラルフはやけになった口調でいった。「何か……合図みたいなものでもいいから、送ってくれたら助かるんだ」

闇のなかからか細い泣き声が聞こえてきた。三人はぞっとして、互いにしがみつきあった。泣き声は高まり、はるか彼方から届いてくるこの世のものではない声のように響いたが、やがて言葉の不明瞭なうわごとに変わった。ハーコート・セント・アンソニーの牧師館に生まれ育ったパーシヴァル・ウィームズ・マディソンが、高い草のなかに横たわり、自宅の住所を唱えてもどうにもならない状況をいま生きているのだった。

第六章　空からきた〈獣〉

残った光は、星の光だけだった。不気味な泣き声の正体がわかり、その正体であるパーシヴァルが静かになると、ラルフとサイモンはパーシヴァルを不器用にもちあげて、小屋に運びこんだ。ピギーは、勇ましいのは口だけで、ふたりのそばを離れなかった。三人の少年は隣の小屋に入った。がさがさと音を立てて枯れ葉の上に横たわり、海のほうにひらいているすきまから覗く星空を見た。ときどきほかの小屋にいるおチビが泣きだした。年長の少年がひとり、闇のなかで寝言をいいだしたこともあった。それから三人も寝静まった。

細い月が水平線の上にかかっていた。あまりにも細すぎて、すれすれまで近づいても、海面に光の筋を映さなかった。だが、空にはべつの光があった。それらの光はぐんぐん動き、瞬き、消えていったが、一万数千メートル上空での戦闘で光がかすかにはじけて落ちてくるということは一度もなかった。それでも大人の世界からの合図はやってきた。そのとき起きていた子供はひとりもいなかったが。突然、空でまばゆい爆発が起こり、螺旋状の煙がひと筋見えた。それから、ふたたび闇と星だけになった。島の上空にひとつの斑点があらわれた。斑点はパラシュートとその下にだらりと胴体と手足をぶらさげた人影で、ぐんぐん落下してきた。それぞれの高度で強さのちがう風が、その人影に吹きつけた。それから高度五千メートルほどまでおりてくると、風は安定し、環礁の上を斜めに運んで、島の山のほうへ向かわせた。人影は山腹の青い花のあいだに落ち、そこでパラシュートはしわくちゃになった。だが、その高さでも弱い風が吹いていて、パラシュートがばさばさとはためいた。人影は両足をひきずりながら、山の斜面をひきあげられた。風がひと吹きするたびに少しずつ、人影は青い花のあいだを抜け、大岩を越え、赤い石の散らばる斜面をずりあがって、しまいには山頂の割れた大岩のあいだにひっかかった。風は気まぐれな吹き方をし、パラシュートの索がからみあい、結ぼれた。人影はすわった姿勢で、ヘルメットをかぶった頭を両膝のあいだに垂れ、複雑にもつれた索に全身を支えられていた。風が吹くと、索がぴんと張る。その偶然の動きで、頭がひきあげられ、胸がまっすぐ起こされて、人影が崖のむこうを眺めやるような恰好になった。それから、風がやむごとに、索がゆるみ、人影はまた前に傾き、頭を両膝のあいだに垂れた。こうして星が空を横切って移動していくあいだ、人影は前に傾いては身を起こし、身を起こしては前に傾く動きをくりかえした。

まだ暗い早朝に、山頂より少し下の斜面の岩のそばで、がさがさと音がした。ふたりの少年が木の枝と枯れ葉の山から這いでてきた。ふたつの薄暗い影のような少年は、眠そうな声で何か言葉をかわしていた。それは火の当番の双子だった。本当ならひとりが寝ているあいだにもうひとりが火を見張っていなければならない。ところがこの双子は、ひとりずつやらなければならないことを、きちんとやれたためしがなかった。ひと晩じゅう起きているのはむりなので、ふたりとも眠ってしまったというわけだった。双子はあくびをし、目をこすりながら、慣れた足どりで、合図の煙をあげる焚き火の黒い痕跡に近づいていった。そこにたどり着いたとき、ふたりはあくびをやめた。ひとりが急いで木の枝と枯れ葉の山に駆け戻った。

もうひとりが焚き火の跡のそばにしゃがんだ。

「火、消えてるぞ」

その子が両手にもった木の枝でつつく。

「だめだ」

その子はあおむけに寝そべり、口を燃え跡に近づけて、そっと息を吹きかけた。顔が赤く照らされ、浮かびあがった。少しのあいだ、吹くのを中断した。

「サム——とってくれ——」

「——焚きつけか」

エリックがまた腹這いになり、そっと息を吹きかけると、薪が少し明るくなった。サムは焚きつけを熱い部分に差しいれ、しばらくしてから普通の木の枝を突っこんだ。明るさが増し、木の枝に火がついた。サムはさらに枝を積んだ。

「火事になるぞ。積みすぎだよ」とエリックがいう。

「ちょっとあったまろうよ」

「もっと薪を運んでこなくちゃ」

「でも寒いよ」

「ぼくだって寒い」

「それにまだ——」

「——暗いしな。わかった」

エリックはまたしゃがみ、サムが火を熾すのを見た。サムは枯れ枝の小さなテントをつくった。それがうまく燃えだした。

「危なかったね」

「火を消したら、ラルフは——」

「めちゃくちゃ怒ったろうね」

「だよね」

しばらくのあいだ双子は黙って火を見ていた。それから、エリックがふふと笑った。

「ラルフ、めちゃくちゃ怒ったよね」

「え、それは――」

「煙と豚のことで」

「ああ、ぼくらじゃなく、ジャックに怒ったからよかったよね」

「ふふ。怒りんぼの先公、覚えてる？」

「〝やれやれ――おまえたちのおかげで先生はじわじわと気がちがっていきそうだよ〟」

双子はまったく同じ笑い方をした。それから闇のことや、ほかのことを思いだして、不安げにまわりを見た。テントを包んで忙しく踊る炎が、ふたたびふたりの目を惹きつける。エリックは必死に走りながらも火から逃れられないシロアリの群れをじっと見た。山の急なほうの斜面の下は、いまは真っ暗だった。エリックは例のことを思いだしたくないので、そちらに目をやらず、山の頂上だけ見ているようにした。

暖かさがようやく放射されはじめ、ふたりの体に心地よくあたった。サムはできるだけ木の枝をみっしりと焚き火にくべる遊びを始めた。エリックは両手を火のほうへのばし、熱さを我慢できるぎりぎりの距離をはかった。それから、焚き火のむこうをぼんやり眺めて、転がっている岩の平板な黒い影絵から、それらの岩が昼の光のもとで描いていた輪郭を思いだしてみた。あそこに大きな岩がひとつあって、あそこに小さめの岩が三つある。

あそこの岩はふたつに裂けていて、その裂け目のむこうに――むこうに――

「サム」

「うん？」

「いや」

炎は薪を支配した。樹皮がそりかえってはがれ落ち、枝がはじける。枝葉のテントは内側に崩れ、山頂の上空に大きな光の輪を投げあげた。

「サム――」

「うん？」

「サム！　サム！」

サムは苛ついてエリックを見た。エリックはある方向に目をすえていた。その凝視の強さに、サムはぞっとした。エリックが見ているものに、自分は背を向けているからだ。サムは火を回りこんで、エリックの横にしゃがんだ。そして、見た。ふたりは腕を組みあったまま、動かなくなった。四つの瞬かない目が見つめ、ふたつの口がひらいていた。

ずっと下のほうで、森の木々がため息をついた。それから吠えた。ふたりの前髪が揺れ、炎が薪から横になびいた。十五メートルほど離れたところから、布がばさばさ鳴るような音が聞こえてきた。

ふたりとも悲鳴はあげなかったが、からめた腕をいっそう強く組みあった。口のひらき方が最高度に達した。十秒ほどそうやってうずくまっているあいだ、はためく炎は山の頂上で、煙と、火の粉と、不規則に明滅する光をはなった。

それから、ひとつの恐怖心にとらわれたかのように、ふたりはあたふたと岩場から逃げだした。


ラルフは夢を見ていた。何時間も枯れ葉の上でがさがさと寝返りを打っていたように思えたが、そのあとで眠りに落ちていた。ほかの小屋で悪夢を見ている少年のうわごとも、もう聞こえはしなかった。ラルフは故郷に帰り、庭の石塀ごしにポニーに砂糖をやっていたからだ。だが、そのうち誰かが腕を揺さぶった。お茶の時間だと告げた。

「ラルフ！　起きて！」

枯れ葉が海のように吠えだした。

「ラルフ、起きて！」

「どうした」

「ぼくたち〈獣〉を――」

「――見たんだ――」

「――はっきりと！」

「誰だ。双子か?」

「ぼくたち〈獣〉を見たんだ――」

「静かに。おい、ピギー！」

　枯れ葉はまだ吠えていた。ピギーがぶつかってきた。星明かりが淡くなっていく四角い空のほうへ行こうとすると、双子のひとりがしがみついてきた。

「出ちゃだめ――ものすごいやつなんだ！」

「ピギー――槍はどこにある」

「ああ、聞こえる――」

「じゃ静かにしてくれ。動かないで」

　ラルフたちは耳をすましました。深い沈黙をときどき破って双子がささやき声でする説明に、ラルフもピギーも最初は疑いを抱いていたが、そのうち怖くなってきた。まもなく闇はおびただしい鉤爪と、怖ろしい未知の脅威でいっぱいになった。いつまでも終わらないように思えた薄闇が、それでも徐々に明るんで星影を薄れさせ、ようやく悲しげな灰色の光が小屋のなかににじみこんできた。小屋の外の世界はまだひどく危険だったが、ラルフたちはもぞもぞ動きはじめた。闇の迷路が近いところと遠いところへのびていき、空の高みで小さな雲の群れが暖かい色にそまりはじめた。海鳥が一羽、しわがれた声で叫びながら羽ばたいて空に翔けのぼり、その声がこだまするると、森のなかで何かがぎゃあと鳴いた。水平線の近くの筋雲が薔薇色に輝きだし、椰子の梢の羽根をたばねたような葉が緑色になってきた。

ラルフは小屋の入り口で膝立ちになり、用心深くまわりを見まわした。

「サムネリック、みんなに集会をひらくと伝えてくれ。静かに行けよ」

双子は抱きあって震えながら、数メートル駆けて隣の小屋へ行き、怖ろしい知らせをひろめた。ラルフは立ちあがり、威厳を失わないよう走らずに歩いて低い台地に向かったが、背中はぞくぞくしていた。ピギーとサイモンがあとにつづき、ほかの少年たちも忍び足でついてくる。

ラルフは、つるつるした丸太の席に置かれたほら貝をとり、口もとにもちあげたが、そこでためらい、吹かなかった。かわりにほら貝を高くもちあげると、みんなはその意味を理解した。

太陽の光は水平線の下から上にむかって扇のようにひろがり、ついで目の高さまでおりてきた。ラルフは明るさを増していく黄金色の光が自分たちを右側から照らす瞬間を待った。その瞬間が来れば、演説することもできそうな気がした。目の前で半円形に立っている少年たちは、狩猟用の槍で武装していた。

ラルフはほら貝を、双子のうち近くに立っているエリックに渡した。

「ぼくたちはこの目で〈獣〉を見たんだ。いや――眠っちゃいなかったよ――」

サムが話をひきついだ。いまでは双子のどちらかがほら貝をもてば両方がもっていることになるという了解ができていた。ふたりは一心同体だと認められていたからだ。

「そいつはふわふわしてた。頭のうしろで動いてたのは――翼だと思う。〈獣〉は動くんだ――」

「ものすごかったよ。体をぐっと起こしたんだ――」

「火は明るく燃えてた――」

「ちょうど火を大きくしたとこだったから――」

「――薪をいっぱいくべてね――」

「そいつには目があったよ――」

「歯も――」

「鉤爪も――」

「ぼくたち、思いっきり走ってきたんだ――」

「ばさっと繁みにぶつかったりして――」

「〈獣〉は追っかけてきた――」

「木のうしろをそうっと動いてるのが見えた――」

「ぼくは触られそうになって――」

ラルフは恐怖をおぼえながらエリックの顔を指さした。その顔には藪にこすられてできたひっかき傷がたくさんできていた。

「その顔、どうした」

エリックは顔を手で触った。

「ぼくはめちゃくちゃだ。血、出てる？」

円陣を組んだ少年たちが怯えて後ずさりした。いままであくびをしていたジョニーが、わっと泣きだし、ビルに体を何度もはたかれて、むせながら泣き声をのみこんだ。まばゆい朝が脅威に満ちたものとなった。狩猟隊の陣形が変わりはじめた。それは内側を向くかわりに外側を向いた。木の槍がフェンスのように立ち並んだ。ジャックは狩猟隊を中央に呼び戻した。

「いよいよ本物の狩りだ！　いっしょに行きたいのは誰だ」

ラルフは苛立たしげに身じろぎした。

「それはただの木の槍じゃないか。馬鹿はよせ」

ジャックはせせら笑った。

「怖いのか」

「もちろん怖いさ。怖くないやつがいるか」

ラルフは双子のほうを向いた。望みはなさそうだが、そうであってほしいと願って訊いた。

「みんなをからかっているんじゃないだろうな」

双子の返事は真剣そのもので、誰も疑わなかった。

ピギーがほら貝をとった。

「ぼくたち――なんていうか――ここにいたほうがいいんじゃない？　〈獣〉は近づいてこないかもしれないし」

何かにじっと見られている感じがしていなかったら、ラルフはどなり声で答えたかもしれなかった。

「ここにいる？　島のこの限られた場所にいて、ずっと外を警戒しているのか。食べ物はどうやって手に入れるんだ。煙はどうする」

「出発するぞ」ジャックがじれた。「しゃべってても時間のむだだ」

「いや、そんなことはない。おチビたちをどうする」

「おチビなんてどうでもいい！」

「誰かが面倒をみないと」

「いままでだって面倒なんてみてないぞ」

「その必要がなかったからだ！　いまは必要がある。世話はピギーに頼もう」

「ああ、ピギーを危険な目に遭わせたくないんだろう」

「よく考えてみろ。片目しか見えないピギーに何ができる」

ほかの少年たちは、どうなるのか興味津々でジャックとラルフを見くらべた。

「それともうひとつ。今度は普通の狩りじゃだめだ。〈獣〉は足跡を残さないからだ。残すとしたら、もう見つかっているだろう。〈獣〉は、なんとかいう動物みたいに、木から木へ飛び移れるのかもしれない」

みんなはうなずいた。

「だから何か考えないと」

ピギーは眼鏡をはずし、残ったほうのレンズを拭いた。

「ぼくたちはどうなるんだ、ラルフ」

「ほら貝をもっていないじゃないか。ほら」

「で——ぼくたちはどうなる。きみたちが狩りに行ってるあいだに〈獣〉が来たら。ぼくは目がよく見えないし、怖くなったら——」

ジャックが軽蔑をこめて口をはさんだ。

「おまえはいつも怖がってるじゃないか」

「ほら貝はぼくが——」

「ああ、ほら貝、ほら貝」ジャックは声を荒らげる。「もうほら貝なんていらないよ。誰が発言すべきかはわかっているじゃないか。サイモンやビルやウォルターがしゃべってなんになる。黙っているべき連中は黙っていて、いろんなことの決定はリーダーたちにまかせるべきだ——」

ラルフはもうこの勝手な発言を放置できなかった。頬が血で熱くなった。

「きみはほら貝をもっていない。すわってくれ」

ジャックの顔が血の気を失って真っ白になり、茶色いそばかすがくっきりと浮いた。ジャックは唇をなめ、立ったままでいた。

「これは狩猟隊の仕事だ」

ほかの少年たちはじっと見守る。ピギーは争いの渦中に巻きこまれて嫌になったのか、ほら貝をラルフの膝にそっと置いて、腰をおろした。沈黙が圧迫感を増してきて、ピギーは息を詰めた。

「これは狩猟隊だけの仕事じゃない」ようやくラルフはいった。「狩猟隊には〈獣〉の居場所をつきとめられないからだ。それに、きみは救助されたくないのか」

ラルフはみんなのほうを向いた。

「きみたちは救助されたくないのか」

みんなはジャックのほうを見た。

「前にもいったように、いちばん大事なのは火だ。その火は、いまはきっと消えているはずだ――」

古い怒りがぶりかえして、攻撃する力をくれた。

「こんなことがわからないのか。あの火をもう一度燃やさなければならないんだ。きみはそれを全然考えていないだろう、ジャック。それともみんな、救助されたくないのか」

もちろん、みんなは救助を望んでいた。それは疑う余地がない。形勢はいっきにラルフに有利になり、危機は去った。ピギーはほうっと息をついた。それからもう一度息をしようとして、喉がつかえた。ピギーは丸太に体を横たえて、口をあけた。唇のまわりに青い影がさした。だが、誰もピギーのことを気にかけなかった。

「さあ思いだしてくれ、ジャック。この島にきみがまだ一度も行っていないところはあるのか」

ジャックはしぶしぶ答えた。

「行っていないところといえば——うん、そうだ！　きみ、覚えていないか。島の端に、岩がたくさん積み重なって小さな山になっている場所があっただろう。あの近くまでは行ったんだ。岩の橋みたいなのがあって。岩山にあがる道はそこだけなんだ」

「〈獣〉はそこに棲んでいるかもしれないな」

みんながいっせいにしゃべりだした。

「静かに！　わかった。そこを見てみよう。そこに〈獣〉がいなかったら、山に登って火を熾すんだ」

「よし行くぞ」

「まず何か食べて、それから出発しよう」ラルフは間を置いてからつけ加えた。「槍をもっていくほうがいいだろうな」

　食事のあと、ラルフと年長の少年たちは砂浜を歩きだした。ピギーは低い台地に残って丸太にすわっていた。今日もまた、いままで同様、青い丸天井のもとで日光浴をする一日になりそうだった。砂浜はゆるやかなカーブを描いて前方にのび、その先で遠近法の構図にしたがって森とひとつになっていた。その構図がはっきりしているのは、朝が早く、風景がまだ陽炎のベールでぼやけていないからだ。ラルフの指示で、少年たちは椰子の木が生えている土地との段差に沿って歩き、波打ちぎわの熱い砂は避けた。先導役はジャックにやらせた。ジャックは芝居がかった警戒の身ぶりをしながら進んだ。実際には敵があらわれれば二十メートルほど手前からわかるのだが。ラルフはしんがりをつとめ、しばらくのあいだ統率役をまぬがれられるのをありがたく思った。

　サイモンは、ラルフの前を歩きながら、何か変だと感じていた。鉤爪でひっかく〈獣〉。山の頂上ですわっている〈獣〉。足跡を残さずに動けるけれど、サムネリックに追いつけない〈獣〉。その〈獣〉のことをどれだけ考えても、サイモンの心の目に浮かぶのはひとりの人間だった。英雄的だが病んでいる人間。

　サイモンはため息をついた。ほかの子は、集会で立ちあがり、その場の雰囲気に負けることなく発言することができるらしい。誰かとふたりだけで話しているときと同じように、大勢の前でしゃべれるらしい。サイモンは一歩わきに寄って、ふりかえった。ラルフは槍を肩にかけて歩いていた。サイモンはおずおずと歩調をゆるめ、ラルフと並ぶと、目にかぶさった硬い黒髪ごしにラルフを見あげた。ラルフはサイモンがみんなの前で恥をかいたことを忘れたかのように、横目でサイモンを見て、むりやり笑みをつくり、それから何もないところへ目を逃がした。サイモンは自分が受けいれられたことで嬉しくなり、注意が散漫になった。そのせいで木にぶつかったので、ラルフは何をやってるんだという顔でそっぽを向き、ロバートがくすくす笑った。サイモンはよろめいた。額に白っぽい点ができたかと思うと、赤くなり、そこから血が出た。ラルフはサイモンを無視して、最前からの煩悶に意識を戻した。そのうちあの城のような岩山に着く。着いたら、隊長として、先頭に立って進まなければならない。

ジャックが小走りにひき返してきた。

「見えてきたぞ」

「よし。できるだけ近づいてみよう」

ラルフはジャックのあとから岩山のほうへ向かっていった。そこは土地が少し高くなっていた。左手には奥の見通せない蔓草と樹木のからみあいがある。

「あの繁みのなかにいるかもしれないぞ」

「いや、見ればわかるだろう。何かが出入りしてるような入り口がない」

「じゃ、岩山はどうだ」

「見てみろよ」

ラルフは壁のような草をかきわけて、そのむこうを見た。石だらけの地面は数メートルしかなかった。そこで島の両側の岸が合流して、岬になっているのだろうと予想していた。だが、実際には細い岩の棚がのびていた。幅が二、三メートル、長さは十五メートルほどあるだろうか。そんなふうに島の端が海の上に細長くのびている。その先はまた例の、島の基盤の部分をなすピンク色の角ばった岩が積み重なった場所になっている。その上に高さ三十メートルほどの城のような岩山が隆起している。それが山の上から見えたピンク色の砦なのだった。岩山の崖には裂け目があり、崖の上には大きな岩がいくつものっていた。それらの岩はちょっと押せばぐらぐら揺れそうに見えた。

ラルフの背後の、高い草むらのなかには、狩猟隊が黙って立っていた。ラルフはジャックを見た。

「狩人はきみだ」

ジャックは赤くなった。

「わかっている。行くよ」

ラルフの心の奥にある何かが、本人のかわりにいった。

「でも、隊長はぼくだ。ぼくが行く。何もいうな」

ラルフはほかの少年たちのほうを向いた。

「みんなここに隠れていろ。ぼくを待っていてくれ」

ラルフは自分の声がまったく出ないか、大きく出すぎるか、どちらかになりがちなことに気づいた。ジャックを見た。

「ここだと──思うかい」

ジャックはつぶやく声で答えた。

「ぼくは島じゅう歩いた。きっとここだ」

「そうか」

サイモンが口ごもりながらいった。「ぼくは〈獣〉なんて信じない」

ラルフは天気のことで同意するように、穏やかな返事をした。

「うん。ぼくも信じない」

ラルフのきつく結んだ口は血の気を失っていた。ごくゆっくりと髪をうしろへかきのけた。

「じゃ、行ってくる」

足に鞭打つようにして進んでいくと、やがて島の本体と城のような岩山とをつなぐ、くびれの部分に来た。

ラルフは四方を空虚な大気に囲まれた。かりにこの先へ進まなくてもいいのだとしても、身を隠せる場所がどこにもない不安に襲われた。くびれの途中で足をとめて下を見おろした。あと何世紀かたてば、海がこの細長い部分を沈めて、岩山を独立した島にするだろう。右手は礁湖で、外海の影響で波が立っている。左手は――

ラルフは身震いした。礁湖は自分たちを太平洋から守ってくれる存在なのだった。礁湖のない側の海岸を歩いたことがあるのはジャックだけだった。いまラルフは見習い船員の目で海のうねりを見ていた。それは途方もなく巨大な生き物が呼吸をしているのに似ていた。海面がゆっくりと岩のあいだに沈んでいくと、ピンク色のテーブル状の花崗岩や、不思議な形に成長した珊瑚、イソギンチャク、海草などがあらわれた。海水はどんどんさがりながら、森の頂を吹きぬける風のようにささやきを立てた。平らな岩が一枚、テーブルのようにひろがり、海草のまつわる四辺から下に吸いこまれていき、その四辺が崖のようになる。ついで眠っている巨大な海獣レビヤタンが息を吐きはじめると――海水があがってきて、海草をなびかせ、吠え猛りながらテーブル状の岩の上で沸きたつ。波が寄せては返すのとはまるで感じがちがっていた。一分おきに海水が沈みこみ、もちあがり、また沈みこむというくりかえしだった。

ラルフは赤い崖を見やった。背後では狩猟隊が高い草むらのなかで待ち、ラルフがどうするかを見守っていた。いつのまにか手のひらの汗が冷えていた。これから〈獣〉に出くわすような気はしないし、出くわした場合に自分がどうするかは見当もつかない。そのことに気づいて、ラルフは驚いた。

崖をよじのぼることもできそうだが、その必要はないのがわかった。岩山の裾の岩は角ばっていて、台座のようになっている。その台座を、礁湖のある側からたどっていけば、岩山のむこう側へ回りこめる。そこをたどるのは簡単で、まもなくラルフは岩山のむこう側を見ることができた。

驚くようなものは何もなかった。ピンク色の大岩がごろごろし、それを鳥糞石《グアノ》が焼き菓子のアイシングのようにおおっていた。そして急斜面があり、岩山のてっぺんの、割れた岩がごろごろしている崖まであがっていけるようになっている。

背後の音にふりかえると、ジャックが台座をやってきた。

「きみだけにまかせるわけにはいかないからな」

ラルフは何もいわなかった。先に立って岩の上を歩いた。小さな洞窟のようなくぼみがあったが、べつに怖ろしいものがひそんでいるわけではなく、何かの腐った卵が数個あるだけだった。しばらくしてラルフは腰をおろし、槍の尻で岩を叩きながらまわりを見まわした。

ジャックは興奮していた。

「砦にするのにぴったりの場所だな!」

水しぶきがふたりを濡らした。

「きれいな水じゃないね」とラルフ。

「どういう水だろう」

岩山の斜面のなかほどに長い緑色の筋ができていた。ふたりはそこまで登り、ちょろちょろ出ている水を味見した。

「椰子の実の殻をここへ置いておけば、自然に水がたまるわけだ」ジャックがいった。

「そんなの飲みたくない。ここは嫌な場所だよ」

ふたり並んで、岩の積み重なりを登っていくと、だんだん岩が小さくなり、てっぺんにひとつ乗っている岩にたどり着いた。ジャックが手近な岩を拳で叩く。岩はごり、ごり、と音を立てて小さく揺れた。

「覚えているかい――？」ジャックがいった。

最初の探検の愉しかった記憶といまとのあいだに、ふたりの関係が悪化した時期がはさまっていることを、ふたりとも意識した。ジャックが早口にいった。

「この岩の下に椰子の木を突っこんで、もし敵が来たら――おっ、見ろよ！」

三十メートル下に細長いくびれの部分があり、それから石だらけの地面があり、それから草地があって、仲間の頭が点々と見えていた。そのうしろは森だ。

「てこをぐいっと押す」ジャックは気合を入れて叫んだ。「――そうれ――！」

ジャックは落ちていく岩の動きを片手で示した。ラルフは山のほうを見た。

「どうした」

訊かれてラルフはふりむいた。

「何が」

「いまむこうを見ただろう——どうしたんだ」

「煙があがっていないなと思ってね」

「きみは煙に取り憑かれているな」

ふたりを取り巻く水平線を、山の頂上だけが断ち切っていた。

「それだけが頼みの綱だから」

ラルフは槍を岩にもたせかけて、二度、髪を手でかきあげた。

「戻って山に登ろう。双子が〈獣〉を見たのはあそこだ」

「〈獣〉はあそこにはいない」

「ほかに何ができるっていうんだ」

草地で待っていた少年たちが、ラルフとジャックが無事なのを見て、陽射しのもとに出てきた。探検の愉しさに興奮して、〈獣〉のことを忘れていた。くびれを渡り、まもなくわいわい騒ぎながら岩山に登ってきた。ラルフは赤い大きな岩に片手をかけて立っていた。水車ほどの大きさがあるその岩は、さらに大きな岩が割れてできたもので、不安定にぐらついていた。ラルフは厳粛な顔つきで山を見ていた。片手を拳に固め、ハンマーのようにして右側にある赤い岩壁を叩いていた。唇はきつく結ばれ、目は前髪の下から何かに憧れるようなまなざしを投げている。

「煙をあげないと」

拳にできた傷を吸った。

「ジャック！　行こう」

だが、ジャックはそばにいなかった。ラルフは気づいていなかったが、少年たちが集まって大声を出しながら、ひとつの岩を何度も押していた。そちらを見たとき、岩は底のほうが砕けて、海に落ち、崖の半分くらいまで届く水しぶきをあげた。

「やめろ！　やめろ！」

ラルフの声に、少年たちは静かになった。

「煙をあげるんだ」

ラルフの頭のなかで奇妙なことが起きた。意識の前で蝙蝠の翼のようなものが飛びまわり、自分の考えが見えなくなったのだ。

「煙をあげるんだ」

すぐに自分の考えが、怒りとともに戻ってきた。

「煙をあげなきゃいけないんだ。なのにきみたちは時間をむだに使っている。岩を海に落としたりして」

ロジャーが叫んだ。

「時間ならいっぱいあるよ！」

ラルフは首をふる。

「さあみんな、山へ行くぞ」

騒ぎが起きた。砂浜へ戻りたがる少年たちがいた。もっと岩を落としたいという少年たちもいた。いまは太陽が明るく照っている。危険の感覚は闇とともに消えていた。

「ジャック、〈獣〉は反対側にいるかもしれない。またきみが先頭に立ってくれ。きみは前にも来たことがあるんだから」

「海岸づたいにいこう。果物があるからな」

ビルがラルフのそばへ来た。

「もうちょっとここにいないか」

「そうだ、そうだ」

「砦をつくろう――」

「ここには食べ物がない」ラルフは答えた。「小屋もない。真水もあまりない」

「ここはすごくいい砦になるけどなあ」

「もっと岩を落とそうよ――」

「橋の上に落とすんだ――」

「出発だといっているだろう！」ラルフは激怒してどなった。「〈獣〉がいないか確かめるんだ。さあ行くぞ」

「もっといようぜえ――」

「小屋に戻りたいなあ――」

「もう疲れたよ――」

「だめだ！」

ラルフは拳で岩を叩いた。皮がすりむけたが、傷はできなかった。

「ぼくが隊長だ。〈獣〉がいないか確かめにいくんだ。山が見えないのか。煙があがっていないだろう。いま船が近くにいるかもしれないのに。みんな頭がどうかしてしまったのか」

少年たちは不満のあまり黙りこんだり、ぶつぶついったりした。

ジャックが先に立って岩山をおり、くびれを渡った。

第七章　影と高い木々

島の反対側の、波打ちぎわに近い、大小の岩石が転がっている場所のそばに、豚の通り道があった。ラルフはなんのこだわりもなくジャックのあとからついていく。海面がゆっくりと沈んではまた泡立ちながらのぼってくる音に耳をふさぎ、小道の両側の羊歯の繁みが人に踏まれたことの一度もない陰気なものであることを忘れられれば、〈獣〉のことを頭から追いだして白昼夢にふけることもできそうだった。太陽はすでに真上を過ぎ、午後の暑熱が島を包みこみつつある。ラルフはひとりの少年に先頭にいるジャックにメッセージを伝えさせ、つぎに果物があるところで一行は歩みをとめて食事をした。

腰をおろしたとき、ラルフはこの日初めて暑さを意識した。汚れて気持ちのわるい灰色のシャツをひっぱり、破いてしまう危険を冒して洗ってみようかと考えた。この島が暑いのはわかっているが、それにしても今日は特別暑いように思いながら、ラルフは身づくろいを空想した。まずは汚れた髪を鋏で切って――と、ぼうぼうの髪をうしろへふりはらいながら考える――一センチぐらいの長さにしたい。それから湯船にゆったりつかって石鹸で体を洗いたい。歯を舌でなめてみて、歯ブラシもあるといいなと思った。それから爪も
―

ラルフは手をひっくり返して、爪を調べた。爪は下の肉が覗くところまで嚙まれていた。いつからこの癖が復活したのか、いつ嚙んでいるのかは、まるで思いだせなかった。

「つぎは指しゃぶりを始めそうだ――」

そっとまわりを見まわした。誰にも聞かれなかったようだ。狩猟隊はすわりこみ、バナナだの、オリーブ色がかった灰色のゼリーのような果物だの、安直に食べられる食べ物を腹いっぱい詰めこみながら、自分たちはいま豪勢な食事に舌鼓を打っていると思いこもうとしていた。ラルフはもはや記憶のなかにしかない清潔だったころの自分の目で、少年たちを眺めた。それは雨の日に男の子がぬかるみで遊び、転んで泥んこになったというような壮快な汚れ方ではなかった。シャワーを浴びさせればさっぱりときれいになるといった類のものではない。長くのびすぎた髪はあちこちもつれて、枯れ葉や小枝をからめた結び目をつくっている。顔はものを食べたり汗をかいたりすることで垢が落ちている部分もあるが、そうでないところは影のように黒ずんでいた。服はすり切れ、ラルフのものと同じように汗でこわばっており、まだそれを着ているのは体裁のためでも快適さのためでもな

く、ただの習慣にすぎない。体の皮膚は塩をふいて、ふけがたまったように――いまはもうこの状態を普通だと思っている。それに気づくと、ラルフはちょっとげんなりした。ため息をついて、果物がついていた茎を捨てた。すでに狩猟隊は用を足すために、藪のなかや岩陰にそっと入っていた。ラルフは首をめぐらして海を見た。

島のこちら側は、反対側とは景色がまるでちがっていた。もやもやした魔法の蜃気楼は、大海原の冷ややかな水には耐えられないのか、水平線はかっきりと青い線をひいていた。ラルフは岩場に出ていった。海面とほぼ同じ高さまでおりてくると、深い海の途切れることなく上下するうねりを目で追うことができた。横に何キロものびているうねりは、遠浅の海とはちがって白く砕けることはなかった。島の幅より長いうねりは、ほかのことで頭がいっぱいだというように島を無視してやってきた。うねりが寄せてくるというより、海全体が重々しく隆起しては沈みこむ動きをくりかえすといったふうだった。いま海面は吸いこまれるようにさがり、水が岩から滝のように流れ落ち、あらわれた岩に海草がつややかな髪のように張りつく。少し休んだあと、今度は海面が吠え猛りながらもちあがってきて、露出していた岩の上に有無をいわさず水をあふれさせ、低い崖をつたいあがり、最後に波の腕を差しあげてきて、ラルフの一メートルほど手前まで水しぶきの指を突きだしてきた。

海面が高まり、低まりするのを、ラルフはしばらく見ていたが、そのうち海のよそよそしさに頭がぼんやりしてきた。それからこの水のかたまりの無限に近い大きさが否応なくラルフの注意を惹いた。ここに境界線があるのだ。島の反対側では、昼間は蜃気楼という幻想にくるみこまれ、静かな礁湖に守られて、救助を夢見ることができる。ところがこちら側では、人間にいっさい関心をもたない大海の鈍感さが長い隔壁となって立ちはだかり、自分たちはここに留め置かれ、望みを絶たれ、運命づけられて――

ふと気づくと、サイモンが耳もとでささやいていた。ラルフは知らないうちに痛みをおぼえるほど両手で岩につかみかかり、体をそらし、首の筋肉を緊張させ、口をこわばらせてひらいていた。

「きみはきっと家に帰れるよ」

サイモンはうなずきながらそういった。ラルフが手をついている岩より少し高い岩の上で片膝をつき、両手でその岩につかみかかり、片方の脚をのばしてラルフのいる高さまでおろしていた。

ラルフはとまどい、サイモンの顔に真意の手がかりを探した。

「だけど、海はものすごく広いし――」

サイモンはうなずいた。

「それでも大丈夫。きみはちゃんと帰れる。ぼくはそう思う」

ラルフの体から、いくらかこわばりがとれた。ラルフは海をちらりと見てから、皮肉っぽい笑みをサイモンに向けた。

「ポケットに船でももっているのかい」

サイモンはにやりと笑って首をふる。

「じゃ、どうしてわかるんだ」

サイモンが黙っているので、ラルフはいった。「きみは変わっているよ」

サイモンははげしく首をふった。硬い髪が左右に揺れて、顔の前を行き来した。

「そんなことない。ただ、**きみは無事に帰れると思う**だけだ」

あとはしばらく沈黙がつづいた。それからふたりは、にやっと笑いあった。

どこかからロジャーの声が飛んできた。

「おい、みんな!」

豚の通り道の近くで地面がほじくられ、糞が湯気をあげていた。ジャックが大好物だというようにかがんで顔を近づけた。

「ラルフ——例のやつを探すのも大事だけど、肉も欲しいよな」

「早くとれるのなら、やろう」

少年たちはふたたび歩きだした。また〈獣〉が話題に出て怖くなり、隊列が緊密になった。ジャックが先頭になって痕跡を追う。早くとれるのならと譲歩したラルフだが、進み方は期待したより遅かった。だが、槍を抱えるようにしてもちながら、少しぐずぐずするのもいいかと思った。ジャックが何か技術上の問題にぶつかったらしく、行進がとまった。ラルフは木にもたれた。すぐに白昼夢が頭にあふれてきた。狩りの指揮はジャックの担当だ。山を登りはじめるまでにはまだしばらく時間があるだろう――

以前、父親の転任にともない、チャタムからデヴォン州に引っ越して、荒れ地のはずれの平家に住んだことがあった。何軒かの家を転々としたなかで、とくにこの家をはっきり覚えているのは、それを最後に寄宿学校に入ったからだった。あのころはまだお母さんもいて、お父さんは毎日家に帰ってきた。野生のポニーたちが庭のいちばん低い場所にある石塀のところへ来た。雪が降りはじめていた。家のうしろに小屋があり、そのなかで寝そべって舞い落ちる雪を眺めることができた。湿った地面に落ちると雪は消えた。溶けずに残る最初の雪つぶもそれとわかった。見ているうちに地面全体が白くなっていった。寒くなると家に入って、ぴかぴか光る銅の薬缶や小さな青い人間たちの絵のある皿が敷居に飾られた窓から外を眺めることができた――

ベッドに入る前には、ボウルに盛ったコーンフレークに砂糖とクリームをかけて食べた。ベッドのわきには本棚があった。立てて並べた本の上にはいつも二、三冊が横にして置かれていた。もとの場所に差しておくのが面倒だからだった。本のページは隅が折られ、ひっかき傷だらけだった。光り輝くほどきれいな本があったが、それはトプシーとモプシーの本で、ふたりの女の子の話だから一度も読んだことはなかった。魔術師が登場する本は、体が金縛りになるほど怖い物語で、蜘蛛の挿し絵がある二十七ページはいつも飛ばして読んだものだった。エジプトでいろいろなものを掘りだす人たちについての本もあった。『少年のための汽車の本』や『少年のための船の本』といった本もあった。それらの本が鮮やかに目に浮かんできた。手をのばせば触れられそうだった。『少年のためのマンモスの本』がゆっくりと手に滑り落ちてくるときの重みと感触が感じとれそうな気がした……あのころは何もかもうまくいっていた。何もかもが明るくて温かかった。

目の前の藪が大きな音を立てた。少年たちが豚の通り道からはげしい勢いで飛びのき、蔓草にからまりながらわあっと叫んだ。ラルフはジャックがわきへ突き飛ばされて倒れるのを見た。豚の通り道を、一匹の生き物がこちらにむかってはずむように駆けてきた。生き物は牙を光らせ、威嚇のうなりをあげる。ラルフは自分が冷静に距離をはかり、狙いをつけることができるのに気づいた。豚がほんの五メートル先に来たとき、ちゃちな木槍を投げつけた。槍は大きな鼻面に命中し、一瞬そこに刺さっていた。豚の声が音色を変え、かん高い悲鳴になった。豚は身をひねってわきの繁みに飛びこんだ。豚の通り道は喚声をあげる少年たちでふたたび満ちた。ジャックも駆け戻り、下生えをあちこち突いた。

「ここを通って――」

「こっちがやられるぞ!」

「だから、ここを通って――」

豚はじたばた逃げようとしていた。最初のものと平行するべつの豚の通り道が見つかり、ジャックがそれをたどって走り去る。ラルフは恐怖と不安と誇りでいっぱいだった。

「ぼくはやったぞ！　槍を刺したんだ――」

やがて海辺の広くひらけた場所に出た。ジャックが裸の岩に乗り、不安な顔で周囲に視線を投げた。

「逃げちまった」

「ぼくはやったんだ」ラルフはまたいった。「槍が少し刺さったんだ」

証人がいてくれたらと思った。

「きみ、見なかったか」

モーリスはうなずいた。

「見たよ。鼻にあたった。すごいや！」

ラルフは興奮して言葉をつづけた。

「命中したんだ。槍が刺さったんだ。手負いにしたんだ！」

新たな種類の尊敬のまなざしを浴びて、狩猟も悪くないと思った。

「やつをぶん殴ってやった。きっとあれが〈獣〉なんだ！」ジャックが戻ってきた。

「あれは〈獣〉じゃない。豚だ」

「ぼくの槍が命中した」

「なぜつかまえなかった？　ぼくは——」

ラルフの声がうわずった。

「でも、相手は野生の豚だぞ！」

ジャックはさっと顔を紅潮させた。

「きみはこっちがやられるといった。なぜ槍を投げたんだ。なぜ待たなかった」

ジャックは片腕を突きだした。

「見ろ」

左の前腕をみんなに見せた。肘の近くに切り傷ができていた。たいした傷ではないが、血が出ている。

「牙でやられた。槍を刺そうとしたけど遅すぎた」

ジャックが注目の的となった。

「傷ができている」とサイモンがいう。「傷口を吸ったほうがいいよ。ベレンガリア（イングランド王リチャード一世の后。ただしエドワード一世の妃エリナー・オブ・カスティルと間違えている。後者は夫が十字軍遠征時に毒のついた短剣で腕に傷を負ったとき、口で毒を吸いだして命を救ったとされる）みたいに」

ジャックは傷を口で吸った。

「ぼくはやったんだ」ラルフは腹立たしげにいった。「槍が命中したんだ。手負いにしたんだ」

ラルフはみんなの注意を惹こうとした。

「豚は通り道をやってきた。それでぼくは槍を投げた。こんなふうに——」

ロバートがラルフにむかって豚のようにうなった。ラルフが芝居の役に入りきったような身ぶりをすると、みんなは笑った。みんなはロバートに槍で突きかかる仕草をする。ロバートは逃げまどう芝居をした。

ジャックが叫んだ。

「取り囲め！」

たちまち輪ができた。ロバートは恐怖に怯えるふりをして、きいきい鳴く。が、そのうち本当に痛がりだした。

「いたっ！　やめて！　痛いよ！」

槍の尻のほうで背中を突かれながら、ロバートはみんなのあいだをあたふた動いた。

「押さえこめ！」

みんなはロバートの腕や脚をつかんだ。ラルフはふいに濃密な興奮にかられ、エリックの槍をつかんで、とがっていない端でロバートを突いた。

「殺せ！　殺せ！」

たちまちロバートは狂乱のていで絶叫しながら暴れた。ジャックが髪をつかみ、ナイフをふりたてる。背後からロジャーが近づこうとする。少年たちは、舞踏か狩猟がクライマックスを迎えるときの儀式の歌のように唱えた。

豚殺せ！　喉を切れ！　豚殺せ！　ぶちのめせ！

ラルフも必死に近づこうとした。弱いものの、茶色い肉をつかみとろうとするような勢いだった。締めあげ、痛めつけようとする欲求が圧倒的に衝きあげてきた。

ジャックの腕がふりおろされた。少年たちのうねる輪が歓声をあげ、瀕死の豚の悲鳴を真似た。それからみんなは地面に黙って横になり、息をあえがせながら、ロバートの怯えたすすり泣きを聞いた。ロバートは汚れた腕で顔を拭き、けんめいに平静を取り戻そうとした。

「ああ、お尻が！」

ロバートは憐れっぽく尻をさする。ジャックが横に転がった。

「ああ、面白かった」

「ただのゲームだけどね」ラルフは居心地悪そうにいった。「前にラグビーでひどい怪我をしたことがあるよ」

「太鼓が欲しいね」とモーリスがいう。「そしたらちゃんとやれるのに」

ラルフはモーリスを見た。

「ちゃんとって？」

「わかんないけどさ。火を焚いて、太鼓を叩いて、それにあわせてやるんだよ」

「豚が欲しいよな」とロジャー。「本物の狩りのときみたいに」

「誰かが豚役をやるのでもいい」とジャックがいう。「誰かが豚の恰好をして、演技をするんだ――ぼくをどんとはね飛ばしたりして――」

「本物の豚がなきゃだめだ」ロバートがなおも尻をさすりながらいった。「だって殺さなきゃ面白くないだろう」

「おチビを使うか」とジャックがいい、みんなで笑った。


ラルフは体を起こした。

「ああ。こんな調子じゃ目当てのものは見つからないな」

ひとり、またひとりと立ちあがり、ぼろ服をつまみながら整えた。

ラルフはジャックを見た。

「そろそろ山へ登ろう」

「ピギーのところへ戻ったほうがよくないかな」とモーリスがいう。「暗くなる前に」

双子がひとりの子供のようにうなずいた。

「そうだよ。山へは朝登ろう」

ラルフは海を見やった。

「また火を熾さなくちゃ」

「ピギーの眼鏡がなきゃむりだろ」とジャック。

「じゃ、山が安全かどうかだけでも確かめにいこう」

モーリスが、臆病者と思われるのを怖れて、ためらいがちにいった。

「〈獣〉がいたら？」

ジャックが槍をひとふりした。

「殺す」

太陽が少し冷えたように思えた。ジャックは槍をふりたてた。

「さあ行こう」

「たぶん」とラルフはいった。「このまま海岸沿いを進んだら、あの火事があった場所の下に出ると思う。そこから山に登ろうじゃないか」

今度もジャックが先頭に立って、上昇と下降をくりかえすまぶしい海のわきを進んでいった。

またしてもラルフは白昼夢を見た。難路を歩きこなすのは器用な足にまかせた。だが、その足はいつもほど器用には動けないようだった。水ぎわには大きなよじのぼりにくい裸岩がいくつも立ちはだかり、暗く緊密に繁茂する森とのすきまを通り抜けるしかない。何度か小さな崖を登らなければならなかった。崖の途中の岩棚を歩くこともあった。細長い岩棚を四つん這いで進んだりもした。海水に濡れた岩の上にあがり、澄んだ潮溜まりを飛び越えてつぎの岩に移ることもあった。やがて海岸沿いの狭い岩地に塹壕のような裂け目ができている場所に来た。覗きこむと、裂け目は底なしのように見えて畏怖の念に襲われた。暗い奥では水が立ち騒ぐ音がしている。うねりがやってくると、溝のなかが沸きたって、水しぶきが藪の蔓草に届くほど高く噴きあがり、少年たちは濡れて悲鳴をあげた。森のなかを進もうとしてみたが、繁みが鳥の巣のように密にもつれあっていた。結局、ひとりずつ、裂け目を飛び越えた。水が沈むのを待って飛ぶのだが、それでももう一度濡れる少年もいた。そのあとは岩場がだんだん通れないような感じになってきたので、少年たちはしばらくすわりこんで、ぼろ服を乾かしながら、ゆっくりと島を通りすぎていくうねりの端正な形のひだを眺めていた。昆虫のように空中で静止できる明るい色の小さな鳥たちがいるところに果物を見つけた。それからラルフは、これではぐずぐずしすぎだといった。ラルフは木に登り、枝葉をかきわけて、山の平らな頂上がまだかなり先にあるのを確かめた。少年たちは急いで岩場を進もうとしたが、ロバートが膝にかなりひどい切り傷をつくったので、ここはゆっくり進まなければ危険だと悟った。そこでそのあとは危険な山を登るように慎重に歩を運んだが、やがて岩場は切りたった断崖絶壁になった。鬱蒼とした森がおおいかぶさった崖は、海にまっすぐ落ちこんでいた。

ラルフは批判するような目で太陽を見た。

「夕方までそんなにないな。少なくともティータイムは過ぎている」

「この崖は覚えていない」ジャックはしょげた調子でいった。「ここら辺も来たことがないみたいだ」

ラルフはうなずいた。

「ちょっと考えさせてくれ」

いまはもうみんなに見られていても気を散らさずに考えごとができた。まるでチェスでもやっているように打つ手をつぎつぎに決めていくことができた。だが問題は、もともとチェスがそれほど得意ではないということだ。ラルフはおチビたちとピギーのことを考えた。小屋のなかでひとりうずくまっているピギーの姿がはっきりと目に浮かんだ。小屋のなかでは、悪い夢を見てうなされる子の声だけが聞こえている。

「おチビたちをピギーだけにまかせてはおけない。ひと晩じゅうはだめだ」

ほかの少年たちは何もいわず、まわりを取り囲んでラルフをじっと見ていた。

「でも、戻るとしても何時間もかかるぞ」

ジャックは咳払いをして、変な調子の張りつめた声でいった。

「大事なピギーに何かあったら困るってわけだな。そうだろ?」

ラルフはエリックの槍の土のついた先で自分の歯をこつこつ叩いた。

「島を横断するとしたら――」

ラルフはまわりを見た。

「誰かが島を横断して、ピギーに帰りは陽が暮れたあとになるって知らせるんだ」

ビルが信じられないという口調で訊いた。

「ひとりで森を抜けるのかい？　いまから？」

「ひとりしか割けないんだ」

サイモンがほかの子をかきわけてラルフのそばへ来た。

「ぼくが行ってもいい。平気だよ。ほんとに」

ラルフが返事をする前に、サイモンはにこっと微笑んで、体の向きを変え、森のほうへ登っていった。

ラルフはジャックをふりかえった。初めてはげしい怒りのこもった目でジャックを見た。

「ジャック――きみがあの〈城《キャッスル》・岩《ロック》〉まで行ったときのことだけど」

ジャックは顔をしかめた。

「なんだい」

「きみは島のこっち側の海岸線を歩いたんだよね――むこうの、山の下のあたりまで」

「ああ」

「それからどうしたんだ」

「豚の通り道を見つけた。何キロもつづいているやつだ」

ラルフはうなずいた。森を指さす。

「じゃ、豚の通り道はあの辺のどこかにあるはずだね」

みんな分別ありげに、そのはずだとうなずいた。

「よし、それじゃ豚の通り道が見つかるまで、森のなかを突き進もう」

一歩踏みだして、とまった。

「でも、ちょっと待った！　豚の通り道はどこに通じているって？」

「山だよ。いっただろ」ジャックはそういってせせら笑った。「きみは山へ行きたいんじゃないのか」

ラルフはため息をついた。反目の空気の高まりを感じながら、自分が隊長でなくなったらジャックはすぐこんなふうに感情をむきだしにしてくるだろうなと理解した。

「だんだん暗くなるなと考えてたんだ。真っ暗ななかだと進むのが大変だ」

「ぼくたちは〈獣〉を探しているんだ――」

「それには暗すぎるんだよ」

「ぼくは平気だ」ジャックは熱い口調でいった。「山の上に着いたらすぐ〈獣〉を探しにいく。きみは行かないのか。小屋に戻ってピギーに相談するほうがいいか」

今度はラルフが顔を紅潮させたが、ピギーのおかげで得た新しい理解をもとに、絶望的な口調で話した。

「きみはなぜそんなにぼくが憎いんだ」

少年たちはラルフの言葉に居心地悪くなり、体をもぞもぞさせた。何か品のないことが口にされたような感じになった。沈黙が長びいた。

まだ気分を害して体を熱くしたまま、ラルフのほうが先に体の向きを変えた。

「行こう」

ラルフが先頭に立ち、当然の義務だとばかりもつれた繁みに打ちかかっていく。ジャックはしんがりをつとめた。先導役をはずされて、むっつり何か考えこむ顔だった。

豚の通り道は暗いトンネルだった。太陽がみるみる世界の縁のほうへ滑りおりて、森じゅうが影に満ちるなか、通り道は容易に見つからなかった。それでも道の幅は広く、地面は踏みならされているので、小走りで進めた。やがて木の葉の屋根が破れている下に来ると、少年たちは足をとめ、速い息をつきながら、山頂のまわりにちらつきだした数少ない星を見た。

「ほらもう夜だ」

少年たちは迷った顔を見かわす。ラルフが決断をくだした。

「このまま海岸の台地に戻るぞ。山は明日登ろう」

みんなは同意の言葉をつぶやいた。だが、ジャックがラルフのすぐわきへ来た。

「まあ、怖いのならしょうがないかな――」

ラルフはジャックのほうを向いた。

「最初に〈城岩〉へ行ったのは誰だ」

「ぼくだって行ったさ。それにあのときは昼間だった」

「よし。それじゃいまから山に登りたいのは誰だ」

反応は沈黙だけだった。

「サムネリック。きみたちはどうだ」

「ピギーに話しにいったほうが――」

「――うん、そのほうがいい――」

「でもサイモンが行ったじゃないか!」

「ピギーに話したほうがいいと思うんだ――念のために――」

「ロバート、ビル、きみたちは」

ふたりとも、まっすぐ台地に戻るのがいいと思うと答えた。もちろん、怖いからじゃない、疲れてるからだ、とつけ加えて。

ラルフはジャックに向きなおる。

「ほらね」

「ぼくは山へ行く」その言葉はジャックの口からはげしい調子で出た。まるで呪詛の言葉だった。ジャックはラルフを見た。細い体をこわばらせ、威嚇するような具合に槍をもった。

「ぼくは〈獣〉を探しに山へ登る——いまからだ」それから、最高のひと刺し、さりげない辛辣な言葉を、投げた。「来るか」

この言葉に、ほかの少年たちは小屋に帰りたい気持ちを忘れ、暗がりのなかの、このふたりの新たな対立がどうなるか見てみようと戻ってきた。いまのひと言は、あまりにも秀逸、あまりにも辛辣、威嚇としてあまりにも効果的で、二度くりかえす必要はなかった。穏やかで友好的な礁湖のほとりの小屋に戻るつもりで、緊張を解いていたところなので、ラルフには痛打となった。

「行くよ」

自分の声に、ラルフは驚いた。その冷静でさりげない調子に、ジャックの辛辣な攻撃は肩すかしをくらった。

「きみさえよければだけど」

「もちろんいいさ」

ジャックは一歩を踏みだした。

「じゃ、行こう——」

黙っているほかの少年たちに見られながら、ふたりは並んで山を登りだした。

ラルフが足をとめた。

「ぼくらは馬鹿をやっている。なぜふたりだけで行くんだ。かりに何か見つけても、ふたりじゃとても——」

少年たちがこそこそ遠ざかる音がした。だが意表をついて、黒い人影がひとつ、退却の潮流とは逆方向に動いてきた。

「ロジャーか」

「ああ」

「じゃ、三人だな」

三人はもう一度、山の斜面を登りはじめた。闇が潮のように周囲を流れているように思えた。押し黙っていたジャックが、むせて咳きこんだ。風が吹いてくると、三人とも口から何かを吐きだした。ラルフは涙で目が見えなくなった。

「灰だ。火事になった場所へ来たんだ」

三人が地面を歩くのと、ときどき風が吹くのとで、灰が軽く巻きあがった。また歩みをとめたとき、ラルフは咳をしながら、何を馬鹿なことをしているのだろうとあらためて思った。〈獣〉などまず間違いなくいないが、いないとすればけっこうなことだ。だが、もし山の頂上で何かが待ち受けているなら、三人ではどうしようもない。真っ暗で動きにくいし、とがらせた木の棒しかもっていないからだ。

「ぼくたちは馬鹿だな」

闇のなかから返事が来た。

「怖いのか」

ラルフは苛立って胴震いをした。これはジャックのせいなのだ。

「もちろん怖いよ。だけど、とにかく馬鹿なんだ」

「行きたくないなら」声が嫌みな調子でいった。「ぼくひとりで行くぞ」

ラルフは嘲笑の響きを聞きとって、ジャックを憎んだ。目にしみる灰と、疲れと、恐怖のせいで、むかっ腹が立った。

「じゃ行けよ！　ぼくたちはここで待っているから」

沈黙があった。

「行かないのか。怖いのか」

ジャックであるところの、闇のなかの染みが、遠ざかりはじめた。

「わかった。じゃあな」

染みは消えた。べつの染みがあらわれた。

ラルフは膝が何か硬いものにあたり、その硬いものが動くのを感じた。それは黒焦げの倒木で、表面がごつごつしていた。体の向きを変えると、膝の裏に焼けた樹皮のざらつく感触があった。ロジャーが先にその倒木にすわったのがわかった。ラルフは両手で探りながらロジャーの隣に腰かけた。倒木は目に見えない灰の上で揺れた。もともと無口なロジャーは、何もいわなかった。〈獣〉についても意見をいわないし、なぜこの無茶な探検に参加したのかも話さない。ただすわって木の幹をそっと揺するだけだった。ラルフは何かが何かをすばやく猛烈に叩く音がしているのに気づいたが、それはロジャーがただの木の棒ともいえる槍を何かに打ちつけているのだった。

ふたりはすわっていた。木を揺すり、何かを叩いている、何を考えているのかわからないロジャーと、苛ついているラルフ。空には星が満ちていたが、山があるところだけ、その形に黒い穴があいているようだった。

ずっと上のほうで何かが滑る音がした。岩と灰におおわれた斜面を、危険なくらい大股に走ってくる音だった。ジャックがあらわれた。しわがれた震え声は、かろうじてジャックの声だとわかった。

「てっぺんに何かいる」

ジャックが木の幹につまずいたのが音でわかった。木の幹ははげしく揺れた。ジャックはしばらく黙って横たわっていたが、やがてつぶやいた。

「よく見てくれ。そいつが追いかけてきているかもしれない」

三人のまわりで灰が漂っていた。ジャックが上体を起こした。

「山の上で何かがふくらんだんだ」

「気のせいだよ」ラルフは震え声でいった。「ふくらむなんて変だ。そんな生き物はいない」

　ロジャーが声を出した。ロジャーのことを忘れていたので、ラルフもジャックも飛びあがるほど驚いた。

「蛙」

　ジャックが含み笑いをしながら身震いした。

「蛙の化け物か。音もしたよ。ポッという音。それから、そいつはふくれた」

　ラルフは自分で自分の言葉に驚いた。その落ちつき払った調子にではなく、中身の威勢のよさにだ。

「見にいこう」

　ラルフは知りあって以来初めて、ジャックがひるむのを感じとった。

「いまから──？」

　その声が怯えをあらわにしていた。

「もちろんだ」

　ラルフは倒木から立ちあがり、燃え殻をぱりぱり踏みながら、闇のなかへ入っていった。ほかのふたりもあとにしたがった。

　喉から出る声が沈黙すると、理性の声や、そのほかの内なる声が、聞こえはじめた。ピギーの声が、きみも子供だなといった。べつの声が、馬鹿なことをしちゃだめだといさめた。闇と決死の冒険のせいで、夜が歯科医の治療椅子のような非現実感を帯びてきた。

最後の斜面にやってくると、ジャックとロジャーが近づいてきた。インクの染みが、はっきりわかる人影に変わった。三人は申しあわせたように足をとめて、いっしょにしゃがんだ。背後では、水平線のすぐ上の空を少し明るませて、まもなく月が昇ろうとしていた。森のなかで風が一度ごうっと吠え、少年たちのぼろ服を体に押しつけた。

ラルフがむくりと体を動かした。

「行くぞ」

三人はそろそろと前進を開始した。ロジャーだけが少し遅れていた。ジャックとラルフは同時に山の最後のでっぱりを回りこんだ。きらめく礁湖が眼下にひろがり、そのむこうに環礁の白波が長くのびているのが見えた。ロジャーも追いついてきた。

ジャックがささやく。

「ここからは四つん這いで進もう。やつは眠っているかもしれない」

ロジャーとラルフが前進した。いつもいうことは勇ましいジャックが、今度はしんがりだった。平らな山頂に出た。両手と両膝にあたる岩が痛かった。

ふくれあがる生き物。

片手が焚き火跡の冷たい、やわらかな灰のなかに入ったとき、ラルフは叫びを押し殺した。灰との予想外の接触に、手から肩にかけて痙攣《けいれん》が走った。吐き気が緑の光となって浮かび、闇のなかに溶けた。ロジャーは背後にいる。耳もとに、ジャックの口が来た。

「あそこだ。前はあの岩に裂け目があった。いまは何かこぶみたいなものがある――見えるだろ？」

死んだ焚き火跡から灰が吹きあがってラルフの顔にかかった。岩の裂け目も何も見えなかった。緑の光がまた生まれて大きくなり、山の頂上が横に滑りはじめたからだ。

ふたたび、今度は少し離れたところから、ジャックのささやきが聞こえた。

「怖いか」

怖いというより、体が麻痺していた。揺れながら縮んでいく山の頂上で、動けなくなった。ジャックがすっと離れた。ロジャーがぶつかってきて、絞りだすような息だけの声で何かいい、前へ進んでいった。ふたりが小声で話すのが聞こえた。

「何か見えるか」

「あそこ――」

前方わずか三、四メートル先に、岩のような、こぶみたいなものが見えた。だが、そこに岩などあるはずがなかった。ラルフはどこかで小さくつぶやく声がしているのを聞いたが――もしかしたら自分の口から出ているのかもしれなかった。意志の力をふりしぼって身をひきしめ、恐怖と嫌悪を憎悪のなかに溶かしこんで、立ちあがった。重い足を、二歩前に出した。

背後では細長い月が水平線からきれいに離れて空に浮かんでいた。前方では、何か大きな猿のようなものがすわり、両膝のあいだに頭を垂れて眠っていた。それから森のなかで風が吠え、闇のなかに混乱が起こり、その生き物が頭をもたげて、ぐちゃぐちゃした感じの顔をこちらに向けた。

気がつくと、ラルフは灰の上を大股に駆けていた。ほかのふたりが叫び声をあげながら、飛びはねるように走り、山の暗い斜面をありえないような速さでおりる音を聞いた。山の頂上に残ったのは、三本の木の棒と、頭を垂れている生き物だけだった。

第八章　闇への贈り物

　ピギーは情けない顔で、夜明け前のほの白い砂浜から暗い山を見あげた。

「ほんとかい？　ほんとなのかい？」

「もう十回以上いっただろう」ラルフがいった。「ほんとに見たんだ」

「ここにいれば大丈夫なのかな」

「そんなことぼくにわかるわけない！」

　ラルフはぱっとピギーから離れて、砂浜を何歩か歩いた。ジャックはしゃがんで、人さし指で砂に丸を描いていた。ピギーのひそめた声がふたりに聞こえた。

「ほんとにほんとなのかい？」

「じゃあ見てこい」ジャックが侮蔑をこめていった。「おまえがいなくなったらせいせいするよ」

「やなこった」

「〈獣〉には歯があった」とラルフ。「大きな黒い目もあった」

ラルフははげしく身震いをした。ピギーは眼鏡をはずし、ひとつだけ残った丸いレンズを拭きながら訊く。

「で、どうする？」

ラルフは低い台地に目をやった。ほら貝が木々のあいだで光っていた。太陽が昇ってくるであろう場所を背景に、白い斑点となっていた。ラルフはモップのような髪をかきあげた。

「わからない」

ラルフはパニックに襲われて山を駆けおりたことを思いだした。

「正直いって、あんな大きなものとは戦えないと思う。虎と戦うと口ではいえるけど、本当には戦えない。それと同じだよ。隠れるしかない。ジャックだって隠れるはずだ」

ジャックはまだ砂を見つめている。

「ぼくの狩猟隊はどうなんだ」

サイモンが小屋のわきの暗がりからそっと出てきた。ラルフはジャックの問いを無視した。海の上の黄色い染みを指さした。

「陽が照っているあいだは、ぼくたちは勇ましい。でも、暗くなったらだめだ。それにしても、火を焚く場所のそばにすわっているなんて、あいつはまるでぼくたちが救助されないようにしているみたいだ――」

ラルフは無意識のうちに手をもみあわせていた。声がうわずった。

「煙をあげられない……もうおしまいだ」

黄金色の点が海の上にあらわれ、たちまち空が明るくなった。

「ぼくの狩猟隊はどうなんだ」

「棒をもった子供の集団だ」

ジャックは立ちあがった。顔を真っ赤にして歩き去った。ピギーは眼鏡をかけてラルフを見た。

「やっちゃったな。狩猟隊を侮辱しちまったよ」

「うるさい！」

あまり上手でないほら貝の音に、ふたりは話を中断した。陽の出を称えるかのように、ジャックはほら貝を吹きつづけた。すると小屋のなかに動きが起こり、狩猟隊が低い台地へやってきた。おチビたちは泣きべそをかきながら出てきた。このごろはしょっちゅう泣きべそをかくのだ。ラルフも従順に腰をあげ、ピギーといっしょに台地のほうへ向かっていった。

「さあ、話し合いだ。お話し合いの時間だ」ラルフは苦々しい口調でいった。

ジャックからほら貝をとった。

「この集会は――」

ジャックがさえぎった。

「ぼくが召集したんだ」

「きみが召集しなかったらぼくがしていたさ。きみはただほら貝を吹いただけだ」

「だからぼくが召集したわけだろう」

「じゃあ、もてばいい。さあ――話してくれ！」

ラルフはほら貝をジャックに押しつけ、丸太に腰かけた。

「集会を召集した理由はたくさんある」ジャックはいった。「まず――ぼくたちは〈獣〉を見た。ぼくたちは這っていった。〈獣〉はほんの何メートルか先にいた。〈獣〉は顔をあげてぼくたちを見た。あいつが何をする気かはわからない。なんなのかもわからない――」

「〈獣〉は海から来たんだ――」

「暗闇のなかから――」

「森の――」

「静かに！」ジャックは叫んだ。「話を聞くんだ。〈獣〉は山の上にすわっている。なんなのかはわからないが――」

「たぶん待っているんだ――」

「狩りをする気だ――」

「そうだ。狩りをする気だ」

「そう、狩りをする気だ」ジャックは森のなかで震えたことを思いだしたが、ずっと昔のことのように思えた。「〈獣〉は狩人なんだ。ただ――静かにしてくれ！　もうひとつ大事なことは、ぼくたちはあいつを殺せなかったということだ。それともうひとつ、ラルフがぼくの狩猟隊は役立たずだといったことだ」

「そんなことはいっていない！」

「ほら貝をもっているのはぼくだ。ラルフはきみたちを臆病者だと思っている。豚や〈獣〉から逃げたと思っている。それだけじゃない」

つぎに来る言葉を悟ったかのように、みんなのあいだからため息のようなものが漏れた。ジャックは、震えぎみだが、断固とした声であとをつづけた。まるで非協力的な沈黙にむかって押していくような声だった。

「ラルフはピギーみたいだ。ピギーみたいなことばかりいう。隊長にふさわしくない」

ジャックはほら貝を強く抱えこんだ。

「ピギーみたいに臆病なんだ」

少し間を置いてから、またつづけた。

「だいいち、ロジャーとぼくが先に進んだとき――ラルフはじっとしていた」

「ぼくも行ったぞ！」

「あとでだ」

ふたりの少年は前に垂れた髪ごしに睨みあった。

「ぼくも行った」ラルフはいった。「それから逃げた。だけどきみも逃げたんだ」

「じゃ、ぼくを臆病者と呼べよ」

ジャックは狩猟隊のほうを向いた。

「ラルフは狩人じゃない。みんなのために肉を手に入れたことがない。監督生じゃないし、そもそもラルフのことは何もわかっていない。ただ命令を出せば、みんなが聞いてくれると思っている。この手の話し合いばかりして――」

「この手の話し合い？」ラルフは叫んだ。「この手の話し合いってなんだ。これは誰が始めたんだ。誰がこの集会を召集したんだ」

ジャックは真っ赤な顔をラルフに向けた。顎をぐっとひいた。眉根を寄せて、睨みつける。

「わかった」ジャックは深い意味と脅しをこめていった。「もうわかった」

片手でほら貝を胸に押しあて、反対側の手の人さし指をラルフに突きつけた。

「ラルフが隊長にふさわしくないと思うのは誰だ」

ジャックは並んだ少年たちに期待の視線を走らせた。少年たちは固まっている。椰子の木々の下を、完全な沈黙が支配した。

「手をあげるんだ」ジャックは語気を強めた。「ラルフが隊長にふさわしくないと思う者は」

沈黙がつづいた。息を殺した、重苦しい、恥辱に満ちた沈黙だった。ジャックの頰からゆっくりと血の気がひき、ついで痛みが走ったのではないかと思うほど急激に戻った。ジャックは唇をなめ、みんなと気まずく目をあわせずにすむ方向に顔を向けた。

「何人いるんだ、ラルフが隊長に――」

そこで声がとぎれた。ほら貝をもつ手が震えていた。ジャックは咳払いをしてから、大声でいった。

「よし、わかった」

たいそう慎重に、ほら貝を足もとの草の上に置いた。屈辱の涙が両方の目尻から流れていた。

「もういっしょにはやらない。きみたちといっしょにはやらない」

ほとんどの少年が目をふせて、草か、自分の足を見ていた。ジャックはまた咳払いをした。

「ぼくはもうラルフの仲間でいるのはごめんんだ――」

　ジャックは右側の丸太にすわっている少年たちを目で数えた。もとは聖歌隊、いまは狩猟隊のメンバーだ。

「ぼくはひとりでやっていく。ラルフは自分で豚をとればいい。ぼくが狩りをするとき、いっしょにやりたいやつは、来てもいいぞ」

　ジャックは三角形の集会場から離れ、白い砂浜のほうへ歩いた。

「ジャック！」

　ジャックはラルフをふりかえった。短いあいだ、そのままじっとしていたが、やがてかん高い、怒りのこもった声で叫んだ。

「――戻るもんか！」

　ジャックは低い台地から飛びおり、砂浜を駆けだした。涙がぼろぼろこぼれるのも気にとめなかった。ジャックが森のなかに消えるまで、ラルフはじっと見ていた。


　ピギーは腹を立てていた。

「ラルフ、さっきから話しかけてるのに、きみはただ突っ立って――」

　ラルフはピギーのほうを向きながらも、目をあわせずに、小声で独り言をいった。

「戻ってくるよ。陽が暮れたら戻ってくる」ラルフはピギーがもっているほら貝を見た。

「なんだい」

「まあ、いいか！」

ピギーはラルフをなじるのをやめた。また眼鏡をはずして拭きながら、本当にいいたいことに戻った。

「ジャック・メリデューがいなくたっていいさ。島にはほかにも大勢いるんだから。とにかく、ぼくはまだ信じらんないけど、〈獣〉がいるってのははっきりした。この辺から離れないようにしなくちゃいけない。ことは、狩りの必要はないから、ジャックもあんまり必要ないわけだ。ぼくたちでほんとに決めなきゃならないことを決められるんだよ」

「もうどうしようもないよ、ピギー。やれることは何もない」

ふたりは鬱々と黙りこんだ。サイモンが立ちあがってピギーの手からほら貝をとった。ピギーはびっくりして、じっと立ったままでいた。ラルフはサイモンを見あげた。

「今度はなんだい、サイモン」

少年たちのあいだから嘲るような笑いが小さく起きた。サイモンはちょっと身をすくめた。

「やれることはあるんじゃないかと思う。何か――」

またしても集団の圧力を受けて、サイモンの声は力を失った。味方になってくれそうな相手を目で探し、ピギーを選んだ。陽に灼けた胸にほら貝を押しつけて、ピギーのほうを見ていった。

「山に登るべきだと思うんだ」

少年たちは怖ろしさに身震いした。サイモンはあとをつづけず、ピギーのほうを見た。ピギーは嘲笑を浮かべて、何を考えているんだという顔でサイモンを見ていた。

「〈獣〉のいるところへ登っていってなんになる。ラルフとほかのふたりにも何もできなかったんだぞ」

サイモンはささやくように答えた。

「ほかにどうすればいいんだ」

いいたいことはいったので、ピギーがほら貝をもっていくのに抗わなかった。それから、できるだけみんなから離れた場所へ行ってすわった。

今度はピギーが発言した。さっきよりも自信に満ちた話し方だった。状況がこれほど深刻でなければ、愉しんでいるように見えただろう。

「誰かさんがいなくたっていいというのはさっきいった。いまいいたいのは、何ができるかを考えようってことだ。ラルフがつぎに何をいうか、ぼくにはわかる気がする。いちばん大事なのは煙だってことだ。そして火がなければ煙は立たないんだ」

ラルフは落ちつきなく体を動かした。

「だめだよ、ピギー。火を焚くのはむりだ。例のやつが山の上にいるかぎり――ぼくたちはここにいるしかない」

ピギーはつぎの言葉に力強さを加えようとするように、ほら貝をもちあげた。

「山の上で火を燃やすのはむりだ。でも、それならここで燃やせばいいじゃないか。岩場で火を熾せばいい。砂の上でもいい。焚き火はできるよ」

「そうだ！」

「煙をあげるんだ！」

「プールの近くがいい！」

少年たちは口々に話しはじめた。だが、下で火を燃やせばいいと大胆に発想する知性をもっていたのはピギーだけだったのだ。

「じゃ、下で火を燃やそう」ラルフはみんなを見まわした。「場所はプールとこの台地のあいだだ。もちろん――」

そこで言葉を切って、眉をひそめた。短くなった爪をまた無意識のうちに嚙みながら、考えた。

「もちろん、山の上で燃やすほど煙は目立たなくて、遠くからは見えないかもしれない。でも、ここでやれば近づかなくてもいいんだ。例のやつに――」

ほかの少年たちは完璧に理解してうなずいた。例のやつに近づく必要はないのだ。

「ここで火を燃やそう」

単純な考えがいちばんいい考えだ。やるべき仕事ができたいま、みんなは熱心に働いた。

ピギーはジャックがいなくなったことを喜び、おおいに解放感を味わっていた。みんなのために役に立てたことで誇りをおぼえ、薪集めを手伝いさえした。ピギーが集めるのは手近な木の枝だけだった。台地に落ちている木の枝は、集会には必要ない。ほかの少年たちは集会がひらかれる台地を神聖視して、そこで不要なものであっても使おうとしなかったが。双子は、夜近いところで火を焚くなら寝るときに安心だということに気づいた。そのことが伝わって、おチビたちは手を叩きながら踊った。

薪は山の上で使ったものほど乾いていなかった。ほとんどが腐って湿り、虫がわらわら這いだした。倒木は慎重にもちあげないと、ぼろぼろ崩れてしまう。森の奥へ行けないので、近くにある蔓草でびっしりおおわれた倒木でも一生けんめい運んだ。森の浅いところや〈傷跡〉は、ほら貝や小屋がある場所に近くてなじみがあり、陽が出ているあいだは安心して活動できた。暗くなったらどうなるかは誰も考えようとしなかった。というわけで、みんなは明るく活発に働いたが、時間がたつにつれてその明るさと活発さにも恐怖の陰りが忍び寄ってきた。台地のそばの砂浜に、木の葉や枝や丸太でピラミッドをつくった。島に来てから初めて、ピギーは自分で眼鏡をはずし、レンズで太陽の光を焚きつけの一点に集めた。まもなく煙が立ちのぼり、黄色い炎が生まれた。

おチビたちは飛行機の墜落以来、火をほとんど見ていないので、ひどく興奮した。歌って踊って、集会場にパーティーのような雰囲気を盛りあげた。

やがてラルフは作業の手をとめて、汚れた腕先で顔の汗をぬぐった。

「焚き火は小さいほうがいい。これは大きすぎて、燃やしつづけるのが大変だ」

ピギーは砂の上に用心深く腰をおろし、眼鏡を拭きはじめた。

「実験してみようか。小さくても勢いのある火の焚き方を研究するんだ。そして青い葉をくべて煙を出す。ほかのより煙を出すのに適した葉があるはずだよ」

火勢が衰えると興奮も静まった。おチビたちは歌と踊りをやめ、海や果物の林や小屋のほうへ流れていった。

ラルフはすとんと砂に腰をおろした。

「火の当番を新しく決めないと」

「当番をする人の数が充分あるかな」

ラルフはまわりを見まわした。そして年長の少年が少ないことに初めて気づいた。どうりで作業がきつかったわけだ。

「モーリスはどこだ」

ピギーはまた眼鏡を拭く。

「たぶん……いや、ひとりで森に入ることはないよな。そうだろ？」

ラルフは飛びあがるように立ちあがり、すばやく火を回りこんでピギーのわきに立つと、髪をかきあげて押さえながらいった。

「とにかく当番を決めないと！　いるのはきみと、ぼくと、サムネリックと――」

ピギーを見ないでさりげなくいう。

「ロバートとロジャーはどこだ」

ピギーは前に身を乗りだして木切れをひとつ火にくべた。

「行っちまったんだろ。もういっしょにやる気はないんだと思うよ」

ラルフはすわりこんで、砂に小さな穴をいくつもあけはじめた。ひとつの穴のそばに血が一滴落ちているのを見て驚いた。嚙んだ爪をよく見ると、肉が齧《かじ》られて小さな血の玉ができている。

ピギーは話しつづけた。

「薪を集めてるとき、そうっとどこかへ行くのを見たんだ。あっちのほうへ行ったよ。誰かさんが行ったのと同じ方向だ」

ラルフは爪を調べるのをやめて、宙に目をあげた。少年たちのあいだの大きな変化と同調するかのように、今日の空はちがった感じがした。靄が多くて、ところどころで熱い空気が白っぽく見えた。太陽は鈍い銀色の円盤で、いつもより近いところに見えるわりにはあまり熱くない。が、それでも空気は息を詰まらせた。

「あいつらは面倒ばかり起こしてきたからな。そうだろ？」

しゃべりつづけるピギーの声が、ラルフの肩のそばへ来た。その声が不安な調子を帯びる。

「あいつらがいなくても大丈夫だ。前より愉しくなったよ。そうだろ？」

ラルフはじっとすわっていた。双子がやってきた。大きな丸太をひきずりながら、得意げに微笑んでいた。丸太を燃え残りのなかにどさりと落としたので、火の粉が飛んだ。ピギーがいった。

「ぼくたちだけでやっていける。そうだよね？」

丸太が乾き、燃え、赤く熾るまでかなり時間がかかったが、そのあいだラルフは無言のまま砂の上でじっとすわっていた。ピギーは双子のそばへ行き、何か話し、三人で森に入っていったが、ラルフはそちらを見なかった。

「はい、これ」

ラルフはびくりとした。ピギーと双子がそばにいた。果物をもっていた。

「ちょっと宴会みたいなものをやったらどうかと思ってさ」とピギーはいった。

三人の少年もすわった。果物はたっぷりあり、どれも程よく熟れていた。ラルフが食べはじめると、三人はにっこり笑った。

「ありがとう」ラルフはいった。それから、驚きと喜びの口調で、くりかえした――「ありがとう！」

「ぼくたちだけでうまくやっていけるよ」ピギーがいった。「あいつらは常識がなさすぎて、面倒ばかり起こす。ぼくたちはここで小さく火を焚いて――」

ラルフはさっきから気になっていたことを思いだした。

「サイモンはどこだ」

「さあ」

「山に登ったんじゃないだろうな」

ピギーは大声で笑いだし、また果物を食べた。

「かもしんないね」口のなかのものをのみこんだ。「いかれた子だから」


サイモンは果物のなっている林を通り抜けていったのだった。今日はおチビたちも砂浜で焚き火をするのに忙しく、そこまでついてはこなかった。サイモンは蔓草のあいだを進み、蔓草が大きな筵のように編まれて垂れている場所へやってきた。サイモンはその筵を突き抜けてそのむこうの空間に入った。木の葉の幕を通して陽の光が強くさしこみ、まんなかで蝶々が果てしもなく踊りを踊っていた。しゃがむと、陽射しの矢が体に刺さった。前に来たときは空気が熱で震えているようだったが、いまは威嚇してくるように感じられた。まもなく長くのびた硬い髪から汗が流れ落ちてきた。しきりに体を動かしたが、太陽は避けようがなかった。喉が渇いてきた。それから渇きがひどくなった。それでもじっとすわっていた。

ずっと離れた砂浜で、ジャックは少年たちの小集団を前に立っていた。すばらしく幸福そうだった。

「狩りだ」ジャックはいった。狩猟隊を吟味する目で見た。どの少年も、黒い式帽の残骸と、品よく二列に並んで天使の声で歌っていたころの遠い面影を身にまとっていた。

「狩りをしよう。これからはぼくが隊長だ」

少年たちはうなずいた。運命が決まる瞬間はあっさり過ぎた。

「それと――〈獣〉のことだが」

みんなはそわそわして森を見た。

「ぼくたちは〈獣〉のことを気にかけないことにしよう」

ジャックはみんなにうなずきかけた。

「〈獣〉のことは忘れるんだ」

「そうだ！」

「それがいい！」

「〈獣〉のことは忘れよう！」

ジャックは、この熱気に驚いたのかどうかわからないが、少なくとも顔には出さなかった。

「それともうひとつ。ここではあんまり夢を見ないだろうと思う。ここは島の端に近いから」

みんなは心の奥で怯えきっていたので、熱烈に賛同したのだった。

「みんな聞いてくれ。ぼくたちはあとで〈城岩《キャッスル・ロック》〉へ移動するのがいいかもしれない。でも、とりあえずは、もっと大勢の年長の仲間を、ほら貝の連中から奪いとってやろうと思うんだ。ぼくたちは豚を殺し、宴会をしよう」そこで間を置いて、もっとゆっくりと言葉をつづけた。「それで〈獣〉のことなんだが。豚を殺したら、その一部を〈獣〉に捧げようじゃないか。そうすればぼくたちに何もしないかもしれない」

ジャックはふいに立ちあがった。

「さあ、森に入って狩りをしよう」

ジャックは身をひるがえして歩きだす。一拍置いて、狩猟隊が従順にあとを追った。

森に入ると、神経をとがらせながら、あちこちに散った。ほとんどすぐにジャックが、地面が掘りかえされ、木の根がちぎられた跡を見つけた。豚がいた証拠だ。痕跡はまだ新しい。ジャックは隊員たちに静かにするよう合図をし、ひとりで前進した。ジャックは幸福だった。森の湿った闇を着慣れた古い服のように身にまとった。斜面をそっとつたいおり、海辺の岩が転がり木がまばらに生えている場所に立った。

脂肪がぱんぱんに詰まった袋のような豚たちが、木の下の影を官能的に愉しんでいた。

風がなく、豚たちは危険を察知していなかった。狩りに慣れてきたジャックは影のように沈黙していた。そっとひき返して、隠れている仲間に指示を出した。狩猟隊は静寂と暑熱のなかで汗を流しながら、じりじりと前進しはじめた。木の下で耳が気だるげにぴくついていた。一頭だけ少し離れて、この群れでいちばん大きな雌豚が、母豚としての深い至福に浸っていた。体の色は黒とピンクで、大きくふくらんだ腹には、一列に並んだ子豚たちがとりつき、眠ったり、顔をうずめたり、きいきい鳴いたりしていた。

豚の群れから十五メートルほどのところで、ジャックは足をとめた。腕をのばして雌豚を指さした。その意図が了解されたかどうか確かめるため、視線をめぐらすと、少年たちがうなずく。何本もの腕がうしろにひかれた。

「いまだ！」

豚の群れが騒ぎたった。わずか十メートルの距離から、標的の雌豚めがけて、火で先端を硬くした木の槍が飛んだ。一匹の子豚が狂ったような悲鳴をあげ、ロジャーの槍をひきずって海に駆けこんだ。雌豚はあえぐように叫んで、よろよろ起きあがった。太った腹に二本の槍が刺さっている。少年たちが雄叫びをあげて突進すると、子豚たちは散り散りに逃げ、雌豚は向かってくる少年たちの列を突破して森に駆けこんだ。

「追え！」

少年たちは豚の通り道を疾駆した。だが、森のなかはあまりにも暗く、あまりにも草木が密だ。ジャックはとまれと命じ、木々のあいだに視線を走らせた。しばらくのあいだ、無言で荒い息をついていた。みんなはジャックに畏怖の念をおぼえ、不安と賞賛の目を見かわした。ジャックが地面を鋭く指さした。

「あそこだ――」

ほかの少年が血痕を調べる暇もなく、ジャックはその場を離れ、豚の踏み跡を探し、折れた枝がないか手で触れて確かめた。ジャックは不思議にも、自信をもって正確に痕跡を追い、狩猟隊はあとについていった。

ジャックはある繁みの前で足をとめた。

「あのなかだ」

繁みを包囲した。雌豚は腹を槍でもうひと刺しされただけで逃げた。だが、ひきずっている二本の槍に邪魔をされた。斜めに切った鋭い先端に痛みをおぼえていた。雌豚は木にぶつかった。一本の槍がいっそう深く刺さった。そこからは鮮血を目印に誰でも容易に雌豚を追えた。午後の時間が進み、靄を生む湿った熱が耐えがたい。雌豚は前方をよろめきながら走った。血を流し、狂乱していた。狩人たちは追った。情欲で雌豚と結ばれていた。長い追跡としたたる血に興奮していた。雌豚は見えていた。もう追いつきそうだった。だが、雌豚は最後の力をふりしぼって速度をあげ、また距離をあけた。狩人たちが真うしろに迫ったとき、雌豚はひらけた場所へよろめき出た。そこでは色鮮やかな花が咲き乱れ、蝶々が互いのまわりを回って踊り、空気が熱く静止していた。

　ここで雌豚は暑さにやられて倒れ、狩人たちが飛びかかった。この未知の世界から飛びだしてきた怖ろしいものが、雌豚を逆上させた。かん高く鳴き、躍りあがった。空気が汗と絶叫と血と恐怖に満ちた。ロジャーは繁みのまわりを走りまわり、豚の肌が見えたと思うとすぐ槍で突いた。ジャックが雌豚にまたがり、ナイフをふりおろした。ロジャーはちょうどいい場所を見つけると、槍を突き刺し、前のめりになって全体重をかけた。槍はずぶずぶとめりこみ、雌豚の怯えた鳴き声はかん高い悲鳴に変わった。ジャックは喉を切り、両手に熱い血を浴びた。雌豚は少年たちの下でくずおれた。少年たちは豚の体の上にずっしり重くのしかかり、満足をおぼえた。蝶々はまだ森のなかのひらけた場所のまんなかで夢中になって踊っていた。

　やがて殺しの直接的な感覚は静まった。少年たちがうしろにさがり、ジャックは立ちあがって両手を突きだした。

「見ろ」

　ジャックが含み笑いをしながら両手をぱっぱっとふると、少年たちはその血まみれの手を見て笑った。ジャックはモーリスをつかまえ、その両頬に血をなすりつけた。ロジャーが槍を雌豚の体からひき抜きはじめた。このとき初めて、ほかの少年たちはロジャーが槍を突き刺していたことに気づいた。ロバートがロジャーのしたことを言葉でいいあらわしたが、それを少年たちは派手に面白がった。

「ケツにぶちこんだ！」ロバートがいう。

「おい聞いた？」

「いまの聞いた？」

「ケツにぶちこんだ！」

今度はロバートとモーリスが、ふたりで芝居を演じた。雌豚役のモーリスが迫りくる槍をよけようとするさまはたいそうおかしく、少年たちは爆笑した。

しかしまもなくこの熱狂も沈静した。ジャックは血で汚れた手を岩で拭いた。それから雌豚の処理にとりかかった。腹を裂き、熱いはらわたをひきずりだして、岩の上に盛りあげた。それをほかの少年たちがじっと見つめる。ジャックは作業をしながら話した。

「肉を砂浜へもっていこう。ぼくは台地へ行ってみんなを宴会に誘ってくるよ。きっと愉しいぞ」

ロジャーがいった。

「隊長――」

「うん――？」

「どうやって火を熾す？」

ジャックはまたしゃがみ、眉をひそめて雌豚を見た。

「やつらを襲撃して火をとってこよう。四人、来てくれ。ヘンリーと、きみと、ロバートと、モーリスだ。顔に戦化粧をして、そっと近づく。ぼくがしゃべるから、そのあいだにロジャーが火のついた枝を一本とる。いまいった四人以外は豚をさっきの場所へ運んでくれ。そこで焚き火をしよう。そのあとで――」

ジャックは言葉を切り、立って木々の下の影を見た。それからまた口をひらき、さっきより低い声でつづけた。

「豚の一部を残しておく……」

ジャックはまたしゃがんで忙しくナイフを動かした。少年たちが周囲に集まってきた。ジャックはふりかえってロジャーにいう。

「棒を一本選んで、両端をとがらせてくれ」

やがてジャックは血のしたたる豚の頭を両手で捧げもち、立ちあがった。

「棒はとがらせたか」

「ああ」

「それを地面に突き刺すんだ。いや――ここらは岩だな。割れ目に突き刺すしかない。あそこだ」

ジャックは豚の頭を高くもちあげ、そのやわらかい喉の切り口を、立てた棒の上におろした。棒は豚の口のなかまで刺さった。ジャックはうしろにさがった。豚の頭は宙にかかげられた恰好で、棒にちょろちょろ血をつたわせた。

ほかの少年たちも思わず後ずさりした。森はしんと静まりかえる。みんなは耳をすました。いちばん大きく聞こえるのは、豚のはらわたに群がる蠅の羽音だった。

ジャックはささやき声でいった。

「豚をもちあげろ」

モーリスとロバートが豚の死体を棒で刺しつらぬき、もちあげて、待機した。静寂のなか、乾いた血の上に立った少年たちは、ふいに後ろ暗いことをこそこそするような雰囲気になった。

ジャックは大声で宣言した。

「この頭は〈獣〉にやる。ぼくたちからの贈り物だ」

〈静寂〉がその贈り物を受けいれた。少年たちは畏怖の念に打たれた。豚の頭はそこに残った。かすんだ目をし、かすかに微笑んで、歯のあいだの血を黒ずませていく。少年たちはわっと逃げだした。できるだけ速く森のなかを駆け、ひらけた砂浜に向かった。

サイモンはそこにとどまった。小さな茶色い姿は木々の葉に隠されていた。目を閉じても、雌豚の頭は残像のように残った。豚のなかば閉じた目は、大人の世界の、無限の冷笑主義《シニシズム》にかすんでいた。その目はサイモンに、何もかもめちゃくちゃだと告げていた。

「わかっている」

サイモンは自分が声に出してしゃべったことに気づいた。急いで目をひらくと、豚の頭が、奇妙な陽の光のなかで、にやにや笑っていた。蠅のことも、ひきだされたはらわたのことも、自分が棒に突き刺されているという屈辱のことすらも、まるで気にしていなかった。

サイモンは目をそらし、乾いた唇をなめた。

〈獣〉への贈り物。でも〈獣〉はもらいにこないんじゃないか？　豚の頭はこの意見に賛成しているように、サイモンには思えた。逃げろ、と豚の頭は沈黙したままいった。ほかの子たちのところへ帰れ。あれは冗談だったんだ——気にすることはない。おまえは間違えた。それだけのことだ。頭痛のせいだろう。何か腐ったものを食べたのかもしれないな。さあ帰れ、子供、と豚の頭は沈黙したままいった。

サイモンは濡れた髪の重みを感じながら、空を見あげた。いまは珍しく雲が出ていた。雲はふくれあがっていくつかの大きな塔となり、灰色とクリーム色と赤銅色にそまって、島を見おろした。そして島の上にすわりこみ、ぎゅうっとのしかかって、耐えがたい濃密な熱を送りこんできた。森の空き地からは蝶々の群れさえも去り、わいせつな豚の頭がにやにや笑いながら血をしたたらせていた。サイモンは頭を垂れ、用心して目を閉じたままにし、それから片手で目を守った。木々の下に影はなく、あたりいちめんが真珠色を帯びて静まり、現実にあるものもまるで幻想のように輪郭をもたないように見えた。はらわたの山は蝿の群れの黒いかたまりとなり、のこぎりを挽くような音を立てていた。やがて蝿たちはサイモンを見つけた。たらふく食べたあとなので、サイモンの汗の小流れの岸辺にとまって喉をうるおした。鼻の穴をくすぐったり、腿の上で馬跳びをして遊んだりした。体は黒く、緑色にぎらつき、数は無数だった。サイモンの前で、〈蝿の王〉は棒の上にかかげられ、にやにや笑っていた。とうとうサイモンはこらえきれなくなり、顔をあげて相手を見返した。白い歯と、かすんだ目と、血が見えた――サイモンの視線は、おまえの心のなかはわかっているぞという、あの古い知恵に満ちた、逃れがたいまなざしにとらえられた。サイモンの右のこめかみで、脳が脈を打ちはじめた。

ラルフとピギーは砂の上に寝そべり、火を眺めながら、その煙の出ない中心になんとなく小石を投げこんでいた。

「あの枝も燃えちゃったね」

「サムネリックはどこだ」

「もっと薪がいるね。緑の枝が切れちゃったよ」

ラルフはため息をついて立ちあがった。台地の椰子の木の下に影はできていなかった。あらゆる場所から同時にさしているような、あの不思議な光があるだけだった。ふくれあがって高くそびえる雲のなかで、雷鳴が銃声のように響いた。

「土砂降りの雨が来そうだな」

「じゃ、火はどうする？」

ラルフは小走りに森へ入り、葉がたくさんついてひろがった緑の枝を一本もってきて、火のなかに入れた。枝はぱちぱちはぜ、葉は巻きかえり、黄色い煙がひろがった。

ピギーは砂の上に指を走らせ、意味もなく小さな模様を描きつづけていた。

「問題は、火を維持するのに必要な人員が足りないことだね。きみはサムネリックをひとりとして扱うだろ。なんでもふたりでやるから――」

「ああ」

「でも、それは公平じゃないよね。そうだろ？　ふたりはふたりぶん働かなくちゃ」

ラルフはその問題を考えて、そのとおりだと思った。どうも自分は大人のようにものを考えられないようだと思うと嫌になり、ため息をついた。この島はだんだんひどいことになっていく。

ピギーは火を見た。

「もうすぐまた緑の枝が必要になるよ」

ラルフは寝返りを打った。

「ピギー。ぼくたちはどうしたらいいんだ」

「ほかの連中なしでやっていくだけさ」

「でも——火が」

枝のまだ燃えていない部分が横たわっている黒と白の焚き火の残骸を見て、ラルフは顔をしかめた。自分の気持ちを説明しようとした。

「ぼくは怖いんだ」

ピギーが顔をあげるのが見えた。ラルフはつかえながらあとをつづけた。

「〈獣〉のことじゃない。いや、それも怖いけど。誰も火の大切さをわかっていないのが怖いんだ。溺れているときにロープを投げてもらったり、お医者さんにこの薬をのまないと死ぬからのみなさいといわれたりしたら——ロープをつかむし、薬をのむだろう？　そうするだろう？」

「ぼくはそうするよ」

「それがあいつらにはわからないんだ。理解できないんだ。煙の合図を出さないとここで死ぬんだってことが。ほら、あれを見ろ！」

熱された空気が灰の上で揺らめいていたが、煙はまったく出ていなかった。

「ぼくたちは火をひとつ燃やしておくことすらできない。でも、あいつらは気にしないんだ。そしてもっとやりきれないことに——」ラルフはピギーの汗を流している顔に目をすえた。

「もっとやりきれないことに、ぼくもときどきそうなるんだ。でも、ぼくまでそうなったら——気にしなくなったら、ぼくたちはどうなるだろう」

ピギーは当惑しきって眼鏡をはずした。

「わかんないよ、ラルフ。とにかくやってくだけだ。大人はそうするはずだよ」

すでに胸のうちをぶちまけはじめているラルフは、さらにつづけた。

「悪いのはなんなんだろうな、ピギー」

ピギーは驚いてラルフを見た。

「それはつまり、例のやつ——？」

「いや、あれじゃなくて……ぼくがいうのは……みんながでたらめをやる理由はなんなのかってことだ」

ピギーは眼鏡をゆっくりと拭きながら考えた。ラルフが自分を深く受けいれてくれていることを理解すると、誇らしさで顔がピンク色にそまった。

「わかんないけど。あいつじゃないかな」

「ジャックか」

「そう、ジャック」この名前もだんだんタブーになってきていた。ラルフは厳粛にうなずいた。

「そうだな。きっとそうだと思うよ」

すぐそばの森が騒動を爆発させた。顔を白や赤や緑で彩色した悪鬼のような人間たちが、絶叫しながら飛びだしてきたので、おチビたちは悲鳴をあげながら逃げた。ピギーまでもが駆けだしたのが、ラルフの目の隅に映った。ふたつの人影が焚き火のほうへ突進してきたので、ラルフは自分の身を守る構えをとったが、そのふたりは火のついた枝を一本つかむと、砂浜を走り去った。三人の人影がじっと立ってラルフを見つめていた。そのうちいちばん背の高い、顔の戦化粧と腰のベルト以外は素っ裸の者が、ジャックだった。

ラルフは荒い息を抑えていった。

「なんだい」

ジャックは返事をせず、槍をもちあげて叫びだした。

「みんなよく聞け。ぼくとぼくの狩猟隊は、平らな岩のそばの砂浜で暮らしている。狩りをして、宴会をして、愉しくやっている。仲間に入りたければ会いにこい。入れてやるか、どうするかは、わからないけどな」

間を置いて、まわりを見まわした。戦化粧という仮面のおかげで、恥ずかしさも自意識ももつことなく、ひとりずつ目を向けた。ラルフは焚き火の跡のそばに、スタートを切ろうとしている短距離走者のような恰好でしゃがみ、顔は髪と汚れで隠されていた。サムネリックが森のはずれの、同じ椰子の木の陰から顔を出してこちらを見ていた。おチビがひとり、プールのそばで、真っ赤な顔をくしゃくしゃにして泣いていた。ピギーは台地に立ち、両手で白いほら貝をしっかりもっている。

「今夜は宴会をひらく。豚を一匹殺したから肉がある。来たい者は来て、いっしょに食べていいぞ」

雲の峡谷でまた雷がとどろいた。ジャックと誰だかわからないふたりの野蛮人が動揺し、空を見あげ、また平静を取り戻した。おチビは泣きつづけた。ジャックは何かを待っていた。小声でふたりの仲間をせかした。

「ほら――いえ！」

ふたりの野蛮人は何かぼそぼそつぶやいた。ジャックは鋭くいった。

「早くいえ！」

ふたりは顔を見あわせてから、それぞれの槍をもちあげ、声をそろえていった。

「以上が隊長のお言葉だ」

三人はくるりと背を向けて走り去った。

ラルフは立ちあがり、野蛮人たちが行ってしまった方向を見た。サムネリックがやってきて、気おされた声でささやいた。

「てっきりあれは――」

「――なんだかぼく――」

「――怖かった」

ピギーは三人がいる砂浜より高い台地で、なおもほら貝をもって立っていた。

「いまのはジャックとモーリスとロバートだ」とラルフがいった。「なんだか愉しそうだな」

「ぼくは喘息の発作が起きるかと思ったよ」

「ケツの汚れ《アス・マー》はもういいよ」

「ジャックを見たとき、きっとほら貝をとりにくると思った。なぜかわかんないけど」

少年たちは白いほら貝を敬愛の目で見た。ピギーがほら貝をラルフに渡すと、親しみのあるこのシンボルを見て、おチビたちが集まってこようとした。

「ここじゃない」

ラルフは儀式が必要だと感じて、台地のほうを向いた。白いほら貝を抱えたラルフが先頭に立ち、つぎに厳粛な顔つきのピギーがつづく。そのあとが双子で、最後におチビたちとそのほかの年長の少年たちがやってきた。

「みんなすわってくれ。あの連中は火を盗むために襲撃してきた。なんだか愉しそうだ。でも――」

ラルフは頭のなかで鎧戸が動くのを感じてとまどった。何かいいたいことがあったのだが、その鎧戸が閉じてしまった。

「でも――」

みんなは真剣な目でこちらを見ていた。まだラルフの能力に疑問をもちはじめている様子はなかった。ラルフは邪魔な髪を目の前からかきのけて、ピギーを見た。

「でも……ああ、そうだ……火だ！　火なんだ！」

ラルフは笑いだした。それから笑いやんで、すらすらしゃべりだした。

「火がいちばん大事なんだ。火がなければ救助されない。顔に戦化粧をして野蛮人の真似をするのもいいだろう。だけど、とにかく火は燃やしつづけなくちゃいけないんだ。この島でいちばん大事なものは火なんだ。なぜなら、なぜなら――」

ラルフはまたつかえた。静寂に疑いと驚きが混じりだした。

ピギーが急き立てるようにささやく。「救助」

「ああ、そうだ。火がなければ救助されないからだ。だから火のそばにいて、煙を出しつづけなくちゃいけないんだ」

話が終わったとき、誰も何もいわなかった。同じ場所で何度もすばらしい演説をしたラルフだったが、今回の話はおチビたちにさえ物足りなく思えた。

ようやくビルが両手を出して、ほら貝を求めた。

「山の上では火は燃やせない――だってもうあそこでは燃やせないからね――火を絶やさないためにはもっと人数が必要なんだ。だからその宴会へ行って、ぼくたちだけじゃ火を燃やしつづけるのは難しいって話したらどうかな。それと狩りとか――野蛮人になったりとか——すごく愉しいだろうと思うんだ」

サムネリックがほら貝をもった。

「ビルがいまいったみたいに、愉しいと思う——それに招待されたんだし——」

「——宴会に——」

「——肉を——」

「——かりかりした皮——」

「——肉、食べたいよなあ——」

ラルフが片手をあげた。

「ぼくたちも肉を手に入れるというのは?」

双子が顔を見あわせた。ビルが代表で答えた。

「森に入りたくないよ」

ラルフは顔をしかめた。

「でも——あいつは——入っていくぞ」

「そりゃ狩人だもの。あっちは全員狩人なんだ。そこがちがうよ」

しばらくは誰も発言しなかった。それからピギーが砂を見つめながらつぶやいた。

「肉かあ——」

おチビたちは黙って肉のことを考えながら、口のなかに唾をためていた。頭上でまたもや大砲のような雷鳴がとどろき、突然の熱い風に椰子の乾いた葉がざわざわ鳴った。

「おまえは馬鹿な子供だ」〈蠅の王〉はいった。「ただの無知で馬鹿な子供だ」

サイモンは腫れた舌を動かしたが、何もいわなかった。

「そう思わないか」〈蠅の王〉はいった。「自分はただの無知で馬鹿な子供だと思わないか」

サイモンは相手と同じく沈黙の声で答えた。

「まあおまえも」〈蠅の王〉はいった。「ここから立ち去ってほかの子供たちといっしょに遊んだほうがいい。ほかの子供たちはおまえのことをいかれていると思っているがね。おまえはラルフにいかれていると思われるのが嫌だ。そうだろう？　おまえはラルフのことがとても好きだ。ピギーのことも。ジャックのことも」

サイモンは少しだけ顔をあげた。目をそらすことができなかった。〈蠅の王〉はサイモンの前で宙にかかげられていた。

「おまえはここへひとりで来て何をしているんだ。わたしが怖くないのか」

サイモンは怖くない、と首をふった。

「誰もおまえを助けてくれないぞ。いるのはわたしだけだぞ。そしてわたしは〈獣〉なんだぞ」

サイモンの口が動き、耳に聞こえる言葉を出した。

「棒に刺さった豚の頭だ」

「〈獣〉を狩って殺せると考えるとは！」豚の頭はいった。ほんのいっとき、森とそのほかすべての認識できる場所に、まがいものの笑い声がこだました。「おまえは知っていたんだな。わたしがおまえたちの一部であることを。ごく、ごく、親密な関係にあることを！　何もかもうまくいかない理由であることを。ものごとがこうでしかない理由であることを」

また震える声で笑った。

「さあ」〈蠅の王〉はいった。「ほかの子供たちのところへ戻るんだ。おまえとわたしはすべてを忘れようではないか」

サイモンは頭がくらくらしてきた。まるで棒の先のわいせつなものを真似るかのように、目をなかば閉じた。サイモンは自分が持病の発作を起こしかけているのを知った。〈蠅の王〉が風船のようにふくらみはじめた。

「しかし馬鹿げた話だよ。むこうへ行ってもわたしと会うことになるだけだからな――だから逃げようなどと考えないことだ！」

サイモンの体がこわばった。〈蠅の王〉は学校教師の声で話した。

「これはどうも度を過ごしすぎている。おまえは勘違いをしている憐れな子供だ。わたしの上手を行けるとでも思っているのか」

　間があいた。

「警告しておくよ。このままだとわたしは怒りだしそうだ。わかるかね。おまえは必要とされていないんだ。わかるかね。わたしたちはこの島で愉しくやろうとしている。わかるかね。この島で愉しくやろうとしているんだ！　だから反抗するな。いいか、勘違いをしている憐れな子供よ。さもないと――」

　気がつくと、サイモンは巨大な口のなかを覗きこんでいた。なかには暗黒があった。ひろがっていく暗黒があった。

「――さもないと」〈蝿の王〉はいった。「おまえをやっつけてやる。わかるか。ジャックやロジャーやモーリスやロバートやビルやピギーやラルフといっしょにだ。みんなでおまえをやっつけてやる。わかるか」

　サイモンはその口のなかにいた。倒れて、気を失った。

第九章　ある死の眺め

島の上では雲が厚みを増しつづけていた。山の頂上から一日じゅう熱い空気が上にむかって流れて三千メートル上空まで押しあげられていた。回転する空気のかたまりが静電気をためこみ、いまにも爆発しそうだった。太陽は夕暮れを待たずに雲に隠れ、澄んだ陽射しが消えて、真鍮色の鈍い照りがにじみだした。海からの風までが熱く、涼しさを運んでこなかった。海と森とピンク色の岩からしだいに色が抜けていき、白と茶色の雲が低く垂れこめた。活気があるのは自分たちの〈王〉を真っ黒にし、はらわたの山を光沢のある炭のように見せている蠅だけだった。サイモンの鼻のなかで血管が破れて血が流れでても、蠅の群れは見向きもせず、かぐわしい豚の頭を好んでいた。

鼻血を流しているうちに発作はとまり、サイモンは疲労困憊のうちに眠りこんだ。蔓草の筵の上で横たわっているうちに、夕方の時間は前に進み、雷の砲声はとどろきつづけた。やがて目が覚めると、暗い地面が頰の近くにぼんやり見えた。それでも動かず、片頰を地面につけて横になったままぼんやりと前を見ていた。それからうつぶせになりながら、両足を自分の体の下にひきこみ、起きあがるために蔓草をつかんだ。蔓草が揺れると、はらわたにたかっていた蠅が爆発してすさまじい音とともに飛びたち、またすぐにとまりなおした。サイモンは立ちあがった。あたりにはこの世のものとは思えない光が満ちていた。棒のてっぺんの〈蠅の王〉は黒い玉のようだった。

サイモンは空き地にむかって声に出していった。

「ほかにどうすればいいんだ」

応えるものはいなかった。サイモンは空き地をあとにし、蔓草のなかに這いこんで、森の薄闇のなかに入った。木々のあいだを憂鬱な気分で歩いた。顔は無表情で、口もとと顎で血が乾いていた。ロープのような蔓草をかきわけ、地面の傾斜で進む方向を選びながら、サイモンはときどき声にならない言葉をつぶやいた。

木々をおおう蔓草の繁りがだんだん薄くなり、梢のすきまから真珠の光沢を帯びたような空の光が漏れはじめた。そのあたりは島の背骨で、山よりは低いがいちおう高台であり、森は鬱蒼とした密林ではなかった。藪や巨木の木立もあるが、ところどころに広い空き地があった。地面の傾斜を手がかりに高いほうへ進んでいくと、やがて森の外に出た。サイモンはがんばって進んだ。疲れからときどきふらついたが足はとめなかった。目にはいつもの明るい光がなく、頑固な老人が不機嫌な顔で歩きつづけるといったふうだった。

風が吹きつけてきて、サイモンはよろめいた。見るといつのまにか、真鍮色の空のもと、ひらけた岩地に出ていた。脚が弱り、舌にずっと痛みがあったことに気づいた。風が山頂に達したとき、サイモンはあることが起きるのを見た。茶色い雲を背景に、何か青いものが動くのが見えたのだ。サイモンが前に進むと、また風が来た。さっきよりも強かった。森の樹冠は殴打されてたわみ、吠えた。山頂で背中をまるめてすわっていた何かがふいに上体を起こし、サイモンを見おろしてきた。サイモンは顔を隠しつつ、なおも進んだ。

蠅の群れもすでにその何かを発見していた。人の形をしたその何かが生きているもののように動いたことで蠅たちは怯え、いったん飛びたったが、またすぐその人影の頭部のまわりで黒い雲となった。青いものはパラシュートだった。それがしぼむにつれて、人影はため息をつきながら上体を前に倒した。そこへ蠅の群れがまたたかった。

サイモンは自分の両膝が地面を打つのを感じた。そのまま這って前に進むうちに、理解できた。もつれた紐を見て、〈獣〉騒ぎの真相を悟ったのだ。人影の白い鼻骨、歯、腐って変色した肉を見た。その人影の、本当なら腐敗してぐずぐずになっているはずの体を、ゴムとキャンバスのハーネスが無慈悲に固定しているのを見てとった。また風が吹き、人影が身を起こし、それをふたたび前に倒しながら、腐った息をサイモンに吹きかけてきた。サイモンは四つん這いになったサイモンは胸が悪くなり、胃が空になるまで吐いた。サイモンは紐をつかんで岩からはずし、風に操られて動く屈辱から人影を解放してやった。

しばらくしてようやく人影から目を離し、砂浜を見おろした。台地のそばの焚き火が消えているのか、煙は立っていなかった。小川のむこうの砂浜にある大きな平らな岩の近くからは、細い煙が空に立ちのぼっていた。サイモンはたかってくる蠅を追いもせず、両手で目をかばいながら、煙の出所を見た。かなり距離はあるが、ほとんどの少年たち――もしかしたら全員が――そこにいた。どうやら野営地を変えたらしい。〈獣〉からなるべく離れたいということだろう。サイモンはそう考えたあと、わきで腐臭をはなっている憐れな人影のほうを向いた。〈獣〉はおぞましいやつだが無害なのだ。そのことを一刻も早くみんなに知らせてやらなければならない。サイモンは山をおりはじめたが、膝が笑って困った。どんなにがんばっても、よたつきながらおりるのが精一杯だった。

「ひと泳ぎするか。ほかにすることないし」ラルフがいった。

ピギーは、レンズが片方しかない眼鏡ごしに、重圧を加えてくる空を見あげた。

「あの雲、やだな。不時着したすぐあとの雨、覚えてるだろ？」

「また雨になりそうだな」

ラルフはプールに飛びこんだ。水辺でおチビがふたり遊んでいた。体温より温度の高い水が気持ちいいらしかった。ピギーは眼鏡をはずし、そろそろと水に足を踏みいれて、また眼鏡をかけた。ラルフは水面から顔を出し、ピギーにぴゅっと水を噴きかけた。

「やめてくれよ」ピギーがいった。「眼鏡が濡れたら、また水からあがって拭かなきゃいけないじゃないか」

ラルフはまた水を噴いたが、今度ははずれた。ピギーを嘲笑った。きっとピギーはいつものように嫌そうな顔をして、黙ってひきさがるだろうと思って。だが、ピギーは両手で水を強く打った。

「やめろっていってんだろ！」とピギーは叫んだ。

そしてラルフの顔に猛烈に水をかけはじめた。

「わかった、わかった。そう怒るなよ」とラルフはいった。

ピギーは水をかけるのをやめた。

「なんだか頭が痛い。もっと涼しいといいのに」

「雨が降るといいなあ」

「家に帰れたらいいのに」

ピギーは傾斜のついた砂のプールサイドに寝そべった。突きでた腹の上で水が乾いていく。ラルフは空にむかって水を噴いた。雲に透けている光の斑点を見れば、太陽の位置がわかった。ラルフは水のなかで膝立ちになり、まわりを見まわした。

「みんな、どこにいるんだ」

ピギーが体を起こした。

「小屋で寝てるんじゃないの」

「サムネリックはどこだ」

「そういやビルもいないね」

ピギーは低い台地のむこうを指さした。

「きっとあっちへ行ったんだ。ジャックのところへ」

「勝手に行けばいいさ」ラルフは落ちつかなげにいった。「どうでもいい」

「肉が目当てだよね——」

「狩りもできるし」ラルフは分別くさくいう。「顔に戦化粧をして、部族ごっこができる」

ピギーは水に浸された砂を手でもてあそびながら、ラルフのほうを見ないでいった。

「ぼくたちも行ったらどうかな」

ラルフがさっと目を向けてきたので、ピギーは顔を赤らめた。

「その——変なことが起きないか確かめにさ」

ラルフはまた水を噴いた。

ジャックのところへたどり着くずっと前から、ラルフとピギーには宴会の声が聞こえてきた。森と砂浜のあいだには、椰子の木立があるほか、広い草地が帯状にひろがっていた。椰子の木立の地面から一段おりると、砂浜だが、そのうち高潮線より高いところの白砂は温かく乾いていて、人に踏み荒らされていた。そこから台のような岩がひとつ、礁湖のほうへのびていた。その先には幅の狭い砂浜があり、それから波打ちぎわになる。その台のような岩の上で火が焚かれ、焼かれている豚から脂がぽたぽたと、色が淡くてほとんど見えない炎の上に落ちていた。ラルフとピギーとサイモン、そして豚を焼く係のふたりを除いて、島にいる少年全員が草地に集まっていた。みんなは草の上に寝ころび、しゃがみ、あるいは立って、笑ったり、歌ったりして、両手に食べ物をもっていた。だが、脂まみれの顔を見ると、肉はほぼ食べ終えたようだった。椰子の実の殻で水を飲んでいる子もいた。宴会が始まる前に丸太がひとつ、草地のまんなかにひきずってこられたらしかった。その丸太に、戦化粧をして花の冠をかぶったジャックが偶像のようにすわっていた。そばの緑の葉には肉が山と盛られ、果物と、水をくんだ椰子の実の殻も置かれていた。

ラルフとピギーは草地の端まで来た。少年たちがふたりに気づいた。気づいた者からひとりずつ沈黙していき、ジャックの隣にいる少年の話し声だけが残った。それから沈黙はそこにも侵入し、ジャックはすわったまま上体の向きを変えた。しばらくのあいだジャックはふたりを見つめた。環礁の潮騒という低音の上でいちばん大きく響いているのは火のはぜる音だった。ラルフは目をそらした。サムはラルフにじろりと睨まれたと思い、落ちつかない含み笑いをしながら、肉を齧ったあとの豚の骨を置く。ラルフはおずおずと一歩踏みだし、椰子の木を指さして、ピギーに何かささやいた。ラルフとピギーはサムのようにくすくす笑った。砂に埋まる足を高くあげながら、ラルフは歩きだした。ピギーは口笛を吹こうとした。

このとき、火のところで料理をしていた少年ふたりが、肉をひときれ大きく切りとって、草地のほうへ駆けてきた。そしてピギーとぶつかり、ピギーは火傷をして、あちちと叫びながら踊るようにはねた。たちまちラルフも含めてみんなが爆笑し、空気がなごんだ。またしてもピギーが笑いものになることで、みんなが快活になり、日常の気分を取り戻すことができたのだった。

ジャックが腰をあげ、槍をふった。

「肉をもってきてやれ」

料理番の少年たちがラルフとピギーに脂のしたたる肉片を差しだした。ふたりは口のなかを唾でいっぱいにしながら受けとった。そして雷鳴が嵐の到来を告げている真鍮色の空のもと、立ったまま肉を食べた。

ジャックはまた槍をふった。

「みんな欲しいだけ肉を食べたか」

木の枝に刺された豚肉はまだ残っていて、緑の葉の皿の上でじゅうじゅう音を立てていた。胃袋の欲求に負けて、ピギーは肉を齧りとっていた骨を砂浜に捨て、もうひとつとろうと手をのばした。

ジャックが苛立たしげにまたいった。

「みんな欲しいだけ肉を食べたか」

もともとこれはぼくのものなんだ、充分食べたのならもうとりあげるぞという、誇りに満ちた警告の口調だった。少年たちはまだ時間があるうちにと、急いで食べた。みんなの食事がまだすみそうにないと見ると、ジャックは玉座である丸太から腰をあげ、草地の端まで歩いていった。そして戦化粧の仮面の下からラルフとピギーを見おろした。ふたりは草地の端を少し離れて砂浜に立った。ラルフは食べながらじっと火を見ていた。陽の衰えとともに炎がはっきり見えてきているのをなんとなく意識した。夕暮れ時が訪れたのだが、静かな美しさはなく、暴力の気配がたちこめていた。

ジャックが口をひらいた。

「飲み物をくれ」

ヘンリーが椰子の実の殻を持っていった。ジャックは水を飲みながら、殻のぎざぎざの縁ごしにラルフとピギーを見つめた。権力が茶色い腕の肉の盛りあがりに宿っていた。権威が猿のように肩にすわって耳に何かささやいていた。

「みんなすわれ」

少年たちはジャックの前で横何列かに並んで、草の上にすわった。だが、ラルフとピギーは、そこより三十センチほど低いやわらかな砂の上に立ったままでいた。ジャックはしばらくふたりを無視して、仮面の顔ですわった少年たちを見おろし、槍をつきつける仕草をした。

「ぼくの部族に入りたいのは誰だ」

ラルフは思わず前に飛びだそうとしかけて、つまずいたような形になった。何人かの少年が目を向けてきた。

「ぼくはきみたちに食べ物をやった」ジャックはいった。「ぼくの狩猟隊はきみたちを〈獣〉から守る。さあ、ぼくの部族に入りたいのは誰だ」

「隊長はぼくだ」ラルフはいった。「きみたちが選んだんだ。ぼくたちは火を燃やしつづけなくちゃいけない。なのにきみたちは食べ物のことばかり――」

「きみも食べたじゃないか！」ジャックが叫んだ。「手にもってる骨を見てみろ！」

ラルフの顔が真っ赤になった。

「きみたちは狩猟隊だ。食べ物をとるのはきみたちの仕事だ」

ジャックはまたラルフを無視した。

「ぼくの部族に入って愉しくやりたいのは誰だ」

「隊長はぼくだ」ラルフは震える声でいった。「火はどうする。それにぼくはほら貝をもっている――」

「いまはもっていない」ジャックはせせら笑った。「きみはあれを置いてきた。どうだ、頭がいいだろう。それに島のこの辺じゃほら貝なんて意味ないんだ――」

そのとき雷がとどろいた。ごろごろ鳴るのとはちがう、爆発するような音だった。

「この辺でもほら貝には意味がある」ラルフはいった。「島のどこででも意味があるんだ」

「それでどうしようっていうんだ」ジャックはいった。

ラルフは何列かに並んだ少年たちを見た。だが、少年たちから助けは得られそうにない。ラルフは目をそらした。当惑して、汗が出た。ピギーがささやいた。

「火のこと――救助のことを」

ジャックがいった。

「ぼくの部族に入りたいのは誰だ」

「ぼく入る」

「ぼくも」

「ぼくも」

「ぼくはほら貝を吹く」ラルフは息をあえがせながらいった。「集会を召集する」

「ここまで聞こえないさ」とジャックがいう。

ピギーはラルフの手首に手を触れた。

「行こう。面倒なことになりそうだ。肉も食べたことだし」

森のむこうでまぶしい光がひらめき、また雷が破裂したような音を立てた。おチビたちはすすり泣きを始めた。大粒の雨が落ちてきて、ひと粒ひと粒の音をはっきり立てた。

「嵐になるぞ」ラルフはいう。「この島に不時着したときみたいな大雨になる。頭がいいのはどっちだ。小屋はどこにあると思っている。きみたちは寝場所をどうする気だ」

狩猟隊は強い雨に身をすくめながら、不安げに空を見あげた。落ちつかない気分が波のようにつたわって、少年たちはそわそわ体を動かした。稲光がますますまぶしくなり、雷鳴は耐えがたいほどになった。おチビたちは悲鳴をあげながら駆けまわりはじめた。

ジャックが砂浜に飛びおりた。

「踊りだ！　さあみんな！　踊るんだ！」

ジャックは砂にずぶずぶ足をとられながら、焚き火のむこうのひらけた岩場まで走る。稲光がひらめくあいまは怖ろしい闇があたりを支配した。少年たちは喚声をあげてあとを追った。ロジャーが豚の役をし、ぶひぶひ鳴きながらつっかかると、ジャックはさっとわきへ飛びのく。狩猟隊は槍を手にとり、料理番は肉を刺し通す木の棒をもつ。ほかの少年たちは薪の枝をつかんだ。みんなはぐるぐる回りながら歌いだした。ロジャーが恐怖にかられた豚を演じ、おチビたちは輪の外側をぴょんぴょんはねながら走った。荒れ模様の空のもと、ラルフとピギーはこの発狂した、しかしどこか安全を保障してくれる集団に見える輪のなかに入りたい気持ちも起こった。狂気の渦をせきとめて抑制している壁のような、少年たちの茶色い背中に手を触れると、何か嬉しい気分だった。

「〈獣〉を殺せ！　喉を切れ！　血を流せ！」

動きが規則的になるにつれ、歌は初めの浅薄な興奮を失い、着実な脈拍のようにリズムを刻みはじめた。ロジャーは豚役をやめ、狩人になった。そのため輪の中央がぽっかりあいた。おチビたちの一部も自分たちで輪をつくった。いくつかの輪が、回りつづけることで安全が確保できるとでもいうように、ぐるぐる回りつづけた。そこではひとつの生命体が動悸を打ち、足を踏み鳴らしていた。

暗い空は青白い傷にひき裂かれた。一瞬遅れてその音が、巨大な鞭のように少年たちの上に打ちおろされる。その苦痛に、歌が一段調子を高めた。

「〈獣〉を殺せ！　喉を切れ！　血を流せ！」

恐怖心から、もうひとつべつの、濃厚で切迫した盲目の欲望が生まれてきた。

「〈獣〉を殺せ！　喉を切れ！　血を流せ！」

またしても頭上で青白い傷がぎざぎざ走り、硫黄くさい爆発が打ちおろされてきた。おチビたちは泣きわめきながらうろうろし、森のはずれから逃げだした。そのひとりが恐怖のあまり、年上の少年たちの輪にぶつかった。

「こいつだ！　こいつだ！」

輪が馬蹄形にひらいた。そのとき、何かが森から這いでてきた。それは黒っぽい、よくわからない何かだった。その何かが、〈獣〉が、やってくるのを見て、激痛でもおぼえたようなかん高い叫びが起こった。〈獣〉は馬蹄形の内側に躍りこんできた。

「**〈獣〉を殺せ！　喉を切れ！　血を流せ！**」

青白い傷はひらめきつづけ、音は耐えがたかった。サイモンは、山の頂上で死んでいる男のことを何か叫んだ。

「**〈獣〉を殺せ！　喉を切れ！　血を流せ！　ぶち殺せ！**」

何本かの槍が突きおろされ、新たに輪をつくった少年たちの口が嚙みつき、叫んだ。〈獣〉はまんなかで膝立ちになり、両腕で顔をおおった。周囲でわめきたてる声に対抗して、山の上の死体のことを叫んだ。〈獣〉はもがきながら前に進んだ。輪を破り、岩の縁から転がって、波打ちぎわの砂浜に落ちた。少年たちがあとを追い、なだれるように岩をおり、〈獣〉に飛びかかり、絶叫し、殴り、嚙みつき、ひき裂いた。言葉はなく、歯と爪でひき裂く以外には動きもなかった。

雲が切れ、雨が滝のように落ちてきた。水は山の頂上ではね返り、木々の葉と枝を幹からちぎり、砂浜で闘争する少年たちのかたまりの上に、冷たいシャワーのように降りそそいだ。そのかたまりはほどけ、少年たちはふらつきながらその場を離れていった。〈獣〉

だけが、海から一メートルほど離れたところでじっと横たわっていた。雨のなかでも、〈獣〉がひどく小さいのがわかった。血はすでに砂をそめはじめていた。

強い風で雨が横殴りに降り、森の木々から滝のように水が流れ落ちる。山の頂上では、パラシュートがふくらんで動きだした。人影がずるずる立ちあがり、体の向きを変え、雨の降る大気のなかを揺れながら、高い樹林のてっぺんを頼りない足どりで歩きだした。人影が下へ下へと降りてきて、砂浜までやってくると、少年たちは悲鳴をあげて闇のなかへ逃げこんだ。人影はなおもパラシュートに運ばれ、足で水面に筋を残しながら礁湖を渡り、環礁にぶつかってそれを乗りこえると、外海に出ていった。

真夜中近くに雨はやみ、雲は流れ去った。空はまた信じがたいほどの数の星の光でいっぱいになった。風もやみ、聞こえるのは岩の亀裂を流れる水や、木の葉の一枚一枚からしたたる水の音だけになった。それから水の音さえもやんだ。〈獣〉はほの白い砂浜で体をまるめて横たわり、血の染みは少しずつひろがっていった。

礁湖の岸には燐光の筋ができて、潮が満ちるにつれてごくわずかずつ内陸のほうへ寄ってきた。澄んだ水は鏡となって澄んだ空の明るい星座を映した。燐光は砂粒や小石にあたって明るさを増した。燐光はひと粒ひと粒が立てる微小な波に緊張して光り、ついで無音の言葉をつぶやいてその砂粒や小石を受けいれると、またつぎに進んでいった。

浅瀬の岸のほうに寄せてくる透明な水のなかには、燃える目をした、月光でできているような体をもつ奇妙な生き物がたくさんいた。ところどころで大きめの石が自身の凹みに空気をつけたまま離さず、真珠色の膜におおわれていた。海水は雨でぽつぽつ穴のあいた砂の上にあふれて、すべてを銀色の膜でならした。いま海水はひき裂かれた死体から染みだした血の端のほうに触れ、生き物たちは動く光の切れはしとなって死体のまわりに集まった。海水はさらに上昇して、サイモンの硬い髪を光で飾った。頬の輪郭は銀色になり、肩のまるみは大理石の彫像を思わせた。燃える目をもち気泡の尾を引くあの奇妙な生き物は頭のまわりにまとわりついた。死体が砂地から数ミリ浮きあがった。口から泡がひとつ、濡れた音をさせて出た。水に浮いた死体はゆっくりと向きを変えた。

世界の暗い曲線のむこうのどこかで、太陽と月が互いをひきあっていた。地球という惑星の水の薄膜はひっぱられて、一方の側がふくれあがり、そのあいだに固い核の部分は回転した。大きな潮流は島に沿って進んでいき、水位を高めた。サイモンの死体は、それ自体が銀色に光る物体だが、明るく光る詮索好きの夜光虫にまわりを囲まれて、ゆっくりと外海のほうへ動いていった。

第十章　ほら貝と眼鏡

ピギーは近づいてくる人影を用心深い目で見つめた。近ごろは眼鏡をはずして、残っているレンズを反対側の目にあてたほうがよく見えることに気づいて、ときどきそうする。だが、いいほうの目でレンズごしに見ても、ラルフは見間違えようもなくラルフだった。あんな事件があったあとでもそうだった。ラルフは椰子の木立から、足をひきながら出てきた。全身が汚れ、ぼうぼうにのびた黄色い髪には枯れ葉がひっかかっていた。片頬が腫れて、そちら側の目が細くなっている。右の膝には大きな瘡蓋ができていた。ラルフは立ちどまり、低い台地にいる人影を見た。

「ピギー？　残ったのはきみだけか」

「おチビも何人かいるよ」

「それはどうでもいい。大きい子はいないのか」

「ええと――サムネリックがいるよ。薪を拾いにいった」

「ほかにはいないのか」

「いないと思うよ」

ラルフは台地へ慎重にあがった。硬い草は、集会場の少年たちがすわった場所でまだすり切れていた。壊れやすい白いほら貝はまだつるつるした丸太の上で光っていた。ラルフは、ほら貝をわきに置いた隊長席と向きあい、草の上に腰をおろした。ピギーはその左側にひざまずく。たっぷり一分ほど沈黙がつづいた。

それからようやくラルフが咳払いをし、何かささやいた。

ピギーがささやき返した。

「いまなんていった?」

ラルフは普通の声で答えた。

「サイモンなんだ」

ピギーは無言のまま、厳粛にうなずいた。ふたりはなおもじっとすわり、隊長席ときらきら光る礁湖を弱った目で見つめていた。緑の光と、太陽の光のつややかな切れはしが、ふたりの汚れた体の上で戯れていた。

やがてラルフは腰をあげ、ほら貝を手にとった。愛おしむように両手でもち、しゃがみこんで丸太にもたれた。

「ピギー」

「うん？」

「これからどうしよう」

ピギーはほら貝を顎で示した。

「それで――」

「集会を召集しろって？」

ラルフがそういって、へっ！　と鋭く笑ったので、ピギーは顔をしかめた。

「いまでもきみが隊長なんだ」

ラルフはまた笑った。

「ぼくたちの隊長なんだよ」

「ほら貝をもっているもんな」

「ラルフ！　そんなふうに笑うのはやめてくれ。そんなことしなくてもいいじゃないか、ラルフ！　ほかの連中がどう思う？」

ラルフはようやく笑いやんだ。ぶるぶる震えていた。

「ピギー」

「うん？」

「あれはサイモンだったんだ」

「それはさっき聞いた」

「ピギー」

「え？」

「あれは殺人だったんだ」

「やめてくれって！」ピギーはかん高い声でいう。「そんなことといってなんになる」

ピギーはぱっと立ちあがり、ラルフを見おろしていった。

「あんときは暗かった。みんなあの——馬鹿くさい踊りをやってた。雷が光って、鳴って、雨が降ってた。ぼくたちは怖かったんだよ！」

「ぼくは怖くなかった」ラルフはゆっくりといった。「ぼくは——どうだったのかわからない」

「ぼくたち怖かったんだよ！」ピギーは興奮していった。「何が起きてもおかしくなかったから。あれは——きみのいってるようなことじゃなかったんだ」

ピギーは適切な言葉を探してさかんに手ぶりをした。

「ああ、ピギー！」

ラルフの低い、打ちのめされた声に、ピギーは手ぶりをやめた。背をかがめて、つづきを待った。ラルフはほら貝を抱きかかえて、前後に体を揺らしていた。

「わからないのか、ピギー。ぼくたちがやったことは——」

「もしかしたら、サイモンはまだ――」

「そんなはずない」

「ふりをしただけかも――」

だが、ラルフの顔を見て、ピギーは途中でやめた。

「きみは外にいた」ラルフはいった。「輪の外にいた。なかにいたとはいえなかった。だから見ていないんだ、ぼくたちが――あいつらがやったことを。そうだろう？」

ラルフの声には嫌悪がこもっていた。が、それと同時に、熱に浮かされたような興奮も混じっていた。

「きみは見ていないんだろう、ピギー」

「よくは見えなかった。もう片目しか見えないから。それは知ってるだろ、ラルフ」

ラルフは前後に揺れつづけた。

「あれは事故だ」ピギーは出し抜けにいった。「そうだ。事故だったんだ」また声がかん高くなった。「真っ暗ななかで――あんなふうに暗がりから這って出てくるのがいけない。サイモンは変わった子だった。自業自得なんだ」また大きな手ぶりをした。「あれは事故だったんだ」

「きみはあいつらが何をしたか見ていない――」

「ねえ、ラルフ。それは忘れなきゃだめだ。そんなこと考えたっていいことは何もない。

そうだろ？」

「ぼくは怖いんだ。自分たちのことが。ぼくは家に帰りたい。ああ、ほんとに帰りたい」

「あれは事故だったんだ」ピギーは頑固にいった。「それだけのことだ」

ピギーはラルフの裸の肩に手を触れた。ラルフは人間との接触に身を震わせた。

「それと、ラルフ」ピギーはすばやく周囲を見まわしてから、ラルフのほうへ身を傾ける
――「ぼくたちがあの踊りに加わってたことは知られちゃいけない。サムネリックに知られちゃいけないよ」

「でも加わっていた！　みんな加わっていた！」

ピギーは首をふった。

「ぼくたちは最後まで加わってたわけじゃない。暗かったから、ぼくたちがあそこにいたことには誰も気づいてないはずだ。それにきみはいったろ。ぼくは輪の外にいただけだって――」

「ぼくだってそうだ」ラルフは小声でいった。「ぼくも輪の外にいた」

ピギーはうんうんとうなずいた。

「そうだよ。ぼくたちは外にいたんだよ。何もしてないし、何も見てないんだ」

ピギーは言葉を切り、それからまたつづけた。

「ぼくたちだけで暮らしていこうよ。四人だけで――」

「四人だけか。それじゃ火を燃やしつづけられない」

「やってみようよ。ほら、この火はぼくがつけたんだ」

サムネリックが森から大きな丸太をひきずってきた。それを火のそばへ置き、プールのほうへ行こうとした。ラルフはぱっと立ちあがった。

「おうい、ちょっと！」

双子はちらりとふりかえっただけで、また歩きだした。

「泳ぎにいくんだよ、ラルフ」

「じゃ、いい」

双子はラルフを見てびっくりしていた。顔を赤くして、ラルフのわきのほうへ視線を投げてきていった。

「やあ、おはよう、ラルフ」

「ぼくたち森にいたんだ——」

「——薪をとりにね——」

「——ゆうべ、道に迷っちゃったんだ」

ラルフは自分のつま先を見つめていた。

「あの……あとで、道に迷ったのか」

ピギーは眼鏡のレンズを拭いた。

「宴会のあとでね」サムが喉に詰まったような声でいった。エリックはうなずいた。「そう、宴会のあとで」

「ぼくたちは早めにひきあげたんだ」ピギーが急いでいった。「疲れてたから」

「ぼくたちも――」

「――かなり早めにひきあげたよ――」

「――ものすごく疲れてたから」

サムは額のすり傷にちょっと触れてから、急いで手を離した。エリックは唇の切れたところに指をあてた。

「そうなんだ。ぼくたちすごく疲れてたんだ」サムはまたいった。「だから早めにひきあげたんだよ。愉しかった？　あの――」

知っていても口に出せない事柄で、空気が重苦しかった。サムは身をよじってから、嫌な言葉をぽんと投げだした。「――踊り」

自分たちが加わらなかった踊りの記憶に、四人の少年はひきつけを起こしたように身を震わせた。

「ぼくたち早めにひきあげたんだ」とピギーはいった。

〈城岩〉と島の本体をつなぐくびれの部分に来たとき、ロジャーは誰何《すいか》されたが、驚きもしなかった。怖ろしい夜のあいだ、部族の少なくとも何人かは島のいちばん安全な場所で恐怖に耐えようとするだろうとあてにしていたからだ。

鋭い声は高いところから飛んできた。そこでは岩が、大きいものから少しずつ小さいものへと、バランスをとりながらいくつか積み重なっていた。

「とまれ！ 誰だ」

「ロジャーだ」

「よし、前に進め」

ロジャーは前に進んだ。

「誰だか見りゃわかるだろう」

「とにかく誰何しろと隊長に命令されているんだ」

ロジャーは上をあおいだ。

「ぼくが勝手に登っていったら、きみたちにはとめられないだろう」

「そうかな。じゃ登ってくるといい」

ロジャーは崖の階段状の岩を登りはじめた。

「こっちを見てみろ」と上の少年がいう。

てっぺんの岩の下に木の棒が突っこまれ、その下に支点となる棒が置かれていた。ロバートがてこに軽く体重をかけると、岩がうめいた。そのまま力をかけつづければ、岩は崖の縁からくびれの部分へ転がり落ちていくだろう。ロジャーは感心した。

「彼は本物の隊長だな」

ロバートはうなずいた。

「ぼくたちも狩りに連れていってもらえるんだ」

そういって、遠くの小屋が並んでいる場所のほうへさっと頭をふりむけた。そこからは白い煙がひと筋、空に立ちのぼっていた。崖の縁に腰かけたロジャーは、陰気な顔で島の本体を眺めやりながら、ぐらついた歯を指でいじった。視線は山の頂上にすえていた。ロバートが、ふたりとも口には出さない事柄から話題をそらした。

「隊長はウィルフレッドを殴るそうだ」

「どうして」

ロバートは疑わしげに首をふった。

「わからない。隊長は何もいわないから。ものすごく怒って、ウィルフレッドを縛りあげろと命令したよ。ウィルフレッドは」——興奮してくすくす笑った——「もう何時間も縛られたままだ——」

「隊長は理由をいわないのか」

「ぼくは聞いてない」

熱い陽射しのもと、大きな岩の上にすわったロジャーは、その話をひとつの啓示と受けとめた。歯をいじるのをやめ、じっとすわったまま、責任感にとぼしい権威者であるジャックのもつ可能性に同化しようとした。それから無言で岩からおり、部族のほかのメンバーたちがいる洞窟のほうへ向かった。

隊長は洞窟ですわっていた。上半身裸で、顔は白と赤で塗りつぶされている。部族はその前で半円形をつくっていた。そのうしろでは、ぶちのめされ、縄を解かれたばかりのウィルフレッドが、大きな声で泣きじゃくっていた。ロジャーはほかの者に混じってしゃがんだ。

「明日、また狩りをする」隊長のジャックはいった。

槍で野蛮人もどきの少年の誰彼を指し示した。

「何人かはここに残って洞窟を居心地よくしたり、門を守ったりするんだ。ぼくは何人かの狩人を連れて肉をもってくる。門の警備陣は例の連中が忍びこまないよう気をつけること――」

ひとりの野蛮人が手をあげた。隊長は戦化粧をした冷酷な顔をそちらに向けた。

「なんでやつらは忍びこもうとするのかな、隊長」

隊長はまじめな口調で曖昧な返事をした。

「やつらは来る。ぼくたちのやってることを台無しにするために。だから警備陣は用心しなくちゃいけない。それと――」

隊長は間を置いた。その口からびっくりするほど鮮やかなピンク色の三角形が出て、唇をなめ、また口のなかに消えるのを少年たちは見た。

「――それと、〈獣〉がまた襲ってくるかもしれない。覚えているだろう。やつは這って――」

半円形の部族は身震いをし、同意のつぶやきを漏らした。

「〈獣〉は――変装してやってきた。ぼくたちが豚の頭を捧げても、また来るかもしれない。だから見張るんだ。用心するんだ」

スタンリーが、もたせかけていた岩から腕をもちあげ、質問があるという仕草で指を立てた。

「なんだ」と隊長。

「でも、ぼくたち、殺してしまったんじゃ――？」

隊長は身をひねってスタンリーを見おろした。

「ちがう！」

つづく沈黙のなか、どの野蛮人もそれぞれの記憶に身をすくめた。

「そうじゃない！　どうやって――あれを――殺せるというんだ」

半分はほっとした気持ち、半分はさらに恐怖が襲いくる可能性への怯えから、野蛮人たちはまたひそひそ話をした。

「だから山のことはそっとしておけばいい」隊長は厳かにいった。「狩りにいったら、頭を捧げればいいんだ」

スタンリーがまた指をふった。

「〈獣〉は変装してくるんじゃないかな」

「たぶんそうだろう」隊長はいった。神学的な思索の言葉が口をついて出た。「〈獣〉とはなんとかうまくつきあっていくしかない。何をしてくるかわからないからな」

部族はそれについて考えた。それから、突風に打たれたかのように身を震わせた。隊長は自分の言葉がもたらした効果を見てとると、ふいに立ちあがった。

「でも、明日は狩りにいこう。肉を手に入れて、宴会をして――」

ビルが手をあげた。

「隊長」

「なんだ」

「火はどうやって熾せばいいんだろう」

隊長の赤面は、白と赤の粘土染料で隠された。だが、隊長が迷って黙っているあいだに、また部族はささやきをかわした。隊長が片手をあげた。

「火はもうひとつのグループからとってくることにしよう。いいか、明日は狩りをして肉をとる。だがその前に、今夜、ぼくはふたりの狩人を連れて出撃する――いっしょに行きたいのは誰だ」

　モーリスとロジャーが手をあげた。

「モーリス――」

「はい、隊長」

「やつらの火はどこにある」

「前に焚き火をした岩場に」

　隊長はうなずいた。

「ほかの者は陽が沈んだら寝てもいい。でも、ぼくとモーリスとロジャーの三人は仕事にとりかかる。陽が沈むちょっと前に出発して――」

　モーリスが手をあげた。

「でもし、途中であいつと出くわしたら――」

　隊長は手をひとふりして異議をしりぞけた。

「われわれは砂浜を歩いていく。あいつと出くわしたら、またあの踊りをやるんだ」

「三人だけで？」

　またしても、ひそひそ話が起こり、静まった。

　ピギーはラルフに眼鏡を渡すと、またそれを返してもらって視力を取り戻せるときを待った。薪は湿っていて、着火するのは三度めだった。ラルフはうしろにさがり、独り言をいった。

「もう火のない夜はごめんだ」

それから、そばに立っている三人の少年を後ろめたそうな顔で見た。ラルフはいま初めて、焚き火にふたつの効用があることを意識したのだった。ひとつはもちろん煙が合図になるということだが、もうひとつは、暖炉がわりになって寝るまでの時間に安らぎを与えてくれるということだ。エリックが息を吹きかけると、薪が小さな炎をあげはじめた。黄色みがかった白い煙が立ちのぼった。眼鏡を返してもらったピギーは心地よさそうに煙を見た。

「ラジオがつくれたらな！」

「飛行機も――」

「――船も」

ラルフは、徐々に忘れていきつつある世界についての知識をかき集めた。

「救助されても、共産国の捕虜になるかもしれないな」

エリックは髪をかきあげた。

「そのほうがましだろうね。あいつらより――」

あいつらとは誰のことか、エリックははっきりいわなかったが、サムが砂浜のむこうのほうへ顎をしゃくって、説明をおぎなった。

　ラルフはパラシュートからぶらさがったぶざまな人影を思いだした。

「サイモンは死んだ人がどうとかいっていたけど――」ラルフは自分が踊りの場にいた事実を認めてしまったことで、痛いほど顔を紅潮させた。焚き火から煙があがることを促すような身ぶりをした。「消しちゃだめだ――どんどん焚かないと！」

「煙が薄くなってきた」とピギー。

「もっと薪をくべるんだ。濡れたやつでもいいから」

「ぼく、喘息が――」

　ラルフはお決まりの反応をした。

「ケツの汚れ《アス・マー》はもういいって」

「丸太をひきずると喘息の発作が起きるんだよ。自分でも嫌んなるけど、しょうがないんだ」

　ピギー以外の三人は森に入って腐った木を腕いっぱいに抱えてきた。また黄色い煙が濃くあがりはじめた。

「何か食べよう」ラルフがいった。

　四人は槍をもち、果物の林へ行って、ほとんどものをいわずに急いで腹に食べ物を詰めこんだ。森から出ると、太陽は沈みかけていた。焚き火は炭火だけになり、煙は出ていない。

「もう薪は運べないよ」エリックがいった。「疲れちゃった」

ラルフは咳払いをしていった。

「山の上じゃ消さずに燃やせたぞ」

「山の上の焚き火は小さかったもの。こっちは大きくなくちゃいけないんだ」

ラルフは木切れをひとつ火に投じて、煙が夕闇に溶けこむのを眺めた。

「とにかく火を燃やしつづけないと」

エリックがばったり倒れた。

「もうへとへとだ。だいいち、なんになるの、こんなこと」

「エリック!」ラルフが衝撃を受けたような声でいった。「そんなことといっていちゃだめだ!」

サムがエリックのそばにすわっていった。

「で——なんになるわけ?」

ラルフは憤慨しながら思いだそうとした。火を燃やせば何かいいことがあったはずだ。とてもいいことがあったはずだ。

「それはラルフが何度もいったろ」ピギーが不機嫌にいった。「救助されるにはそれしかないって」

「それだ！」とラルフ。「煙をあげていないと――」

夕闇が濃さを増していくなか、ラルフは三人の前でしゃがんだ。

「わからないのか。ラジオが欲しい、船が欲しいといっていてもだめなんだ」

片手をかかげ、指をまげて拳に握った。

「ここから抜けだす方法はただひとつだ。狩りごっこも肉をとるのも、誰にだってできる――」

ラルフは顔から顔へ目を移した。だが、熱い確信が最大限に高まったそのとき、頭のなかで幕がばさっとひかれ、何をいおうとしていたかを忘れた。ラルフはしゃがんで、片手を握りしめたまま、厳粛な目で仲間をひとりずつ見た。それから幕が取り去られた。

「ああ、そうだ。煙を出さなくちゃいけないんだ。もっと煙を――」

「でも、ずっと出してるのはむりだよ！　ほら、あれ見てよ！」

火が消えかけていた。

「ふたりずつ火の番をしよう」ラルフは半分ひとりごとのようにいった。「十二時間ずつだ」

「もう薪をとってくるのはむりだよ、ラルフ――」

「――こんなに暗くちゃ――」

「――夜はむりだ――」

「毎朝、火をつければいい」ピギーがいった。「どうせ暗いときは煙なんか見えないから」

サムが勢いこんでうなずいた。

「山の上で焚き火するのとは――」

「――ちがうんだよ」

ラルフは立ちあがった。闇が押してきて、妙に自分を無防備に感じた。

「じゃ、今夜は火が消えたままにしておこう」

ラルフは先に立って第一の小屋におもむいた。それは傷んではいたが、まだ建っていた。枯れ葉の寝床は触れるとばりばり乾いた音を立てた。隣の小屋ではおチビがひとり、寝言をいっている。ラルフたちは小屋にそっと入り、枯れ葉の下に体を埋めた。双子は並んで寝て、ラルフとピギーが反対側に並んで寝た。しばらくは四人が居心地のいい姿勢を探して、がさがさ音を立てていた。

「ピギー」

「うん？」

「大丈夫かな」

「たぶん」

やがて、ときどき葉がこすれる音がする以外、小屋は静かになった。壁には明るい星くずで怖さをやわらげられた四角い闇がひらき、そこから珊瑚礁の波のこもった音が入ってきた。ラルフは毎晩する、もしこうだったらという遊びを始めた……

　もしジェット機で故国へ連れて帰ってもらえることになったら、夜が明ける前にウィルトシャー州のあの大きな空港に着陸するだろう。それから車に乗る。いや、完璧なのは列車だ。列車でデヴォン州まで行き、あの平家に帰るのだ。そうすれば庭のはずれに野生のポニーがやってきて、石塀ごしにこちらを覗くだろう……

　ラルフは枯れ葉のなかで、落ちつきなく寝返りを打った。ダートムーア（デヴォン州南部の湿原地帯）も、そこに住むポニーも、野性味に富んでいた。だが、ラルフはもう野性味などに魅力を感じなかった。

　ラルフの心は野趣のかけらもない街のほうへ滑っていった。明るい照明がともり、自動車がたくさん並んでいるバスターミナルほど安心できる場所がほかにあるだろうか。

　すぐにラルフは一本の街灯柱のまわりを踊りながら回りはじめた。そのうち一台のバスがゆっくりと出てきたが、それは奇妙なバスで……

「ラルフ！　ラルフ！」

「なんだ」

「そんな大きな声出さないでよ――」

「ごめん」

小屋の反対側の端の暗がりから怖ろしいうめき声が聞こえてきた。ラルフとピギーは恐怖のあまり枯れ葉をやかましく鳴らした。サムとエリックが寝ぼけて取っ組み合いをしているのだった。

「サム！　サム！」

「おい——エリック！」

すべてがまたしんと静まった。

ピギーがラルフに小声でいった。

「ここから脱けださなくちゃ」

「どういう意味だ」

「救助してもらわなくちゃ」

この日初めて、暗闇のなかにいるにもかかわらず、ラルフはくすくす笑った。

「まじめな話だよ」ピギーはささやいた。「早いとこ国に帰らないと、頭が変になっちまう」

「いかれちゃうね」

「戦争ノイローゼになるよ」

「パーになるね」

ラルフは湿った前髪を目からかきのけた。

「きみは叔母さんに手紙を書けばいいじゃないか」

ピギーはまじめに考える顔でいった。

「いまどこにいるかわかんないんだよね。封筒と切手もないし。郵便ポストもないし。郵便局の人もいない」

このちょっとした冗談がうけた。ラルフはくすくす笑いがとまらなくなり、体をひくつかせた。

ピギーはしかつめらしくたしなめた。

「そこまで面白いことをいったつもりはないけどなあ――」

ラルフはそれでも笑いつづけて、しまいには胸が痛くなってきた。体をひくつかせすぎて疲れてしまい、息を切らしてぐったりと横になっていた。なんだか悲しくなり、また笑いの発作が起きないかと待つ気持ちになった。こうして静かになっているあいだに、睡魔に襲われて眠りこんだ。

「――ラルフ！　また叫んでるよ。静かにしてよ、ラルフ――だって、ほら」

ラルフは枯れ葉に埋もれた上体を起こした。夢を中断されたことでほっとした。というのも、例のバスがだんだん近づいてきて、はっきり見えてきたからだ。

「だってって――どうしたんだ」

「静かに――耳をすまして」

ラルフが上体をそっと横たえると、その動きにあわせて枯れ葉が長いため息をついた。エリックがうめくような声を出しながら身じろぎしたが、また静かになった。闇は星を無益に散らした四角い部分を除いて、毛布を重ねたように分厚かった。

「何も聞こえないぞ」

「外で何か動いてるんだ」

ラルフは頭がちくちく痛んだ。血の脈打つ音でほかの音がまったく聞こえない。が、まもなく痛みはおさまった。

「なんにも聞こえないけどな」

「じっと耳をすますんだ。しばらくのあいだ」

音がかなりはっきりと、粒だって聞こえた。小屋の一メートルほどむこうで、木の棒がぱきっと折れる音だった。ラルフの耳のなかで、また血が吠えはじめた。頭のなかで混乱した像が互いに追いかけ合いをした。そんな音と像の混ざり合いが、小屋のまわりをうろついていた。ピギーの頭が肩に押しつけられ、痙攣するような手が肩をつかんでいるのが感じられた。

「ラルフ！　ラルフ！」

「しっ。あれを聞け」

ラルフは〈獣〉がおチビたちを狙ってくれますようにと必死で祈った。

外で怖ろしいささやき声がした。

「ピギー――ピギー――」

「来た！」ピギーが息をのむ。「ほんとにいるんだ！」

ピギーはラルフにしがみつき、なんとか息をしようとした。

「ピギー、出てこい。外に出てこい、ピギー」

ラルフはピギーの耳に口をつけた。

「何もいうな」

「ピギー――どこにいる、ピギー」

何かが小屋のうしろをこすって通りすぎた。ピギーはじっとしていたが、ふいに喘息の発作を起こした。背中をまるめて枯れ葉のなかで脚をばたばたさせた。ラルフは体を転がしてピギーから離れた。

それから小屋の入り口で、荒々しいどなり声がひとつしたかと思うと、いくつかの生き物たちが飛びこんできた。誰かがつまずいた。ラルフとピギーがいるあたりではどなり声と、ばさばさ飛び散る枯れ葉と、ふりまわされる手足が入り乱れた。ラルフは拳を飛ばした。たちまちラルフと十数人いるように思える者たちは上になり下になり、殴りあい、噛みつきあい、ひっかきあった。服を裂かれ、殴られた。口に指が入ってきたので噛んだ。拳がうしろにひかれ、ピストンのように戻ってきた。小屋のなか全体が光に満ちた。ラルフは横に体をひねった。誰かののたうちまわる体の上に乗った。頬に熱い息がかかった。拳をハンマーがわりに、自分の下にいる誰かの口を殴りはじめた。どんどんヒステリックに、はげしく殴りつづけるうちに、相手の顔がぬらぬらしてきた。股間に膝を突きあげられ、ラルフは横に倒れた。痛みにうめいていると、格闘の相手が体を転がして上に乗ってきた。やがて小屋が完全につぶれた。誰だかわからない何人かの人間がもがきながら外に出ようとした。黒い人影がいくつか小屋の残骸から這いでて、飛ぶように走り去った。ふたたびおチビたちの悲鳴とピギーのあえぎ声が聞こえるようになった。

ラルフは震え声でどなった。

「おチビたちはみんな寝ろ。べつのグループと喧嘩しただけだ。さあ寝るんだ」

サムネリックがそばへ来てラルフを見た。

「ふたりとも大丈夫か」ラルフは訊いた。

「たぶん大丈夫だけど――」

「――殴られた」

「ぼくもだ。ピギーはどうしてる」

三人はピギーを小屋の残骸からひきだして、木の幹を背にすわらせた。夜の空気は涼しく、さしせまった恐怖はきれいになくなっていた。ピギーの呼吸は少し楽になっていた。

「怪我をしていないか、ピギー」

「なんでぼくたちをほっ

「いまのはジャックと狩猟隊だ」ラルフは苦い口調でいった。「なんでぼくたちをほっとといてくれないんだろう」

「恨まれているんだよ」サムがいった。根が正直なので、あとをつづけずにはいられなかった。「少なくともきみは恨みを買っているよ。ぼくもとばっちりで、隅っこでやられた」

「ぼくはひとりを懲らしめてやった」ラルフはいった。「思いきりぶん殴ってやったよ。しばらくは喧嘩を売りにきたがらないんじゃないかな」

「ぼくもやったよ」とエリック。「目を覚ましたとき、顔を蹴られたんだ。ぼくの顔、きっと血だらけだよ、ラルフ。でも、やっつけてやった」

「何をしたんだ」

「膝を突きあげてやった」エリックは得意げにいった。「タマにまともにあたったよ。あいつのぎゃっという声、きっと聞こえたはずだよ！　あいつもしばらくは来ないと思うな。だからぼくたち、わりとよくやったんだよ」

ラルフは闇のなかで急に動いた。が、そのときエリックが口に指を入れて何かしている音が聞こえた。

「どうした」

「歯が一本、ぐらぐら」

ピギーが両膝を胸にひきつけた。

「大丈夫か、ピギー」

「あいつら、ほら貝をとりにきたと思ったんだけど」

ラルフはほの白い砂浜を走って低い台地に飛びあがった。ほら貝は隊長席の隣で光っていた。ラルフはしばらくそれを見てから、ピギーのところへ戻った。

「ほら貝はとられていないよ」

「知ってる。目的はほら貝じゃない。べつのものだったんだ。ラルフ——ぼく、どうしたらいいんだ」

遠く離れた、砂浜がまがっていくところを、三つの人影が〈城岩〉にむかって早足で歩いていた。三人は森から離れ、波打ちぎわをたどっていた。ときどき小さな声で歌を歌った。燐光の動く帯のわきで側転をしたりもした。着実な足どりで先頭を行く隊長は、自分のなしとげたことに高揚していた。いまこそ本物の隊長となったのだ。手にした槍を突きあげる仕草をした。その左手からは、片方のレンズが割れたピギーの眼鏡がぶらさがっていた。

第十一章　〈城《キャッスル》・岩《ロック》〉

明け方の短いあいだだけ味わえる涼気のなか、四人の少年は黒い焚き火跡のまわりに集まった。ラルフが膝をついて息を吹きかけていた。白っぽい灰がふわふわ動いたが、火が輝く気配はなかった。双子は不安げに見つめ、ピギーは近視のぼんやり光る壁のうしろで無表情にすわっている。ラルフは息を吹きつづけた。力みすぎて耳鳴りがしだした。やがて夜明けの最初の風が吹きはじめて、仕事を引き継いでもらえたが、かわりに目に灰が入った。ラルフはしゃがんだ姿勢になり、くそっといいながら目をこすった。

「だめだ」

エリックが乾いた血の仮面ごしにラルフを見おろした。ピギーはラルフのいるおおよその方向を見ていった。

「そりゃだめさ、ラルフ。これで火はなくなっちまった」

ラルフは顔をピギーの顔から五、六十センチのところへもってきた。

「ぼくが見えるかい」

「ぼんやりとね」

ラルフは目をみはるのをやめた。片方の目が頬の腫れのせいでまた閉じた。

「ぼくたちの火はあいつらがもっている」

ラルフはそういったあと、声を張りあげた。

「あいつらが盗んだんだ！」

「そう、あいつらの仕業だ」ピギーがいった。「おかげでぼくは目が見えない。ジャック・メリデューってそういうやつなんだ。集会を召集してよ、ラルフ。どうするか決めなくちゃいけない」

「ぼくたちだけの集会かい？」

「それしかない。サム——ちょっとつかまらせてよ」

四人は低い台地のほうへ歩きだした。

「ほら貝を吹くんだ」とピギー。「できるだけ大きな音で」

森にほら貝の音がこだました。大昔の最初の朝と同じように、鳥は鳴きわめきながら梢から飛びたった。砂浜はどちらの方向を見ても無人だった。何人かのおチビが小屋から出てきた。ラルフはつるつるの丸太に腰かけ、三人の大きい少年がその前に立った。ラルフがうなずくと、サムネリックは右側にすわった。ラルフはほら貝をピギーの両手に押しつける。ピギーは光る貝を用心深く抱えて、瞬きをしながらラルフを見た。

「発言してくれ」ラルフがいった。

「ぼくがほら貝をもったのは、このことをいうためだ。ぼくはもう目が見えない。眼鏡を取り返さなくちゃいけない。この島では怖ろしいことがいくつか起きた。ぼくはラルフを隊長にする案に賛成した。いままでまともなことをしてきたのはラルフだけだ。だから、いってくれ、ラルフ、どうしたらいいか——そうでないと——」

ピギーはいいさして、すすり泣いた。腰をおろすピギーから、ラルフがほら貝を受けとった。

「ただ普通に焚き火をする。それくらいできそうなものじゃないか。合図の煙をあげて、救助してもらう。ぼくたちは野蛮人なのか。どうなんだ。いま合図の煙はあがっていない。近くを船が通っているかもしれないのに。あいつが狩りに出かけているあいだに、火が消えて、そのとき船が通りかかったことがあった。あのことは覚えているだろう。なのにみんなはあいつが隊長にふさわしいと思っているんだ。それから、あのこと……あのことも、あいつのせいだ。あいつがいなければ、あれは起こらなかった。それから、ピギーの目が見えなくなった。そしてあいつらは——」ラルフの声がうわずった。「——夜、真っ暗ななか、ぼくたちの火を盗んでいった。盗みをした。頼まれれば、火は分けてやったんだ。

なのに盗んでいった。合図の煙は消えた。これじゃ救助してもらえない。いっていることがわかるか。火はちゃんと分けてやったのに、盗んでいったんだ。ぼくは――」

脳のなかで幕がひかれ、ラルフは言葉に詰まった。ピギーが両手をのばしてほら貝をとった。

「で、どうする気なんだ、ラルフ。これじゃ何も決まらないよ。ぼくは眼鏡を取り返したいんだ」

「いま考えようとしているんだよ。こうしたらどうかな。体を洗って、髪をとかして、昔みたいなちゃんとした恰好になって、乗りこむんだ――だって、ぼくたちは野蛮人じゃないんだし、救助されるかどうかは、ゲームなんかじゃなくて――」

ラルフはふさがっているほうの目も見開いて、双子を見た。

「身だしなみを整えて行くんだ――」

「槍をもっていくほうがいいね」サムがいった。「ピギーももつんだ」

「――だって、要るかもしれないからさ」

「ほら貝をもたずに発言しちゃだめだ！」

ピギーはほら貝をもちあげた。

「きみたちは槍をもってってもいいけど、ぼくはやめとく。意味ないからね。犬みたいに紐つけて連れてってもらわなきゃいけないくらいだ。ああ、笑っていいよ。ほら笑いなよ。

笑うといえば、むこうの連中はどんなことでも笑うだろう。それでどうなった。大人が知ったらどう思う。サイモンは殺された。それからあの顔に痣のあった子。あの子をその後見たやつはいるのか」

「ピギー！　ちょっと待て！」

「ほら貝はぼくがもってる。ぼくはいまのことをあのジャック・メリデューにいってやるつもりだ」

「ひどい目にあうぞ」

「いま以上の何をされるってんだ。ぼくははっきりいってやる。ぼくにほら貝をもっていかせてよ、ラルフ。あいつがもってないものを見せてやるんだ」

ピギーは言葉を切り、ぼやけた周囲を見まわした。以前の集会の名残である踏みつけられた草が、耳を傾けていた。

「ぼくはほら貝をもってあいつのところへ行く。あいつにほら貝をつきつけてやる。ぼくはこういうんだ。いいか、きみはぼくより強いし、喘息持ちじゃない。両目でちゃんとものが見える。だけど、ぼくはきみに眼鏡を返してくれとお願いしたりはしない。卑怯な真似はやめてくれと頼んだりはしない。きみが強いからお願いするんじゃないんだ。正しいことは正しいことだから返せと要求するんだ。さあ、眼鏡を返せ——返さなきゃだめだ！ぼくはそういってやるんだ」

ピギーは話し終えると、顔を赤らめて、体を震わせた。早く手離してしまいたいというようにほら貝をラルフの両手に押しつけ、目の涙を拭いた。緑の光が四人をやわらかく包み、壊れやすそうな白いほら貝はラルフの足もとに置かれた。ピギーの指のあいだから涙が一滴こぼれ、星のようにきらりと光って、繊細な曲線を描くほら貝の上に落ちた。

ラルフは背をまっすぐ起こし、髪をうしろへかきのけた。

「いいだろう。きみの――やりたいようにやるといい。ぼくたちもいっしょに行く」

「あいつは顔に色を塗っているよ」サムがおどおどといった。「あいつがどんなふうかはわかるだろう――」

「――ぼくたちのことなんてなんとも思わないよ――」

「――あいつが怒ったら、ぼくたちはおしまいだよ――」

ラルフは顔をゆがめてサムを睨んだ。サイモンが前に岩場で自分にいったことを思いだした。

「馬鹿なことをいうな」ラルフはそういい、急いでつけ加えた。「行こう」

ほら貝をピギーに差しだした。ピギーは、今度は誇らしさから顔を赤らめた。

「きみがもたなくちゃ」ラルフはいった。

「出発する準備ができたら、ぼくがもつよ――」

ピギーは、どうしても自分がほら貝をもっていきたいという熱い気持ちをうまく伝えられる言葉を頭のなかで探した。

「――ぼくは平気だ。喜んでもつよ、ラルフ。ただ、ぼくは手をひいてもらわなきゃだめだけどね」

ラルフはほら貝をつるつるの丸太に戻していった。

「何か食べて、それから出発しよう」

四人は食い荒らされた果物の林へ行った。ピギーは果物をとってもらったり、自分で手探りでとったりした。みんなで食べているあいだじゅう、ラルフは午後の対決のことを考えていた。

「昔みたいなちゃんとした恰好で行こう。体を洗って――」

サムは口のなかのものをのみこんでから反対した。

「でも、毎日水浴びしているよ！」

ラルフは目の前の不潔な少年たちを見てため息をついた。

「みんな髪の毛をとかしたほうがいい。長くのびすぎているけどね」

「ぼく、小屋に靴下を置いてあるんだ」エリックがいう。「あれを頭にかぶったらどうかな。帽子みたいに」

「何かで髪の毛をしばるって手もあるよ」ピギーがいった。

「それじゃ女の子みたいだ！」

「嫌だ。ぜったい嫌」

「じゃ、まあいまのままで行こうか。どうせむこうの連中も似たようなものだ」

エリックが押しとどめるような手ぶりをした。

「むこうは顔に色を塗っているよ！　あれはすごく――」

サムとピギーはうなずいた。戦化粧で素顔を隠すと、野蛮な性質が解放されることがよくわかっているのだ。

「いや、ぼくたちは顔を塗らない」ラルフはいった。「野蛮人じゃないからだ」

サムネリックは顔を見あわせた。

「だけど――」

ラルフは叫んだ。

「顔は塗らないんだ！」

ラルフは大事なことを思いだそうとした。

「煙だ」ラルフはいった。「必要なのは煙だ」

すさまじい勢いで双子のほうを向いた。

「煙なんだ！　煙をあげなくちゃいけないんだ！」

沈黙が流れた。聞こえるのは蜂の低い羽音だけだった。しばらくしてピギーが温和な声でいった。

「もちろんそうだ。煙は合図だからね。煙をあげなきゃ救助されない」

「そんなこと知っているよ！」ラルフはどなった。ピギーから腕を離す。「ぼくがそれを知らないとでも――」

「いや、きみがいつもいってることをいっただけだよ」ピギーは急いで弁解した。「ただちょっと――」

「忘れちゃいない」ラルフは大声でいった。「いつだってわかっている。忘れたことなんてないんだ」

ピギーはなだめるようにうなずいた。

「きみは隊長だ、ラルフ。なんだっていつもちゃんと覚えてるよ」

「忘れたことはないんだ」

「もちろんだよ」

双子は好奇の目でラルフを見た。まるで初めて見る相手だとでもいうように。

四人は隊列を組んで砂浜を歩きだした。先頭はラルフで、足を少しひき、槍を肩にかけていた。まぶしい砂浜は陽炎で揺らめき、目には長い髪がかぶさり、頰の腫れで片方の目が閉じているので、視界はよくなかった。そのうしろに双子がつづいた。もともと元気があり余っているふたりだが、いまは不安げな様子をしていた。あまりものはいわなかった。

どちらも木の槍をうしろにひきずっていた。疲れた目を太陽から守るために下を向いて歩いているピギーが、砂の上を滑っていく槍の尻を案内役にできるからだ。ピギーは二本の槍の尻のあいだを歩いた。手をひいてもらわずにすむので、ほら貝を両手で慎重に抱えていることができた。少年たちは小さくまとまった集団をつくって砂浜を進んでいった。四人の足もとでは皿のような影が踊り、重なりあった。嵐の名残はなく、砂浜は磨かれた刃物のようにきれいだった。空と山はとても遠くにあるように見え、熱に揺らめいていた。環礁は蜃気楼の作用でもちあがり、中空にかかった銀色の水溜まりに浮かんだ。

部族が踊った場所にさしかかった。岩場には雨に消された焚き火の焦げた木の枝がまだ残っていたが、波打ちぎわの砂浜はまた滑らかになっていた。四人は無言のままそこを通りすぎていった。部族は〈城岩〉にいると確信していた。その〈城岩〉が見えてくると、いっせいに足をとめた。左手には島でいちばん鬱蒼とした森の、ねじれた枝がからみあってつくる、なかを見通せない黒と緑の闇があり、前方には高い草が揺れていた。ラルフは前に歩を進めた。

この前、探査に行ったときにみんなが伏せていた場所は、いまでも草が押しつぶされていた。くびれの部分があり、その先に〈城岩〉をとりまく岩棚があり、そのまんなかに赤い〈城岩〉が隆起していた。

サムがラルフの腕に触れてきた。

「ほら、煙」

〈城岩〉のむこう側から、細い煙がひと筋、立ちのぼっていた。

「焚き火か――いや、どうかな」

ラルフは背後をふりかえった。

「べつにぼくたち、隠れることはないよ」

ラルフはくびれの部分の手前にひろがる小さな草地の草の壁をかきわけて、そのむこうへ出た。

「きみたちふたりはしんがりを頼む。ぼくが先頭で、ピギーが一歩うしろ。きみたちは槍を構えておくんだ」

ピギーは自分と世界のあいだでぼんやり光っているベールを不安げに見た。

「危なくない？　崖があるんじゃないの？　波の音が聞こえるけど」

「ぼくにぴったりついてくるんだ」

ラルフはくびれのほうへ前進した。石をひとつ蹴った。石ははねて海に落ちた。それから海面が沈みこみ、ラルフの左手、十二メートルほど下に、海草の生えた赤い四角い岩があらわれた。

「危なくない？」ピギーが震え声で訊く。「なんか怖いよ――」

崖の上の、岩が積み重なったところから、突然、叫び声が飛んできた。それから鬨の声を真似た声がしたかと思うと、岩のうしろから十数人の声がそれに呼応した。

「ほら貝をぼくにくれ。じっとしているんだぞ」ラルフはピギーにいった。

「とまれ！　何者だ」

ラルフは上を見あげた。崖の上にロジャーの黒い顔が見えた。

「何者かなんて見ればわかるだろう！」ラルフは叫んだ。「馬鹿な遊びはよせ！」

ラルフはほら貝を口にあてて吹きはじめた。野蛮人の群れがあらわれた。誰だかわからないほど顔を彩色していた。岩棚を回りこんでくびれのほうへやってきた。めいめい槍をもち、〈城岩〉の入り口を守る態勢になった。ラルフは怖がるピギーを無視してほら貝を吹きつづけた。

ロジャーが叫んだ。

「みんな気をつけろ――わかってるな」

ようやくラルフはほら貝から口を離し、息をついた。発した言葉は、最初だけかすれたが、なんとか聞こえた。

「――会を召集する」

くびれを警護する野蛮人たちはひそひそ話しあったが、動かなかった。ラルフは二歩、前に出た。背後で切迫した声がした。

「置いてかないでよ、ラルフ」

「きみはしゃがんでいろ」ラルフは顔を横に向けていいった。「ぼくが戻るまで待っているんだ」

ラルフはくびれのなかほどで立ちどまり、野蛮人たちを見すえた。みんな戦化粧で心が解放されたのか、髪をうしろで縛っていて、自分より楽そうに見える。ラルフはあとで自分も縛ろうと決めた。野蛮人たちに少し待ってもらい、いまこの場で縛りたいくらいだが、それはさすがにできなかった。野蛮人たちは軽く鼻で笑い、ひとりが槍でラルフを指し示した。崖の上ではロジャーが梃子から両手を離し、様子を見るために身を乗りだした。上から見ると、くびれにいる少年たちは自分の影の溜まりのなかに立ち、ぼさぼさの頭しか見えない。しゃがんだピギーは、背中が何かのこんもりした袋のように見えた。

「ぼくは集会を召集する」

沈黙。

ロジャーが小石を拾い、サムとエリックのあいだに、わざとどちらにもあたらないよう投げた。双子はびくっとして上を見た。エリックはよろめいて転びそうになった。ロジャーの体のなかで何かの力の源が脈打ちはじめた。

ラルフはまた大声でいった。

「ぼくは集会を召集する」

そして少年たちに目を走らせた。

「ジャックはどこだ」

少年たちが目を見かわして相談した。彩色した顔のひとつが、ロバートの声でいった。

「いま狩りをしている。きみをなかへ入れちゃいけないといっていた」

「火のことで話しにきたんだ」ラルフはいった。「それとピギーの眼鏡のことで」

ラルフの前にいる少年たちがもぞもぞ動き、震え声で笑った。その高ぶった軽い笑い声は丈の高い岩のあいだで反響した。

ラルフの背後から声が飛んできた。

「なんの用だ」

双子がぱっと前に出て、ラルフと〈城岩〉の入り口のあいだに立った。ラルフはすばやくふりむいた。雰囲気と赤みがかった髪でジャックとわかる少年が、森からこちらへ進んできた。両側に狩人がひとりずつ、背をかがめて歩いてくる。三人とも黒と緑に顔を塗っていた。三人のうしろの草地には首のない雌豚がごろりと転がされていた。

ピギーが泣くような声を出した。

「ラルフ！　ぼくを置いてかないで！」

ピギーは滑稽なほど必死で岩に体を押しつけてしがみついていた。その岩の下では海面がどんどんさがっていく。野蛮人たちの嘲笑がますます大きくなった。

ジャックはその笑いをしのぐ大声で叫んだ。

「帰れ、ラルフ。自分の縄張りにいろ。ここはぼくとぼくの部族の縄張りだ。ぼくのことにかまうな」

嘲笑の声は静まった。

「きみはピギーの眼鏡を盗んだ」ラルフは息をあえがせながらいった。「返さなきゃだめだ」

「返さなきゃだめだ？　誰がそういっているんだ」

ラルフは怒りを爆発させた。

「ぼくがいっているんだ！　きみたちはぼくを隊長に選んだ。ほら貝が聞こえなかったか。きみは汚い手を使った――頼んでくれれば火は分けてやったんだ――」

頬に血が流れ、ふさがった目がずきずきした。

「きみたちも好きなときに火を熾せたんだ。でも、きみは頼みにこなかった。泥棒みたいにこっそりやってきてピギーの眼鏡を盗んだ！」

「もう一ぺんいってみろ！」

「泥棒！　泥棒！」

ピギーが叫んだ。

「ラルフ、ぼくのことも考えてくれ！」

ジャックは駆け寄り、ラルフの胸を槍で突こうとした。だが、ラルフはジャックの腕の動きから槍がどう来るかを察知し、自分の槍の尻のほうで横に払った。そして返す勢いでジャックの耳を打った。ふたりは胸と胸をあわせ、荒い息をして、互いをぐいぐい押しながら睨みあった。

「誰が泥棒だと?」

「きみだ!」

ジャックは身をもぎ離し、槍で殴りかかった。ふたりは合意でもしたように、もうとがった先で突こうとはせず、槍を刀のように使った。ジャックの槍がラルフの槍を打ち、そのまま滑りおりて指を痛打した。それからふたたび身を離した。今度は位置が逆になった。ジャックが〈城岩〉に背を向けて立ち、ラルフが島の本体に背を向けて立った。

どちらも荒い息づかいをしていた。

「さあ来い――」

「そっちこそ来い――」

ふたりは闘争心をむきだしに正面から向きあったが、すぐさま格闘になる距離よりは離れていた。

「さあ来い。目にもの見せてやる!」

「そっちこそ来てみろ――」

ピギーは地面に這いつくばったままラルフの注意を惹こうとした。ラルフはジャックに警戒の目を向けたまま、腰をかがめた。

「ラルフ――ここへ来た目的を思いだしてくれ。火だよ。ぼくの眼鏡だよ」

ラルフはうなずいた。戦闘のため張りつめていた筋肉をゆるめ、楽な姿勢で立ち、槍の尻を地面につけた。ジャックは戦化粧で内心の読めない顔をしてラルフを見つめた。ラルフは崖の上の積み重なった岩を見あげてから、地上の野蛮人たちに目を向けた。

「いいか。ぼくたちの用件はこうだ。まずきみたちはピギーに眼鏡を返さなくちゃいけない。ピギーは眼鏡がなきゃ何も見えないんだ。きみたちのやり方は――」

顔を塗った野蛮人たちが含み笑いをして、ラルフはひるんだ。髪をかきあげ、目の前の緑と黒に塗りわけられた仮面を見つめて、ジャックの素顔を思いだそうとした。

ピギーがささやいた。

「火のことも」

「ああそうだ。火のこともある。もう一回それをいうよ。ぼくたちがこの島に落ちてきてから、何べんもいってきたことだけど」

ラルフは槍を突きだして野蛮人たちに穂先を向けた。

「明るいうちはとにかく合図の煙をあげていなくちゃいけない。それがぼくたちのただひとつの希望なんだ。船が煙に気づいて、ぼくたちを救助して、家に連れて帰ってくれるかもしれないから。煙をあげなかったら、船が偶然この島に来るまでずっと待ってなくちゃいけない。何十年も待たなくちゃいけないかもしれない。そのうちぼくたちは年をとって――」

この世のものではないような、澄んだ笑い声が、震えながら野蛮人たちの口からまき散らされ、こだまを残して消えた。ラルフは憤怒に全身を震わせた。割れた声でいった。

「きみたちにはわからないのか。馬鹿みたいに化粧を塗りたくったりして。サムとエリックとピギーとぼく――この四人だけじゃ足りないんだ。火を燃やしつづけようとしたけどだめだった。なのにきみたちは狩りをして遊んでばかり……」

ラルフは野蛮人たちの頭ごしに、真珠色の空に細々とあがっている煙を槍で示した。

「あれを見ろ！　あんなのが合図の煙といえるか。あれは炊事の煙だ。食べ終わったらもう煙は出ない。わからないのか。そのあいだに船が――」

ラルフは途中でやめた。〈城岩〉の入り口を守る野蛮人たちの沈黙と、誰が誰やらわからない不気味さに、負けてしまった。部族の隊長がピンク色の口をひらき、自分と部族のあいだにいるサムネリックにむかって声をあげた。

「そこのふたり、うしろにさがれ」

誰も何もいわなかった。双子は当惑して顔を見あわせた。ピギーは暴力沙汰がやんだと安心して、慎重に立ちあがった。ジャックはラルフに目を戻し、それから双子を見た。

「ふたりをつかまえろ！」

誰も動かなかった。ジャックは怒りの声を張りあげた。

「つかまえろといっているんだ！」

顔を塗った一団はおずおずとぎこちない動きでサムネリックを取り囲んだ。またしても澄んだ笑い声が散った。

サムネリックが、文明人の心の底からの抗議をした。

「おいちょっと！」

「――やめてくれ！」

ふたりは槍をとりあげられた。

「縛りあげろ！」

ラルフは黒と緑の仮面にむかって絶望的な声で叫んだ。

「ジャック！」

「さあやれ。縛りあげろ」

顔を塗った一団はサムネリックをよそ者と実感し、自分たちの手に権力を感じた。不器用ながらも興奮して双子を地面に押し倒した。ジャックは、はっとあることを意識した。ラルフが双子の奪還を試みると予想した。槍をぶんとふりまわしながら、うしろを向いた。ラルフは間一髪で攻撃をかわした。部族と双子が大声でわめきながら取っ組み合いをしていた。ピギーはまたしゃがみこんだ。双子が地面に倒され、唖然とした顔をした。ふたりは部族に囲まれた。ジャックはラルフのほうを向き、歯を食いしばったままいった。

「見たか。みんなぼくの命令を聞くんだ」

また沈黙が流れた。双子はへたくそに縛りあげられていた。部族はラルフがどう出るかとじっと見つめる。ラルフは前髪ごしに野蛮人の数を数えた。頼りない煙もちらりと見た。

ラルフは冷静さを失った。ジャックをどなりつけた。

「おまえはけだもので、豚野郎で、くそったれの泥棒だ！」

ラルフは飛びかかった。

ジャックもいまこそ勝負のときだと飛びだした。ふたりはぶつかり、互いにはね返された。ジャックの飛ばした拳がラルフの耳をとらえた。ラルフは相手の腹を打ち、うめき声をあげさせた。ふたたび向きあい、怒りに燃えてはげしく息をあえがせたが、ともに相手の獰猛さにうろたえていた。ふたりはこの格闘に背景音がついているのに気づいた。部族がかん高い声で声援を送りつづけているのだ。

ピギーの声が鋭くラルフの耳に届いた。

「ぼくに話させてくれ」

ピギーは格闘で巻きあがった砂埃のなかで立っていた。ピギーが発言しようとしているのを見てとると、部族は喚声を野次に切りかえた。

ピギーがほら貝をもちあげると、野次は少し勢いを失ったが、すぐにまた盛りかえした。

「ぼくはほら貝をもってるんだ！」

ピギーは叫んだ。

「わかるか、ほら貝をもってるんだぞ！」

驚いたことに、静寂がおりた。部族はピギーがどんな面白いことをいうのか好奇心をそそられたのだ。

あたりがしんと静まり、動きもとまった。だが、その静寂のなか、ひゅんというおかしな音が、ラルフの頭のそばでした。なんだろう、とラルフがちらりと思ったとき、また、ひゅん！　と小さな音がした。誰かが石を投げているのだ。ロジャーが片手を梃子にかけたまま、反対側の手で投げていた。ロジャーの目の下で、ラルフはぼさぼさの髪のかたまりで、ピギーは脂肪の詰まった袋にすぎなかった。

「ぼくがいいたいのはこうだ」ピギーはいった。「きみたちはまるで子供の集団みたいなことをやってる」

野次が飛んだが、ピギーが白い魔法の貝をもちあげると、また静まった。

「どっちがいいんだ――顔に絵の具を塗りたくったインディアンの集団でいるのと、ラルフみたいに訳のわかった人間でいるのと」

野蛮人たちがわあっと騒いだ。ピギーはまた叫んだ。

「どっちがいいんだ――ルールを守ってみんなで気持ちをあわせていくのと、狩りをしたり殺したりするのと」

また怒号がわき起こり――ひゅん！　という音がした。

騒々しい声に対抗して、ラルフも叫んだ。

「どっちがいいんだ。規律を守って救助されるのと、狩りをしていろんなものをめちゃくちゃにしていくのと」

ジャックもどなりだし、ラルフの声は埋もれた。ジャックの背後には部族が控え、槍をにょきにょき生やした堅固な脅威のかたまりになっていた。この一団のあいだで攻撃の意思が形づくられてきた。いまにもそれが高まって、くびれの部分からラルフ一派が一掃されそうだった。ラルフは少し片側に寄り、槍を構えて野蛮人たちと向きあっていた。そばにはピギーが立ち、壊れやすそうな、ぴかぴか光る美しいほら貝をお守りとしてかかげている。声の嵐がふたりを襲った。それは憎悪の怒号だった。頭上ではロジャーが、狂気じみた衝動にかられ、えいやってしまえとばかり、体を傾けて梃子に全体重をかけた。

ラルフは大きな岩を見る前に、それが落ちてくる音を聞いた。ごっという地面の震動が足の裏につたわってきて、崖の上で小石が砕ける音がした。それから巨大な赤いものが、くびれの部分をはねながら転がってきた。ラルフは伏せ、部族は悲鳴をあげた。

岩は斜め横から、ピギーの顎から膝にかけての体にぶつかった。ほら貝ははじけて千の白い破片となり、消え去った。ピギーは、言葉を発するどころか、うめく暇もなく岩から横向きにはね飛ばされ、回転しながら宙を飛んだ。岩はそのあと二度はねて森のなかに消えた。ピギーは十二メートル下の、いま海面が沈んであらわれているあの四角い赤い岩の上にあおむけに落ちた。頭は割れて中身がはみだし、赤くそまっていた。殺された直後の豚のように、両腕と両脚が小さくひくついた。それから海がふたたび長くゆっくりとしたため息をついて、海水が岩の上で白とピンクの泡を立てた。つぎに海面がまた沈んでいったときには、ピギーの体はもうなかった。

今度の沈黙は完全なものだった。ラルフの唇はひとつの言葉を形づくったが、声は出なかった。

突然、ジャックが部族から離れて飛びだし、荒々しく叫びはじめた。

「見たか？　見たか？　おまえもあれと同じ目にあわせるぞ！　本気だぞ！　おまえにはもう仲間はいない！　ほら貝もなくなった――」

ジャックは前のめりに駆けだしてきた。

「ぼくが隊長なんだ！」

ジャックははっきりと殺意をこめて、思いきり槍を投げてきた。槍の先がラルフの肋骨の上の皮膚と肉をそぎとって、海に落ちた。ラルフはよろめいた。痛みではなく恐怖をおぼえた。部族も隊長にならって、大声をあげながら前に出てきた。まがっていてまっすぐ飛ばない槍がラルフの顔のわきを飛びすぎ、べつの一本がロジャーの手で投げおろされてきた。双子は部族のうしろに隠れて横たわっていた。誰のものともわからない悪魔の顔の群れが、くびれを渡って押し寄せてきた。ラルフは身をひるがえして走った。背後で鷗の群れがわめくような大きな声がした。ラルフは自分がもっていると知らなかった本能にしたがった。ひらけた場所で左右に方向を変えながら走ったので、槍はあたらなかった。首なしの雌豚が見えた瞬間、それを飛び越えた。木の葉と枝のなかに飛びこみ、森に身を隠した。


ジャックは雌豚のそばで足をとめ、ふりむいて両手をあげた。

「戻れ！　砦に戻れ！」

部族ががやがやとくびれの部分まで戻ると、ロジャーもやってきた。

ジャックが怒った声でいった。

「なぜ見張りをつづけない」

ロジャーはいかめしい顔つきでジャックを見た。

「ただおりてきただけだ――」

死刑執行人の怖ろしい雰囲気を全身にまとっていた。ジャックはもうロジャーには何もいわず、サムネリックを見おろした。

「おまえたちも部族に入れ」

「——ぼくも離してくれ」

ジャックは残った何本かの槍のひとつをひっつかみ、先端でサムの胸をつついた。

「それはどういう意味だ、え？」ジャックは獰猛な口調でいった。「なぜ槍なんかもってきた。部族に入らないっていってどういう意味なんだ」

つつき方がリズミカルになってきた。サムは悲鳴をあげた。

「それじゃだめだ」

ロジャーがそういって、ジャックのわきをすり抜けた。かろうじて肩でジャックを押しのけずにすんだ。悲鳴がやんだ。サムネリックは静かな恐怖にとらわれて上を見あげた。ロジャーは怖ろしすぎて口に出してはいえない権力を行使する者として近づいてきた。

第十二章　狩人たちの叫び

ラルフは藪のなかに横たわって、傷はどれくらい深いだろうかと考えた。右胸に直径数センチの打ち身ができ、槍でそがれてできた傷は出血して腫れていた。髪は泥だらけで、蔓草の巻きひげのようにもつれていた。森のなかを逃げてきたせいで、全身にすり傷や打ち身ができていた。息がおさまるころには、すぐに傷を洗いたいがしばらく待つしかないと理解していた。水に入ってばちゃばちゃやると、裸足で近づく足音が聞こえない。小川やひらけた砂浜にいたら安全でいられない。

ラルフは耳をすました。〈城岩〉からそう遠く離れてはいないし、恐怖にかられて駆けだしたとき、追ってくる足音が聞こえたような気がした。だが、狩猟隊は森の入り口に足を踏みいれて、たぶん投げた槍を拾っただけだ。そしてびっしり繁った葉の下の闇に怯えて、陽のあたる〈城岩〉に戻っていったにちがいない。ラルフはひとりの姿をちらりと見てもいた。茶色と黒と赤の縞模様を顔につけたそいつは、おそらくビルだった。でも本当の意味ではあれはビルじゃない、とラルフは思った。それはひとりの野蛮人で、あの半ズボンにシャツ姿の少年の面影はまるでなかった。

午後の時間が衰えてきた。陽射しの丸い斑点が緑の葉や茶色い枝の上でたえまなく動いていたが、〈城岩〉のほうからは物音も声も聞こえてこなかった。ラルフはようやく羊歯の繁みから這いでて、くびれの部分に面した見通せない藪の端までそっと進んだ。ごく慎重に枝のあいだから覗くと、崖の上にロバートがすわって見張りをしていた。左手で槍をもち、右手で小石を投げあげては受けとめている。背後で濃い煙がひと筋立ちのぼっていて、その匂いにラルフの鼻の穴はひらき、口は唾をためた。手の甲で鼻と口を拭いた。朝以来、初めて空腹をおぼえた。部族ははらわたを抜いた豚を囲んですわり、したたる脂が灰の上でじゅうじゅう鳴っている。みんなは一心に肉を見つめているだろう。

誰だかわからないべつのひとりが、ロバートの横にあらわれて何かを渡し、また岩のむこうへ消えた。ロバートは槍をわきに置き、両手で豚肉をもって齧りだした。宴会はもう始まっていて、見張り役にも分け前が来たのだった。

とりあえずいまは安全だ、とラルフは見てとった。足をひきながら果物の林に入った。貧弱ながら食事はできる。だが、ご馳走の肉のことを考えるといまいましかった。連中は今日も肉、明日も肉……

心もとない想定だが、連中は自分を放っておくかもしれないと考えてみた。自分たちとはまったく無縁の存在だとみなすかもしれないと。だが、またしても破滅的な考えが頭に浮かんだ。ほら貝が壊れ、ピギーとサイモンが死んだという事実が、有毒ガスのように島をおおっていた。あの野蛮人どもはこれからもやりたい放題やっていくだろう。それから、自分とジャックのあいだの、あのはっきりとは説明できない関係のことがある。ジャックは自分を放っておきはしないだろう。絶対に。

ラルフは日光の斑点を体に受け、木の枝を一本もちあげて、じっとしていた。いつでも木の枝をおろして、その下に隠れられる態勢をとっていた。痙攣の発作のように恐怖心が起こり、体が震えた。つい声に出してこういった。

「いや。あいつらもそこまで悪くない。あれは事故だったんだ」

枝の下に入り、ぎこちない足どりで走り、立ちどまって耳をすました。

やがて、すでにかなり食い荒らされている果物の林へ来て、がつがつむさぼった。おチビがふたりいた。ラルフは自分の見た目を自分で知らないので、ふたりがきゃっと叫んで逃げていった理由がわからなかった。

食べ終えると砂浜に向かった。陽の光はつぶれた小屋のそばの椰子の木々を斜めに照らしていた。低い台地があり、プールがあった。最良の手は、心臓のあたりに鉛が重くのしかかるこの感じを無視して、連中の常識を、昼間の正気を、信頼することだ。部族はもう食事を終えただろうから、もう一度説得を試みるべきだろう。どのみち誰もいない台地のそばの空の小屋でひと晩過ごすことはできない。ラルフは夕陽のもとで寒気をおぼえ、身震いした。火がなければ、煙が出ない。したがって救助もない。体の向きを変え、森を抜けて、ジャックの領地へ向かった。

斜めにさす陽は枝のあいだに埋もれて消えた。やがてラルフは森のなかの空き地に出た。そこは岩がちで植物が生えない場所で、いまは影の溜まりとなっていた。そのまんなかに何かが立っているのを見て、ラルフは思わず木の陰に隠れそうになった。だが、よく見るとその何かの白い顔は骨だった。豚の頭蓋骨が、木の棒のてっぺんで、にやりとこちらに笑いかけていた。ラルフは空き地のまんなかにむかってゆっくりと歩きながら、目をじっと頭蓋骨にすえていた。頭蓋骨はほら貝と同じくらい白く光り、ラルフを皮肉っぽく嘲笑っているように見えた。好奇心の強い蟻が一匹、片方の眼窩のなかを忙しげに歩いていたが、それを除けば生命のかけらもなかった。

いや、本当にそうだろうか。

ラルフの背中を、ちりちりする感じが上り下りした。じっと立っているラルフの顔とほぼ同じ高さに、頭蓋骨はあった。ラルフは両手で髪の毛をかきのけて押さえた。頭蓋骨の歯は笑っていた。空っぽの眼窩が、苦もなく、横柄にラルフの視線をひきつけていた。

これはなんだ。

頭蓋骨はすべての答えを知りながらそれを教えようとしない者のようにラルフを見ていた。胸の悪くなる恐怖と怒りが襲ってきた。ラルフは目の前にある汚らわしいものを思いきり殴りつけたが、そいつは玩具のようにぐらぐら揺れるだけで、またもとに戻り、ラルフの顔に笑いかけてきた。そのあまりの嫌らしさに、ラルフは叫び声をあげ、さらにそいつを殴った。傷ついた拳をなめながら、何もなくなった棒の先を見た。頭蓋骨はふたつに割れて、二メートルほど離れたところに落ちて、にやついていた。震えている棒を岩の割れ目からひき抜き、槍のように構えて白い頭蓋骨の破片を見た。それから、空をあおいで笑っている頭蓋骨をじっと見つめたまま、うしろにさがった。

緑の光が水平線から消え、夜のとばりが完全におりたとき、ラルフはまた〈城岩〉が見える藪まで来た。枝のあいだから覗くと、崖の上にやはり誰かがいるのが見えた。誰だかわからないが、見張り役はいつでも槍を使える態勢をとっている。

ラルフは影のなかにしゃがんだ。自分の孤立ぶりをひしひしと感じた。あの連中は野蛮人にはちがいないが、それでも人間なのだ。夜の深い闇に対する恐怖心がじわじわ迫ってきた。

ラルフは小さくうめいた。疲れていたが、部族が怖いので、力を抜いて眠りに落ちることができなかった。堂々と砦に入っていき、「夜は休戦な」といって、あははと笑い、みんなといっしょに眠るというわけにはいかないのだろうか。みんな、ただの子供なんだ、み制帽をかぶって「先生、先生」などといっていた学校生徒なんだと、ごまかして考えてはいけないのだろうか。昼の光はそれでいいと答えるかもしれない。だが、闇と、死の恐怖は、ノーという。闇のなかに横たわっていると、自分が追放者であることがよくわかる。

「なぜならぼくにはいくらか分別があるからだ」

ラルフは腕で頬をこすった。塩と汗と泥の臭いがつんと鼻をついた。左手のほうでは、海のうねりが息づき、海面が沈んではまた沸きあがって岩を浸していた。〈城岩〉の背後から何か聞こえてきた。海のうねりから意識をもぎ離して注意深く耳を傾けていると、あの聞き覚えのあるリズムが刻まれているのがわかった。

「〈獣〉を殺せ！　喉を切れ！　血を流せ！」

部族が踊っている。岩の壁のむこうのどこかで、黒い輪をつくり、火を燃やし、肉を焼いている。みんなは食べ物を味わい、安全のありがたみを享受している。

近くで音がして、びくりとした。野蛮人たちが〈城岩〉を登り、てっぺんにあがっていくのが見えた。その声も聞こえた。ラルフは足をしのばせて何メートルか前に進んだ。崖の上の人影が形を変え、大きくなった。登ってきたふたりのような動きをし、話し方をする少年は、この島にひと組しかいなかった。

ラルフは両腕に顔をつけ、この新たな事実を、ひとつの傷のように受けいれた。サムネリックが部族の仲間に入ったという事実を。あのふたりはいま〈城岩〉を守るための見張りに立ち、自分を警戒しているのだ。双子を奪還して島のむこう端で追放者部族を結成できる見込みはなかった。サムネリックはほかの者たちと同じ野蛮人になった。ピギーは死に、ほら貝は粉々に砕けてしまった。

ようやくもとの見張り役がおりていった。残ったふたりは黒い岩山の一部にしか見えなかった。ふたりのうしろに星がひとつ出ていたが、ふたりが動いたせいで一時的に見えなくなった。

ラルフは少しずつ前に進んだ。目が見えない人のようにでこぼこした地面を手で探りながら這っていった。右手には茫漠とひろがる海があり、左手には上下をくりかえす海面があり、周期的に怖ろしい竪穴をあらわにした。一分ごとに海水は息をし、死の岩に白い波の花が咲きわたった。這い進むうちに、ラルフの手は〈城岩〉の入り口にあたる崖に触れた。見張り役は真上にいる。崖の縁から槍の穂先が突きでているのが見えた。

ラルフは小声で呼びかけた。

「サムネリック――」

返事はなかった。もっと大きな声でなければむこうに聞こえない。だが、大声を出すと火のまわりで宴会をしている敵意に満ちた縞模様のやつらの注意を惹くだろう。ラルフは歯をぐっと噛みしめ、崖を登りはじめた。手をかけるところは感触で探した。頭蓋骨をかかげていた棒は邪魔だったが、ただひとつの武器を手離す気はなかった。双子がいる高さまでほぼたどり着いたとき、また声をかけた。

「サムネリック――」

崖の上であっというような声がし、人が動く音がした。双子が互いにしがみつきあって何かぶつぶついった。

「ぼくだ。ラルフだよ」

双子が部族に知らせに走るのを怖れて、懸垂で体をひきあげ、頭と肩を崖の上に出した。腋の下ごしに見おろすと、〈城岩〉のまわりを燐光が取り巻いているのが見えた。

「ぼくだよ。ラルフだ」

ようやくふたりが前に身を乗りだして、ラルフの顔を覗きこんできた。

「ぼくたちてっきり――」

「――なんだかわからないけど――」

「――もしかしたらって思ったよ――」

双子は自分たちが新しい隊長の下についたという恥辱を思いだしたようだった。エリックは黙っていたが、サムはいまの隊長への義理を果たそうとした。

「帰るんだ、ラルフ。いますぐ――」

サムは槍をふって、獰猛さを示そうとした。

「帰れよ。ほら」

エリックがうなずき、槍で宙を突いた。ラルフは退却しようとせず、崖の縁にかけた両腕の上に体を乗りだした。

「きみたちに会いにきたんだ」

声は濁っていた。傷つけられたわけではないが、喉が痛んだ。

「きみたちに会いにきたんだ――」

鈍い痛みをともなう思いは言葉ではいいあらわせなかった。ラルフは黙りこんだ。さやかに光る星が夜空いちめんにあふれて踊った。

サムが落ちつきなく体を動かした。

「ほんとに帰ったほうがいいよ、ラルフ」

ラルフはまた顔をあげた。

「きみたちは顔を塗ってない。それでどうして――? 明るくなったら――」

明るくなったら、ふたりは野蛮人の仲間入りをしていることに焼けつくような恥をおぼえるだろう。だが、夜は闇が包み隠してくれる。エリックが口をひらいた。そこからふたりは例の交互に言葉をつなぐ話し方を始めた。

「危ないから帰ったほうがいい――」

「――ぼくらはしかたないんだ、痛めつけられたから――」

「誰に。ジャックにか」

「ちがう――」

ふたりは身を乗りだしてきて声をひそめた。

「早く行ってくれ、ラルフ――」

「――あの部族に――」

「――ひどいめにあったから――」

「――ぼくらはしかたなく――」

つぎに口をきいたとき、ラルフは低い、息切れした声で話した。

「ぼくがあいつに何をしたっていうんだ。ぼくはあいつが好きだった――みんなで救助されたかっただけなのに――」

またしても空じゅうに星があふれた。エリックは真剣に首をふった。

「ラルフ、意味があるとかないとかはもう忘れるんだ。そんなのもうないんだから――」

「新しい隊長のことも忘れるんだ――」

「――きみは自分のことを考えたほうがいい」

「隊長とロジャーは――」

「――とくにロジャーは――」

「きみを憎んでるんだ、ラルフ。きみを始末したがってるんだ」

「明日、きみを狩るつもりなんだ」

「でも、なぜ」

「知らない。とにかくジャックは、隊長は、これは危険な狩りになるって――」

「――だから用心して、豚を狙うみたいに槍を投げなきゃいけないって――」

「ぼくたちは横一列に散開して――」

「――こっちの端から島を縦に進んで――」

「――きみを捜すんだ」

「見つけたらこれで知らせる」

エリックは顔をあげ、ひらいた口を手のひらで叩いて、ごく小さな声でアワワワといった。それから不安げに背後をちらりと見た。

「こんなふうに――」

「――もちろん、もっと大声で」

「でも、ぼくは何もしてない」ラルフは勢いこんでささやく。「火を燃やしつづけようといっただけだ！」

ラルフはちょっと間を置き、みじめな気分で明日のことを考えた。それから、ものすごく大事なことを思いだした。

「きみたちは――」

ずばり訊く気にはなれなかった。だが、恐怖と孤独に衝き動かされて、思いきった。

「ぼくを見つけたら、あいつらはどうする気なんだ」

双子は黙っていた。ラルフの下で、死の岩がまた花を咲かせた。

「あいつらは何を──ああ！　それにしてもおなかがすいた──」

そびえ立つ〈城岩〉が、体の下で揺れているように思えた。

「ねえ──どうなんだ──」

双子は直接には答えなかった。

「もう行ったほうがいいよ、ラルフ」

「それがきみのためだ」

「ここから離れるんだ。できるだけ遠くに」

「きみたちもいっしょに来ないか。三人いれば──ぼくたちにもチャンスはあるぞ」

少し黙ったあとで、サムが喉を絞められているような声でいった。

「きみはロジャーのことを知らない。あいつは怖いやつなんだ」

「──それに隊長も──あのふたりは──」

「──怖いやつらなんだよ──」

「──でも、とくにロジャーは──」

ふたりは凍りついたように動きをとめた。部族の集まりから誰かが登ってくる気配があった。

「ちゃんと見張りをしているかどうか見にきたんだ。さ、早く、ラルフ！」

ラルフは崖をおりようとして、ふと、この機会を最大限に利用しておこうと考えた。

「ぼくは近くに隠れるよ。このすぐ下の藪に」ラルフはささやいた。「だから連中をそばへ来させないでくれ。あいつらはそんな近くを捜そうとはしないはずだ――」

足音はまだいくらか離れたところでしていた。

「サム――ぼくは大丈夫だよな？」

双子はまた黙りこんだ。

「ほら！」サムがふいにいった。「これあげる――」

ラルフは豚肉が押しつけられるのを感じとり、それをつかんだ。

「で、ぼくをつかまえたらどうする気なんだ」

崖の上は沈黙していた。ラルフはひとりでしゃべって滑稽だと思った。崖をおりながらまた訊いた。

「どうする気なんだ――」

上から不可解な答えが返ってきた。

「ロジャーは棒の両端をとがらせていたよ」

ロジャーは棒の両端をとがらせていた。その意味を考えてみたが、わからなかった。むかっとして、ありとあらゆる罵詈雑言を頭に浮かべたが、それよりも眠気が勝ってあくびが出た。人間はどれくらい眠らずにいられるものだろう。ラルフは白いシーツをかけたベッドが恋しかった――が、ここで目に映る白いものといえば、十二メートル下の岩の上でぼんやり光りながらゆっくりと泡立つ牛乳のような波だけだ。そこはピギーが落ちた場所だった。ピギーの存在があらゆる場所に感じられた。このくびれの部分でも。闇のなかで、死を身に帯びて、ピギーは怖ろしい存在になっていた。もしピギーが海のなかから、頭から脳みそが抜けてしまった状態で戻ってきたら――ラルフはおチビのようにぐすんと鼻を鳴らし、あくびをした。手にした槍はふらつく足どりを支える杖となった。

それからまた緊張した。〈城岩〉の頂上から声が聞こえてきたのだ。サムネリックが誰かといい争っていた。だが、羊歯などの繁みが近くにある。そこは隠れるのにうってつけの場所だ。明日潜んでいるつもりの藪もそのそばにあった。両手が草に触れると、とりあえず今夜はここにいようと考えた。部族の連中からそう離れてはいないから、何か超自然的なものが襲ってきたときは、少なくとも同じ人間の仲間のもとへ行ける。そこへ行ったらどうなるかはともかくとして……

いや、どうなるのだろう。両端をとがらせた棒。それがどう関係するのだろう。ともかく連中は何本も槍を投げたが、一本がかすっただけで、あとは全部はずれた。次回もはずれるかもしれない。

ラルフは深い草むらにしゃがんでいたが、サムにもらった豚肉のことを思いだして、むさぼり食った。食べているあいだ、また新しい声が聞こえた——サムネリックのあげる苦痛の悲鳴と、いくつかの狂乱した怒りの声だった。つまりどういうことなのか。自分以外の人間が痛めつけられている。双子の少なくともひとりがひどい目にあっているのだ。やがてそれらの声が〈城岩〉からおりていった。ラルフはそのことを考えるのをやめた。両手であたりを探ると、藪のそばにひんやりしたやわらかな葉むらがあるのがわかった。そこを今夜の寝床と決めた。夜が明けはじめたら、密生した藪のねじれた枝のあいだにもぐりこみ、奥深くに身をひそめよう。入ってくるには這いこんでこなければならないところへ。そうすれば、這いこんでくる者がいれば槍で突いてやれる。そこでじっとすわっていれば、捜索隊は通りすぎるだろう。アワワワと叫びながら、島のむこうのほうへよたよた進んでいくだろう。それで自分はつかまらずにすむはずだ。

ラルフは羊歯の葉のあいだにもぐりこんだ。槍をわきに置き、真っ暗ななかで体を横たえて縮こまった。野蛮人どもをやりすごすために、明るくなりはじめたら起きなければならない——と思っているうちに、頭のなかの暗い斜面をするする滑りおりて、あっというまに眠りこんでしまった。

目をひらく前に、意識が戻った。近くで音がしたからだった。目をひらくと、顔から二センチほどのところに地面があり、手が土を握っていた。羊歯の葉のすきまから陽がさしこんでいた。高いところから落ちて死ぬのを何度もくりかえす果てしのない悪夢が終わったのだと気づいた瞬間、また音が聞こえた。それは海岸のそばでしているアワワワという声だった。べつの声がそれに応え、さらにべつの声が応えた。叫び声は外海に直接面した海岸からラルフのわきをすり抜けて礁湖に面した海岸まで、鳴きながら飛ぶ鳥のように島の狭い横幅を横切っていった。ラルフはすぐに槍をつかみ、羊歯の葉むれのなかを進んだ。そして数秒後には藪にもぐりこんだが、その直前、自分のほうへやってくるひとりの野蛮人の脚が目に入った。羊歯の葉がばさばさ踏まれる。野蛮人の脚が高い草むらを動きまわる音だった。誰だかわからないその野蛮人が、アワワワの叫びを二度はなった。声はふたつの方向に飛んで消えた。ラルフは藪のなかでじっとうずくまっていた。しばらくは何も聞こえなかった。

ラルフは自分のいる藪を調べた。ここなら攻撃されないはずだし、ひとつ幸運にも恵まれていた。ピギーを殺した岩がこの藪に飛びこみ、まんなかで一度はねて、直径一メートルほどのくぼみをつくっていたのだ。そのくぼみに入りこむと、安全だと感じられたし、うまい隠れ場所を見つけたという気持ちになった。押しつぶされた枝のあいだに慎重にすわり、狩猟隊が通りすぎるのを待った。上を見あげると、葉のあいだから赤いものが覗いていた。〈城岩〉の頂上付近にちがいなかった。距離があるので威嚇的な感じはしなかった。ラルフは勝利の気分を味わいながら、狩猟隊の立てる音が消えていくのを聞こうと耳をすました。

だが、なんの音もしない。緑色の日陰で、数分が過ぎた。勝利の気分は薄れていった。

ようやく、ひとつの声が聞こえた――ジャックのひそめた声だった。

「たしかか」

そういわれた野蛮人は何もいわなかった。何か身ぶりをしたのだろう。

ロジャーの声がいった。

「ぼくたちを騙す気でいるんなら――」

その直後に、あえぐ声と、痛みにかん高く絞りだす声がした。ラルフは本能的に地面から尻をあげてしゃがむ姿勢になった。双子のひとりが藪の外にいるのだ。そしてジャックとロジャーがそばにいる。

「ほんとにここだといったんだな」

双子のひとりが小さくうめき、それからまたかん高く声を絞りだした。

「そこに隠れるといったんだな」

「そう――そうだよ――あっ――!」

澄んだ笑い声が木々のあいだにまき散らされた。

居場所を知られたのだ。

ラルフは槍を手にとり、戦う用意をした。だが、やつらに何ができるだろう。この藪を切り払うには一週間ほどかかる。もぐりこんできたら、無防備な状態でこちらの攻撃を受けることになる。ラルフは槍の先を親指で触って、にやりとした。おかしくもなんともないのに浮かべた笑みだった。もぐりこんできたやつはこれをくらって、豚のようにきいっと鳴くことになるのだ。

狩猟隊は〈城岩〉のほうへ引き返しはじめた。足音が聞こえ、ついで、誰かがせせら笑う声が聞こえた。それから例の鳥のようなかん高い声の合図の叫びがリレーされた。何人かがこちらを監視するために残ったらしい。そいつらは何を――？

長い、息もつけない沈黙があたりを支配した。ラルフは口のなかに木の皮が入っているのに気づいた。槍の先を噛んでいたのだ。立ちあがって〈城岩〉のほうをそっと見た。ちょうどそのとき、頂上からジャックの声が聞こえた。

「そうれ！　そうれ！　そうれ！」

崖の上に見えていた赤い岩が、幕を切って落としたように消えた。そのあとにいくつかの人影と青い空が見えた。その一瞬あと、大地に衝撃が来た。何かが飛んでくる音が空中をつたい、藪の上のほうが巨大な手でなぎ払われたかのように切りとられた。岩はどん、どんとはずみながら砂浜のほうへ向かった。ちぎれた枝や葉がラルフの上に降ってきた。藪のむこうで監視役の野蛮人たちが歓声をあげた。

また沈黙が流れた。

ラルフは指先をそろえて口に入れ、噛んだ。崖の上にはあともうひとつだけ岩があった。連中はそれを落とす気かもしれない。もっともそれはコテージの半分ほどある岩だった。あるいは自動車か、戦車かというような岩。その岩がこう飛んでくるという道筋が、つぶされて死ぬときの苦悶をおぼえさせるほどはっきりと見えた。岩はゆっくりと岩棚から岩棚へ落ち、島のくびれの部分を巨大な蒸気ローラーのように転がってくるだろう。

「そうれ！　そうれ！　そうれ！」

ラルフは槍を置き、またとりあげた。いらいらと髪をかきあげ、狭い場所で急いで二歩前に出て、またさがった。じっと立ったまま、藪の枝の破れ目を見ていた。

まだ沈黙がつづいている。

横隔膜があるあたりが上下に動いているのが見え、自分がひどく速い息をしていることに驚いた。胸のまんなか左寄りで、心臓が動悸を打っているのが見えた。ラルフはまた槍を置いた。

「そうれ！　そうれ！　そうれ！」

かん高い、長くのばしたかけ声が響いた。

赤い〈城岩〉の上で何かがごりごりごりっと鳴り、地面に衝撃が走り、何度もくりかえし揺れはじめた。音は着実に大きくなってきた。ラルフは宙に飛んで、木の枝にぶつかった。右手のほうの、ほんの一メートルほどのところで藪全体が斜めに押しつぶされ、根が悲鳴をあげながら地面からひき抜かれた。ラルフは赤いものが水車のようにゆっくりと回転するのを見た。それから赤いものは象のように通りすぎて海に向かっていった。

ラルフはえぐられた地面で膝立ちになり、大地が静まるのを待った。白い切り口をさらした切り株や、折れた枝、押しひしがれてもつれた藪が、ふたたび焦点のあった像となって見えた。さっき心臓の鼓動が見えた胸のあたりに重苦しい感覚があった。

また沈黙があたりを支配した。

だが、完璧な沈黙ではなかった。むこうでささやく声がした。突然、右手の二箇所で、木の枝がはげしく揺れた。槍のとがった先端があらわれた。あわてたラルフは、枝の切れ目に思いきり槍を突きいれた。

「ああっ！」

槍が軽くひねられるのが両手の感触でわかった。ラルフは槍をひいた。

「うああ――」

繁みの外で誰かがうめき、いくつかの声ががやがやしゃべった。荒い口調の議論がつづくあいだ、手負いの野蛮人はうめきつづけた。それから静かになったとき、ひとりが声を発した。ジャックではないとラルフは判断した。

「ほら、いっただろう――やつは危険なんだ」

傷ついた野蛮人がまたうめく。

さあどうなる。つぎはどうなる。

ラルフは無意識のうちに嚙んでいた槍を、両手でしっかり握りなおした。髪の毛が前に垂れた。〈城岩〉のほうへ何メートルか離れたところで、誰かが何かいった。ひとりの野蛮人がショックを受けたように、「だめだ！」と叫んだ。押し殺した笑いが起きた。ラルフはまたしゃがみ、枝の壁にむかって歯をむいた。槍をもちあげ、うなって、待った。

こちらから見えない一団がまたせせら笑った。ぷすぷすと小さな音が聞こえはじめ、それが、丸めたセロファンの大きなかたまりをひろげるような音になった。棒が折れるような音がした。ラルフは咳をこらえた。白と黄色の煙が少量、枝のすきまから漏れでてきた。頭上の青空の切れはしが、嵐のときの雲の色に変わった。気づくと煙がラルフのまわりを漂っていた。

誰かが興奮した笑い声をはなった。声がひとつ叫んだ。

「煙でいくぞ！」

ラルフは森の奥をめざして、藪のなかを這い進んだ。できるだけ煙の下にいるようにした。藪のはずれの緑の葉のすきまから、空き地が見えてきた。森のさらに奥とラルフとのあいだに、小柄な野蛮人がひとり立っていた。赤と白の縞模様を顔につけ、槍をもっていた。野蛮人は咳をし、量を増してくる煙ごしにあたりをよく見ようと目をこすり、塗料をぐしゃぐしゃにしていた。ラルフは猫のように飛びだした。うんっ、とうなりながら相手を槍で突くと、野蛮人は体をふたつに折った。藪のむこうから叫び声がした。ラルフは恐怖心が可能にするすばやさで、下生えを突き抜けて駆けた。豚の通り道にぶつかった。それを百メートルほどたどってから、わきへそれた。背後ではふたたびアワワワの雄叫びが島を縦断しはじめ、そのなかで、ひとつの声が三度何かを叫んだ。前に進めという号令だろう、とラルフは考え、また速度をあげた。火がついたように胸が熱くなってきた。それからある繁みの下に身を投げだし、息が整うのを待った。おずおずと歯と唇をなめてみる。遠くで追跡者たちのアワワワの声がしていた。

できることはいくつもある。たとえば木に登るとか——だが、それだとほかの可能性をすべて捨てることになる。こちらを見つけたら、野蛮人どもは獲物がおりてくるのを待つだけでいいのだ。

ああ、考える時間があれば！

同じ距離のところで二度あがった叫びを聞いて、ラルフは敵の戦術の見当をつけた。何かの理由で前進できなくなった野蛮人は二度叫ぶ。するとほかの者も停止して、故障が起きた者がふたたび進めるようになるまで、横一線の並びを維持する。そうすれば線を切らずに島を縦断していけるわけだ。ラルフは前に豚がこの線をやすやすと破ったことを思いだした。追っ手が迫ったら、まだ野蛮人どうしの間隔が詰まらないうちに逆走すればいい。だが、逆走してどこへ行く？　野蛮人たちが回れ右をして、また横一線で追いかけてくるだろう。それにいずれ食事や睡眠が必要になる――いくつもの手につかみかかられて目を覚ますはめになるかもしれない。それで狩りは終了だ。

それならどうする。木に登るか。豚のように線を突破するか。どちらにしても結末は悲惨だ。

一度だけの叫びが聞こえ、心臓が早鐘を打ちだした。飛びあがるように立って、海のほうへ猛烈に走った。森の濃密な部分に飛びこみ、たちまち蔓草にからみつかれる。しばらくじっとしていた。ふくらはぎがぶるぶる震えた。ここでタイムをとれたなら。長い休憩をとれたなら。考える時間があったなら！

またしても、避けがたく、かん高いアワワワの声が島を横切って響く。ラルフは馬がやるように横へ飛び、蔓草から身をもぎ離して、もう一度走った。走るうちに息が切れ、羊歯の繁みに身を投げた。木に登るか。逆走して追っ手の横線を突破するか。しばらくのあいだ息を整え、口を拭き、落ちつけと自分にいい聞かせた。その横線のどこかにサムネリックもいる。こんなことは嫌だと思いながら。いや、そう思っているだろうか。かりに双子ではなく、ジャックに出くわしたらどうなるだろう。あるいは、両手で死をもち歩いているロジャーに出くわしたら。

ラルフはもつれた髪をかきのけて、よく見えるほうの目を拭いた。声に出してこういった。

「考えろ」

何が道理にかなった行動か。

道理にかなったことをいうピギーはもういない。厳粛に討論をする集会も、権威あるほら貝も、もうない。

「考えろ」

いちばん不安なのは、頭のなかで例の幕がおりて、危険の感覚をおおってしまい、愚かな行動をとってしまうことだ。

第三の道は、うまく隠れて追っ手の列をやりすごすというやり方だろう。

ラルフは地面から頭をぐいっともたげて聞き耳を立てた。気になるべつの音がしているのだ。森自身がラルフに腹を立てているかのような、深くうなるような音。その陰気な音の上に、石板をひっかくような耐えがたいアワワワの声が重なっていた。そのうなるような音は前にも聞いたことがあるはずだが、思いだしている暇はなかった。

逆走するか。

木に登るか。

隠れて追っ手をやりすごすか。

近くで叫び声がして、ラルフは立ちあがり、すぐにまた棘のある低木のあいだを駆けだした。ふいにひらけた場所に出た。例の空き地にまた来てしまったのだ――頭蓋骨が上を向いて大きくにやりと嘲笑っているのは、深い青色をした空の切れはしではなく、煙の毛布だった。それからラルフは木々の下を走った。森が立てているうなりの正体がいまわかった。連中はこちらを燻りだすため、島を火事にしたのだ。

木に登るより隠れるほうがいい。見つかっても、やつらの列を突破できるかもしれないからだ。

じゃ、隠れろ。

豚はこの案に賛成だろうか。ラルフは誰にともなくしかめ面をしてみせた。島でいちばん深い藪か、いちばん暗い穴を見つけてもぐりこもう。走りながら周囲を見た。頭上から陽の光が棒状にさしこんだり、しぶきとなって散ったりし、ラルフの汚れた体についた汗の筋を光らせた。叫び声が遠く、かすかになった。

ようやくいちばんいいと思える隠れ場所が見つかった。もっともそれはやけくその判断だったが。そこは木の繁みと蔓草がからみ放題にからみあい、筵で陽の光を遮断したような場所だった。枝葉や蔓草の下に、高さ三十センチほどの空間がある。その空間には何本かの木の幹が上にむかって平行に生えていた。まんなかへもぐりこめば、五メートルほどなかで隠れていられる。野蛮人が這って捜しにくるかもしれないが、そのときも、こちらは闇のなかだ——最悪、見られた場合でも、相手に飛びかかっていき、追っ手がつくる線を突破して逆走できるチャンスがあった。

槍をひきずりながら、木の幹のあいだを用心深く這い進む。大きな藪のまんなかにたどり着くと、耳をすました。

火事はかなり大きくなっているらしく、遠くひき離したと思った太鼓の連打のような火の音がかなり近くに聞こえた。そういえば、火は足が速く、全速力で駆ける馬も追いつかれてしまうのではなかったか。五十メートルほど先に、陽射しが落ちている地面が見えた。その陽射しが瞬いて見える。それは頭のなかで幕が揺れて光が瞬くさまとよく似ていたので、一瞬、頭のなかでのことかと思ってしまった。だが、瞬きは速度をはやめ、光は暗くなり、やがて消えた。それで重い煙が島と太陽のあいだに大きくひろがっているのがわかった。

かりに誰かが藪の下を覗きこんで人がいるのをちらりと見るとすれば、その誰かはサムネリックかもしれない。あの子たちなら見なかったふりをして何もいわずにいてくれるだろう。ラルフはチョコレート色の地面に頬をつけ、乾いた唇をなめ、目をつぶった。藪の下で、地面はごくかすかに震動していた。もしかしたら、雷鳴のような火の音と、石板をひっかくようなアワワワの声のほかに、低すぎて聞こえないが、何か音がしているのかもしれなかった。

誰かが叫んだ。ラルフはさっと頬を地面から離し、暗くなった光のほうを見た。やつらが近くへ来たにちがいない。心臓がはげしく打ちはじめた。このまま隠れている、線を突破して逆走する、木に登る——どれがいいのか。困るのは、一回勝負だということだ。

火が近づいてきた。ばん、ばん、という射撃のような音は、大きな枝や幹がはじける音だった。あの馬鹿ども！　馬鹿ども！　果物の林もじきに燃えだすだろう——そしたら明日から何を食べるんだ。

ラルフは狭い寝床で落ちつきなく身じろぎをした。島を丸焼けにする危険を冒してなんになる！　それで何ができるというんだ。ぼくをぶちのめすのか？　それで何になる。ぼくを殺すのか？　木の棒の両端をとがらせたとかいっていたが。

叫び声がふいに近くなり、はっとして身を起こした。緑のもつれた繁みの外を、急いで動きまわる縞模様の野蛮人が見えた。ラルフが入ってきた蔓草の筵に近づいてきた。槍をもった野蛮人だ。ラルフは地面の土をつかんだ。念のために、戦闘準備を整えよう。

ラルフは槍を握った。とがった先を前に向けた。だがふと見ると、両端がとがっていた。

野蛮人は十五メートルほど離れたところで立ちどまり、叫び声をあげた。

こちらの心臓の音が、火の音にも消されず野蛮人に聞こえそうだった。声を出すな。戦う覚悟を固めろ。

野蛮人が前に進んできた。いま見えるのは腰から下だけになった。槍の尻のほうも見える。それから膝から下しか見えなくなった。声を出すな。

野蛮人のうしろで、豚の一団がきいきい鳴きながら繁みから出てきて、森の奥へ駆けこんだ。鳥たちが絶叫していた。鼠たちがかん高い悲鳴をあげていた。何かの動物が筵の下にはねながら入ってきて身をすくめた。

五メートル先で、野蛮人はとまった。藪のすぐそばに立ち、叫んだ。ラルフは両足を体の下にひきこみ、しゃがむ姿勢になった。両手でもった槍は、両端がとがらせてある。はげしく震える。長く感じられ、短く感じられ、軽く感じられ、重く感じられ、また軽く感じられた。

アワワワの叫びが海岸から反対側の海岸まで響いた。藪の端で野蛮人がしゃがんだ。背後では森が光を瞬かせている。野蛮人の片方の膝が地面についた。もう片方もついた。ふたつの手が地面についた。槍が見える。

顔が見えた。

野蛮人が藪の下の闇を覗きこんできた。自分が入ってきた側にも、反対側にも、光が見えているのは明らかだった——が、まんなかあたりは何も見えていないはずだ。まんなかあたりには、形の曖昧な黒いものが見えるだけだろう。野蛮人は顔をくしゃっとさせて、闇のなかの様子をつかもうとした。

一秒一秒がひきのばされた。ラルフは野蛮人の目をまっすぐに見ていた。

声を出すな。

ぼくは家に帰るぞ。

野蛮人がこちらを見つけた。確かめる顔つきをした。槍を手にしている。

ラルフは叫んだ。恐怖と、怒りと、自暴自棄の叫びだった。脚をぐんとのばした。絶叫しつづけ、口から泡を噴いた。突進し、藪から飛びだした。血まみれの顔でわめき、歯をむきだしてうなった。槍をふりまわすと、野蛮人がうしろにひっくり返った。だが、ほかの野蛮人たちが叫びながら向かってきた。飛んできた一本の槍をよけた。それから黙って走った。前方で瞬いている光がひとつにあわさった。森の咆哮が雷鳴のように高まった。行く手の高い藪が爆発して、大きな扇形の炎となった。ラルフは右に進路を変えた。必死で走った。熱が体の左側を強打してきた。火は洪水のように押し寄せてくる。背後で野蛮人の叫びが高まり、ひろがった。短い鋭い声を連続させ、発見を知らせた。右手に茶色い人影があらわれ、遠ざかった。全員、走っていた。全員、狂ったように叫んでいた。野蛮人たちが下生えを踏みしだく音が聞こえ、左手で熱い火が稲妻のようにまばゆく光った。ラルフは自分の傷を忘れた。飢えも渇きも忘れた。全身が恐怖そのものとなった。絶望的な恐怖となり、森のなかを飛ぶように駆け、ひらけた砂浜をめざした。いくつもの斑点が目の前で飛びはね、赤い丸となり、ぱっとひろがったかと思うと、視界から消えた。体の下のほうで、誰かの脚が疲れてきた。野蛮人のすさまじい雄叫びがのこぎりの歯を備えた脅威の兵器となって迫り、いまにも頭上からのしかかってきそうだった。

ラルフは木の根につまずいた。追っ手の叫び声がさらに高まった。小屋のひとつが爆発するように炎上し、右肩のところで炎がひらめくのが見えた。きらめく水が見えた。ラルフは倒れた。転がって、暖かい砂の上に出た。うずくまって、防御のために片腕をあげ、慈悲を乞う叫び声をあげようとした。

ラルフは迫りくる脅威に身を張りつめさせ、よろめきながら立ちあがった。そして顔をあげると、目庇《まびさし》つきの大きな帽子が見えた。てっぺんが白い帽子で、緑色の影を落としている目庇の上には、王冠と錨と金色の葉の紋章がついていた。白い制服、肩章、拳銃、上着の前に並んだ金ボタン。

海軍将校がひとり砂の上に立ち、警戒心と驚きを顔に浮かべてラルフを見おろしていた。背後の波打ちぎわにはカッターボートが一艘ひきあげられ、舳先をふたりの水兵に押さえられている。艇尾にはもうひとり水兵がいて、短機関銃を抱えていた。

アワワワの声が勢いを失い、消えた。

将校は何秒か不審げにラルフを見たあと、拳銃の銃把から手を離した。

「やあ」

ラルフは自分の汚れた姿を意識し、体を小さくもぞもぞさせながら、内気に応えた。

「こんにちは」

将校は、質問に対して答えが得られたとでもいうようにうなずいた。

「ここには大人はいるかな」

ラルフは黙ってかぶりをふった。足を半歩まわしてうしろをふりかえった。泥絵の具で体に筋模様をつけた少年たちが、手に鋭くとがらせた木の棒をもち、半円形をつくって砂浜に立っていた。誰ひとり、うんともすんともいわなかった。

「愉しく遊んでいるみたいだね」将校がいった。

火は砂浜のきわまで達して、椰子の木立を轟音とともにのみこんでしまった。炎がひとつ、そこから離れたように見えたかと思うと、アクロバット芸人のような動きでぶんと横に揺れ、低い台地の椰子の葉をなめた。空は黒くなった。

将校はラルフににっこり笑いかけた。

「きみたちの煙を見たんだよ。いったい何をしていたんだ。戦争か何かかい」

ラルフはうなずいた。

将校は目の前のかかしのような少年を見た。少年は風呂に入り、散髪をし、鼻をかみ、体じゅうに軟膏をたっぷり塗る必要があった。

「戦死者はいないだろうね。死体があったりしないかい」

「ふたりだけ殺されました。死体はもうありません」

将校は背をかがめてラルフを間近から見た。

「ふたり殺されたって？」

ラルフはまたうなずいた。背後では島全体が猛火で震えていた。将校は、人が真実を話しているときは、たいていそれがわかる男だった。将校は低くひゅうと口笛を吹いた。

ほかの少年たちも出てきた。まだ小さな子供もいた。茶色い肌をして、野蛮人の子供によくあるぽっこりふくれた腹をしていた。小さな子供のひとりが近づいてきて将校を見あげた。

「ぼくは、ぼくは――」

だが、それ以上言葉は出てこなかった。パーシヴァル・ウィームズ・マディソンは氏名と住所を唱えようとしたが、それらはきれいに記憶から消えていた。

将校はラルフに向きなおった。

「きみたちをここから連れていくよ。全部で何人いるんだい」

ラルフは首をふった。将校はラルフのうしろの彩色した少年たちを見た。

「きみたちのボスは誰だ」

「ぼくです」ラルフが大きな声で答えた。

赤みがかった髪の上に一風変わった黒い帽子の残骸をかぶり、壊れた眼鏡を腰の高さでもっている少年が、前に出てきかけてやめ、立ちどまった。

「われわれはきみたちがあげた煙を見たんだ。でも、きみたちは自分たちが何人いるか、わからないのか」

「わかりません」

「しかしイギリスの子供なら」将校はこれからしなければならない捜索のことを考えながらいった。「イギリスの子供なら──きみたちはみんなイギリス人だろう？──もっとうまくやれそうなものだがな──そんな──なんというか──」

「最初はうまくいっていたんです」ラルフはいった。「でも、そのうち──」

そこで言葉を切った。

「最初は、みんなでいっしょに──」

将校は助け舟を出すようにうなずいた。

「わかるよ。うまくやっていたんだろう。『珊瑚島』みたいに」

ラルフは黙って相手を見つめた。一瞬、かつてこの砂浜を輝かせていた不思議な魅惑の光景が脳裏をよぎった。だが、島はいま枯れ木のように乾ききってしまっていた。サイモンは死んでしまった。それはジャックが……。ラルフは涙を流し、嗚咽《おえつ》に体を震わせはじめた。この島に来てから初めて思うさま泣いた。身震いを引き起こす大きな悲しみの発作で、体全体がねじれそうだった。燃えつきかけている島の黒い煙の下で、ラルフの声は高まった。ラルフの悲しみに感染して、ほかの少年たちも体を震わせて泣きはじめた。そうした少年たちのあいだで、汚れた体と、ぼうぼうにのびてもつれた髪と、鼻水が垂れるがままの顔で、ラルフは泣き、泣きながら、無垢の喪失を、人間の心の暗黒を、崖から落ちていったピギーという名の誠実で賢い友だちの死を、悲しんだ。

少年たちの泣き声に囲まれて、将校は心を動かされながらも、いささか当惑した。少年たちに落ちつきを取り戻す時間を与えるために、海のほうを向いた。そして待つあいだ、沖合いに端正な船影を浮かべている巡洋艦を眺めていた。

訳者あとがき

本書『蠅の王』(*Lord of the Flies*, 1954) は、一九八三年にノーベル文学賞を受賞したイギリスの作家、ウィリアム・ゴールディング(一九一一年〜一九九三年) の長篇小説第一作にして代表作である。

南太平洋の無人島に不時着した少年たちが、初めは大人のいない楽園での生活を愉しむが、やがて内なる獣性が目ざめて陰惨な闘争が始まり、楽園は悪夢の世界と化す……

この小説は、アメリカの文芸出版社モダン・ライブラリーの「英語で書かれた二十世紀の小説ベスト100」で四十一位にランク入りするなど、世界文学の名作としての評価が定まっていて、英米では中学・高校の課題図書の定番となっている。かと思うと、とくにアメリカでは暴力性や不適切な表現を理由に学校の課題図書リストに入れることを禁止されたり、公立図書館での未成年者への貸し出しが禁止されたりすることが多い本の常連でもある。

映画化も二度されている。一九六三年のピーター・ブルック監督作と、一九九〇年のハリー・フック監督作で、いずれも原作と同じ思春期前の少年たちのリアルな演技がすばらしい。

ストーリーは余計なものをそぎ落としたシンプルなもので、そこに深い寓意性と詩的な細部が盛りこまれている。この小説がいまも古びずに衝撃力をもっているのはそのおかげだろう。ディストピア小説に脚光があたる昨今だが、まさに理想郷が地獄となるディストピア小説として鮮烈なアクチュアリティをもつ点でも、本書は注目に値する。

この小説は多くの後行作品に影響を与えていることでも知られる。たとえば楳図かずおの傑作漫画『漂流教室』がいい例だが、スティーヴン・キングがこの小説の大ファンだということもキング・ファンならご存じだろう。『アトランティスのこころ』では主人公の少年が大人の小説に開眼するきっかけとなる小説として重要な役割を果たすし、何作かの小説の舞台となる町キャッスル・ロックの名前は本書に由来する。さらにキングは本書のペンギン・ブックス版にすばらしい序文を寄せているという傾倒ぶりだ。

本書は『ロビンソン・クルーソー』（一七一九年）に始まる無人島漂流記のうち、少年たちを主人公にした物語のひとつの発展形である。少年漂流記で日本人がまっさきに思い浮かべるのは、ジュール・ヴェルヌの『十五少年漂流記』（一八八八年）だろうが、じつは本書は、作者自身が述べているとおり（エッセー“Fable”エッセー集 *The Hot Gates*, 1965所収）、イギリスの作家ロバート・マイケル・バランタインの『珊瑚島』（*The Coral Island : A Tale of the Pacific Ocean*, 1858）が元ネタになっている。（この小説は、日本では『さんご島の三少年』の題で児童向けの翻訳が三種類出ているが、邦題が広く知られているともいえないので、本書の物語中も含めて、原題の直訳である『珊瑚島』としておきたい。）

この『珊瑚島』は、登場する三人のイギリス人少年の名前からして、ジャック、ラルフ、ピーターキンなのである。最初のふたりは本書の主要人物と同じで、ピーターキンはサイモンの名前の由来になっている。ピーター（Peter）はキリストの使徒ペトロで、使徒ペトロはシモン・ペトロ（Simon Peter）とも呼ばれたところから、サイモンという名前を選んだと作者はいっているのだ（フランク・カーモードによるインタビュー）。『珊瑚島』の少年たちは、知恵と勇気で困難を乗り越え、明るく雄々しくサバイバルしていく。食人の風習をもつ現地民が殺し合いを始めると、それをやめさせて平和に暮らすべを教えたりする。明らかにこれは、イギリス植民地主義こそは野蛮人を文明化する責務（〝白人の責務〟）を担っているという帝国主義イデオロギーを反映したものだ。

だが、ゴールディングは考えた。少年というのはそんなに無垢で正義感にあふれているのか？　イギリス人（あるいは白人）はそんなに高潔で優秀なのか？　それが疑問なことは、元少年である自分の胸に手をあて、また歴史を振り返ってみればわかることではないか。というわけでゴールディングは、本人の言葉によれば、〝バランタイン的状況のリアリスティックな見方〟（“Fable”）を提示しようと考えたのだ。

本書は〝邪悪な子供〟物の傑作というとらえ方もできる。子供は昔から純粋無垢とされてきたが、虐待など環境のせいではなく、子供の内面には本来悪が潜んでいるのではないかということを初めて作品にしたのは、ヘンリー・ジェイムズの『ねじの回転』（一八九八年）だろうか。二十世紀に入ると、イギリス人作家リチャード・ヒューズの『ジャマイカの烈風』（一九二九年。この小説は本書の元ネタかともいわれたが、ジェイムズ・キーティングによるインタビューで作者は、本書執筆前には読んでいなかったといっている）や、一九三二年のアメリカのある娯楽小説（書名は伏せよう）など、そういう作品がぽつぽつ現われてきたが、なんといっても一九五四年は画期をなす年だった。本書と、アメリカ人作家ウィリアム・マーチの全米図書賞を受賞した小説『悪い種子』が発表されたからだ。

『悪い種子』は、可愛らしく聡明な八歳の少女ローダが冷酷に殺人を犯す話で、同年に演劇化され、一九五六年には映画化された（邦題は小説と同じ）。この少女が殺人者になるのは環境ではなく遺伝が原因とされている。『蠅の王』も、少年たちが凶暴化するのは幼児虐待を受けたというような環境のせいではなく、特殊な悪い遺伝子のせいですらなく、要するに人間は誰でも暴力性を生得的にもっているという人間観にもとづいている。作者の言葉にしたがえば、〝この少年たちは人間であるという恐ろしい病気にかかっている〟、〝人間は蜜蜂が蜜をつくるように悪をなす〟（いずれも“Fable”）のだ。

〝邪悪な子供〟物はその後どんどん増え、トマス・トライオンの『悪を呼ぶ少年』（一九七一年。映画もあり）、『ザ・チャイルド』（一九七六年のスペイン映画）、パトリック・マッケイブの『ブッチャー・ボーイ』（一九九二年。未訳。映画化されたが、神戸連続児童殺傷事件の影響で日本では未公開）などなど、挙げていけばきりがない。

さて少し話題を変えて、本書では少年たちが島にやってきたいきさつがはっきりとは書かれていないので、この点を解説しておこう。じつはゴールディングが最初に書きあげて出版社に持ちこんだ初稿には、具体的な状況説明があったのだ。

初稿では冒頭で、共産主義圏と自由主義圏のあいだで核戦争が勃発したことが告げられる。ついでイギリスの学童が飛行機で国外へ疎開するシーンとなり、ラルフたちの乗った飛行機が南太平洋上で敵機の攻撃を受ける。

この飛行機は、客室の部分だけが切り離され、パラシュートで降下できる構造になっている。この客室が孤島の海岸に近い森に垂直に不時着したのだ。数十人（？）の少年たちが外に出たものの、機内に留まった子もいたらしい。客室は嵐で海にひきずりこまれてしまった。操縦室や翼を含む残りの機体は、ピギーが目撃したとおり火を噴いたが、その後どうなったかはわからない。

こうした説明が省かれたのは編集者の助言を受け入れたからだが、その結果、この小説は抽象度が高くなり、寓話性を強めることになった。少年たちは人類の代表のような存在で、まっさらな世界に登場し、初めは楽園の暮らしをしていたが、やがて……というふうに。いうまでもなくそれは多分に聖書的な寓話だ。創造されたばかりの世界で暮らしはじめた人類、エデンの園、蛇（みたいなもの）、楽園追放。ジャックとラルフはカイン（人類最初の殺人者）とアベルのようだ。

聖書的寓意は旧約の世界から新約の世界へとひきつがれる。作者によれば、サイモンは――名前は前述のとおり使徒から来ているが――役割にはイエス・キリストの要素が加えられている（〝Fable〟）。この少年は、悪は自分たちの外側ではなく内側にあることに気づくのだ。〝この世でいちばん汚いものってなんだかわかる？〟という言葉はイエスの、〝口にはいるものは人を汚すことはない。かえって、口から出るものが人を汚すのである〟（『マタイによる福音書』十五章十一節）を踏まえているはずだ。サイモンは山の上で真実を知り、その喜ばしい知らせ（福音）を告げようとして、受難する。

そのサイモンが森の空き地で対話する相手が、タイトルである〈蝿の王〉だが、これは新約聖書に出てくる悪霊のかしらベルゼブル（『マタイによる福音書』十二章二十四節など）を指す。ベルゼブルはヘブライ語で〈蝿の王〉を意味するのだ。ベルゼブルが七つの大罪のうち〝大食〟を司ることも念頭に置いておくといいだろう。イエスが人に取り憑いた悪霊を追いだすと、悪霊は豚のなかに入ったという逸話も（『ルカによる福音書』八章三十三節）。そして少年たちを脅かす〈獣〉（the Beast）は、『ヨハネの黙示録』十三章十八節に記された〈獣〉＝アンチキリストを当然連想させる。

本書は、前述のとおり人間は人間であることによって内面に悪を抱えこんでいる存在だという人間観をもっているが、それはキリスト教の原罪という思想に近いということだ。

聖書的な寓意のほかにも、たとえば、ほら貝は文明や秩序や民主主義の象徴であり、眼鏡は知性や科学の象徴であるといった解釈がなされている。作者が〝この小説はあらゆる方法でとても周到に練られている〟（フランク・カーモードによるインタビュー）といっていることからもわかるとおり、かなり深読みが可能な小説なのだ。

作者はどうしてそのような性悪説的な人間観をもつにいたったのか。それには彼の経歴が深く関わっているようだ。

ウィリアム・ゴールディングは一九一一年にイギリスのコーンウォール州サント・コラム・マイナーで生まれた。父親のアレック・ゴールディングはグラマー・スクール（十一歳から十八歳までが通う、大学進学を前提とした公立学校）の理科教師。博識な合理主義者で、科学の発達が人類を幸福にみちびくとする楽観的世界観をもつH・G・ウェルズの信奉者だった。

ゴールディングは父親の薫陶を受けて育ったが、それと同時に闇を恐れたり、幽霊を怖がったりする子供でもあった。父親は、幽霊というものは、かりにいるとしても非物質的なものだから光を反射せず、したがって目に見えないのだから怖がることはないのだと理屈で説明してくれる。ウィリアム少年は、昼間はそれで納得するのだが、夜の闇があたりを包むと、やはり怖いものは怖いのである（ジョン・ケアリーによる伝記、*William Golding*, 2009）。また彼は少年時代の一時期、粗暴だったことがあって、ほかの子をいじめたりもしたとエッセー（"Billy the Kid" エッセー集 *The Hot Gates* 所収）に書いている。こうしたことから、人間の非合理的な部分、心の闇の部分に敏感な感受性をもつ子供だったことがうかがえるのだ。

一九三〇年にオックスフォード大学に入学し、最初の二年間は父親の影響もあってか自然科学を学んだが、そのあと英文学に転じた。このあたりからも、科学的合理主義と人間の非合理的な部分への関心のあいだで揺れていたといえるだろう。

一九三四年に卒業し、同年に『詩集』を出版。演劇関係の仕事をしたあと、一九三九年にグラマー・スクールの教師となって英語と哲学を教える。三九年は第二次世界大戦が始まった年だが、ゴールディングは翌四〇年に海軍に入り、ノルマンディ上陸作戦にも参加した。この戦争体験がゴールディングの生涯に大きな意味をもつことになる。自身が参加した戦闘の悲惨さはもちろんだが、ナチスが行なったホロコーストにはげしい衝撃を受けたのだ。

彼はエッセー（“Fable”）にこう書いている。〝それはニューギニアの首狩り族やアマゾンの未開部族がやったのではない。文明の伝統を背負った医者や法律家などの教養のある者たちが、同じ人間に対して行なったのだ〟。なにが〝白人の責務〟かというわけだ。そしてさらに重要なのは、〝わたしにはナチスが理解できた。わたしにもその種の性質があるからだ〟という述懐だ。悪はナチス・ドイツという外部にのみあるのではなく、自分のなかにもあるという怖ろしい認識を得たのだった。

そしてもうひとつ重要なのが、第二次世界大戦でアメリカが二発の原爆を実際に使用し、その後、ソ連、イギリスとあとにつづいたことだ。悪であるナチスに勝利した側が、内なる悪を膨張させていく事態に、ゴールディングは暗澹たる思いを抱いた。だからこの小説は核戦争が勃発した世界の物語となっているのである。ゴールディングは初稿の末尾に、〝一九五二年十月二日十六時〟と記した。これはイギリスが初の原爆実験に成功した一九五二年十月三日午前零時（グリニッジ標準時）の八時間前だ。そう記した意味はなにか、なぜ八時間前なのかはともかくとして、核兵器が本書にとって重要な意味をもつことはこのことでもわかるだろう。

科学の進歩はH・G・ウェルズのいうように人類をよりよい方向にみちびくのではなく、

内なる悪をいっそう増大させるだけなのではないか。そういう考えから、ゴールディングは長篇第二作の『後継者たち』（一九五五年）で、知において優れたホモ・サピエンス・サピエンスがネアンデルタール人を残虐に滅ぼしていくさまを描くのである。

戦争からもどったゴールディングは教職に復帰した。一九五四年に『蠅の王』を出しても、最初はそれほど売れなかったので、専業の作家になったのは一九六一年であり、それまでは教師業をつづけた。こうして多くの少年たちと接したことも、本書の執筆に役立ったと考えられている。

先に本書は寓話的だと書いたが、そこだけを強調すれば、こしらえものの側面が強い印象を与えるかもしれない。だが、本書は他方で、現実の子供の世界というのはいじめがあり、邪悪なものがいつ噴きだすかわからない世界であるという、作者も読者も自分の体験で知っているリアルな感覚にもとづいた物語でもある。

寓意や歴史的意味などをあれこれ紹介したが、この小説が発表されてから半世紀以上たってもなお多くの読者を惹きつけ、またほかの作家たちに大きな影響を与えつづけている大きな理由は、むしろそのリアリティにあるだろう。

この物語が、まるで自分も実際に体験しているようななまなましい感覚を味わわせることを示す面白いエピソードがある。

亡くなる前年の一九九二年、ゴールディングはナイジェル・ウィリアムズ脚色の演劇版

『蠅の王』を、ウィンブルドンにあるキングズ・カレッジ・ジュニア・スクール（生徒は七歳から十三歳）の少年たちが上演するのを観た。

終わったあと、ゴールディングは少年たちに、「小さな野蛮人をやるのは愉しかったかい」と訊いた。興奮さめやらぬ少年たちは、「はい、愉しかったです！」と答えた。そこでゴールディングが、「まあ、いつも野蛮人でいるのを愉しむというのはまずいだろうけど？」というと、少年たちは自分たちの興奮のもつ意味に気づいて当惑した。するとゴールディングはにやりと笑って、「きみたちはよくやった！」と褒めたという（http://www.lordoftheflies.com/intro.htm）。

ゴールディングは一九七七年に『蠅の王』をみずから朗読して録音したとき（現在もCDが出ている）、そこに添えたコメントのなかでこう述べている。

〝大事なことはただひとつ、まずは物語のなかに入って、そこで動きまわるという体験をすることだ。そのあとで、自分の好きな解釈、正しいと思う解釈をすればいい〟。

どうかみなさんも、この愉しくも怖ろしい孤島体験を味わいつくしていただきたいと思う。

『蠅の王』は長らく平井正穂訳（集英社文庫、新潮社文庫など）で親しまれてきて、訳者も学生時代に読み、今回この新訳を行なうさいにも参考にさせていただいた。ここに感謝の意を表します。原書は初版を刊行したフェイバー・アンド・フェイバー社からも現在ペーパーバックが出ているが、後発のペンギン・ブックス版が語句や行アキを変えたり、誤植を正したりしているので、翻訳の底本にはそちらを使用した。なお、ペンギン・ブックス版にもスティーヴン・キングの序文がついているものと、ついていないものがあるのでご注意を。

ハヤカワ epi 文庫は、すぐれた文芸の発信源（epicentre）です。

訳者略歴　1957年生，東京大学法学部卒，英米文学翻訳家　訳書『ザ・ロード』マッカーシー，『サトリ』ウィンズロウ，『世界が終わってしまったあとの世界で』『エンジェルメイカー』ハーカウェイ，『怒りの葡萄〔新訳版〕』スタインベック（以上早川書房刊）他多数

蠅《はえ》の王《おう》
〔新訳版〕

〈epi 90〉

二〇一七年四月二十五日　発行
二〇二二年八月　十五日　六刷
（定価はカバーに表示してあります）

著　者　ウィリアム・ゴールディング
訳　者　黒《くろ》原《はら》敏《とし》行《ゆき》
発行者　早川　浩
発行所　株式会社　早川書房

郵便番号　一〇一 - 〇〇四六
東京都千代田区神田多町二ノ二
電話　〇三 - 三二五二 - 三一一一
振替　〇〇一六〇 - 三 - 四七七九九
https://www.hayakawa-online.co.jp

乱丁・落丁本は小社制作部宛お送り下さい。
送料小社負担にてお取りかえいたします。

印刷・精文堂印刷株式会社　製本・株式会社明光社
Printed and bound in Japan
ISBN978-4-15-120090-8 C0197

本書は活字が大きく読みやすい〈トールサイズ〉です。